U0500233

中国现代文学经典人物谱

胡山林　著

河南人民出版社
·郑州·

图书在版编目（CIP）数据

中国现代文学经典人物谱 / 胡山林著. -- 郑州：河南人民出版社, 2025. 1. --（文学人生课）.
ISBN 978-7-215-13508-6

Ⅰ. I206.6

中国国家版本馆 CIP 数据核字第 2024L48Q51 号

河南人民出版社 出版发行

（地址：郑州市郑东新区祥盛街 27 号 邮政编码：450016 电话：0371-65788058）

新华书店经销 河南锦华印务有限公司印刷

开本 710 mm×1000 mm 1/16 印张 20.5

字数 228 千

2025 年 1 月第 1 版 2025 年 1 月第 1 次印刷

定价：47.00 元

让文学走向大众 融入生活

（代序）

王立群

胡山林教授退休前是我们河南大学文学院文艺理论教研室的老师，在几十年的教学生涯中，他根据社会和学生需求以及个人学术兴趣，在专业基础理论课之外，开设过几门以提高学生专业技能与综合素质为宗旨的选修课和通识课。

20世纪80年代中期，最早开设的课程是“文艺欣赏心理研究”（后来成书《文艺欣赏心理学》），讨论欣赏兴趣、欣赏能力等接受心理。讲课过程中，学生们提出希望他讲讲“怎样分析解读文学作品”的问题。山林老师意识到，对于文学院学生来说，这是一个非常重要的课题，因为分析解读文学作品是文学院学生必须掌握的基本技能。为了满足学生需求，他沉下心来备课。经过几年努力，1992年开设了“文学欣赏导引”课，主要讲授文学欣赏的角度、原则和方法。这是一门基础性、入门性的专业理论课，旨在培养学生分析解读文学作品的能力。这门课一直开到现在并成为全校公选课。

这之后，山林老师又开设了“文学与人生”课，从人生视角解读文学，借助文学透视人生。这门课由文学院开到全校，又讲到社会上各类培训班。由于“文学欣赏导引”和“文学与人生”都关乎学生综合素质的提高，适用于文理工等各个专业，所以这两门课的教材经过改编修订，被清华大学出版社列为“高等院校人文素质教育系列教材”和“21世纪通识教育规划教材”相继出版。

长期的文学教学实践使山林老师意识到，文学是人学，是关乎灵魂的事业，所以文学既是文学院学生学习的专业课，同时也应该是惠及大众、惠及全社会的课，文学应该在社会精神文明建设、提升全民文化素质中发挥应有的作用。于是山林老师逐渐形成了自己的教学理念，或者说职业理想、职业愿景，那就是：让文学从大学文学院的课堂上解放出来，走向大众，融入人生，滋养每个人的心灵。

为了这个理念或愿景，山林老师付出了尽其所能的不懈努力。首先，在学校和社会上讲授文学的同时，他著书、写教材，从理论上倡导文学大众化，向社会大众普及文学欣赏知识（如《文学欣赏导引》《文学修养读本》等），传播文学的思想精华；撰写论文呼吁“人生视角解读文学，借助文学透视人生”，“人生”应该成为解读文学作品的独立视角之一。其次，他把自己的理论主张落实到研究和写作实践中。这就是在教学之余、退休前后持续不断地撰写分析解读文学名著的文字。目前“文学人生课”书系，就是这方面成果的集中体现。由于山林老师在理论与实践方面普及文学的实绩，经全国社会科学普及理论研讨与经验交流会认定，他被评为全国优秀社会科学普及专家。

阅读文学作品对于提高个人的人文素养、提高社会的精神文明水平都具有重要意义。这一点已经成为大众共识。但是，在具体实践中也遇到一些实际问题。例如，古今中外文学作品汗牛充栋，洋洋大观，这么多，人们该读什么呢？文学作品尤其是长篇小说篇幅浩大，如今人都很忙，耗不起时间怎么办？还有，读进去出不来，读完一片茫然，不知所云，不读白不读，读了也白读怎么办？

以上这些阅读中常见的普遍性问题，在“文学人生课”书系中基本上都得到了解决。首先，本书系遴选古今中外文学殿堂中被公认为“名著”的作品进行解读。名著都是具有较高思想艺术价值和知名度，包含永恒主题和经典人物形象，经过时间过滤经久不衰、广泛流传的文学作品。这就初步解决了读什么的选择问题。其次，丛书的写作体例一般是先概括叙述作品故事梗概，介绍人物的命运故事，之后从中提炼具有超越性和普遍性的人生意蕴，即对当下仍然有启发借鉴意义的“人生启悟”。这样基本上解决了“耗不起时间”和“不知所云”的问题。

山林老师在写作时设定的读者对象是大中小学学生和广大文学爱好者，所以“文学人生课”重点分析文学名著的思想意蕴，有意避开了过分专业化的知识介绍和写作技巧的详尽分析。这对于非专业的大众读者来说，节省了时间，满足了想从阅读中受到思想启悟的精神需求。

“文学人生课”书系的出版，从大的方面说，有益于助推全民阅读，构建文学与大众的桥梁。在党中央的倡导下，全民阅读上升为国家发展战略，自2014年以来已连续多年写入政府工作报告；2021年，《中华人民共和国国民经济和社会发展第十四个五年规划和2035年远景目标纲要》明确提出“深入推进全民阅读，建设书香中国”。全民阅读的对象广泛，而文学作品尤其是经典名著是重点选项。不过，文学名著是作家精心打造的精神产品，其思想精华不是快餐式浅层阅读所能发现并转化为精神滋养的。这时候就需要文学从业者利用自己的专业知识对作品作一些必要的分析解读，在感同身受中把作品的思想精华提炼出来与读者交流。换句话说，文学名著与大众之间需要一座桥梁，“文学人生课”书系就具有这样的桥梁作用。

在文学接受群体中，大中小学学生是一个特殊群体。他们正处于心智成长的重要阶段，此时大量阅读文学名著不仅仅是应付考试的需要，更重要的是通过广泛的课外阅读开阔精神视野，提高综合素质，促进心智成长。文学名著读与不读、读得多与读得少，对于一个人的精神成长是绝对不一样的。相信“文学人生课”会对学生的课外阅读有所帮助，符合当前新文科建设、应用文科建设的方向，试行学术大众化、大众化学术之路，是有价值有意义的教学改革实践。

作为大学教师，完成课堂教学和课外辅导也就算尽职尽责了。但是，如果能够把自己的本职工作与国家发展战略结合起来，自觉主动承担社会责任，为国家发展战略、为社会文明建设尽自己的绵薄之力，那就更好了。自古以来拥有家国情怀，以天下为己任就是读书人的优秀传统。“文学人生课”着眼于为社会服务，就是上述传统的继承。

“文学人生课”从人生视角分析解读了大量文学名著，但是，文学殿堂里的好作品何其丰富，本书系里涉猎的无非是无边大海中的几个小岛。从这个角度看，解读文学作品是一项永远做不完的工作，是需要众多文学从业者共同完成的课题。为此我呼吁更多同仁积极热情地投入这项工作，薪火相传地永远做下去。这项工作，首先是让自己获得审美享受，丰富精神世界；其次是对大众、对社会精神文明建设有益。于公于私功莫大焉，何乐而不为？！

在市场经济条件下，出版这类非快餐式的图书，未必有明显的经济效益。但河南人民出版社把社会效益放在第一位，前几年出了《文学修养读本》等，现在又出版这套丛书，这种社会责任感是值得肯定和赞赏的。

“文学人生课”书系让人略感不足的是，“人物谱”系列有外国，有中国古代、现代，但缺少了中国当代。当代名著和当下读者距离更近，读起来更亲切。如果有机会，希望能补齐这个圆环。

2024 年秋　于北京

（王立群：河南大学文学院教授、博士生导师，全国高等学校教学名师、河南省突出贡献教育人物、央视“百家讲坛”主讲人）

前　言

开卷之初，先向读者说说本书写作的几个原则。

一、以人物形象为中心解读文学名著

众所周知，文学是人学。人是社会生活的主体，是作家关注的中心。作家创作——当然主要是叙事性作品的创作，无不集中精力塑造好笔下人物，尤其是主人公。在人物形象身上，凝结着社会生活、世故人情、人心人性、思想情感的全部奥秘，体现着作家的创作个性，彰显着其人生观、价值观。换句话说，典型人物是上述各因素的全息缩影。所以，从创作角度看，衡量一部（篇）作品成功与否，关键看其人物塑造得如何；从接受角度看，理解、把握了人物，就等于掌握了打开作品堂奥的钥匙，收纲举目张之效。

二、从人生视角分析人物

人生视角与常见的社会政治历史视角有所不同。后者关注的主要是作品中的社会政治历史问题，这类问题具有特定的时空性，时移世异，时过境迁；而前者关注的是人生问题，如生老病死、人生意义、人性奥秘、命运真相、人本困境等。人生问题与生俱来、与生俱去，不以时代、社会、民族、职业、贫富等的不同而不同，因而具有永恒性、超越性和普遍性。

由此看，现在我们所面临的人生问题，古今中外的人都遇到过。那么人家是怎么对待、怎么处理的？他们的人生经验（包括教训）、人生智慧，可否供我们借鉴？当然可以！文学作品的价值和意义就在这里。

基于这种理解，本书从人生视角解读作品，分析人物，关注点集中在人物形象与我们相通、相近的“人生公因式”，找到至今仍可以借鉴的人生经验和人生智慧。

从这个角度分析人物，人物就活了——既活在过去，也活在当下；既活在作品中，也活在我们的心灵中。

三、注重人生意蕴的提炼

本书设定的读者对象是青少年和社会大众，所以注重作品思想意蕴，尤其是人生意蕴的分析，而不讨论艺术手法等专业性问题。当然我们知道文学名著在艺术上有独特之处，但所有艺术手法都是为更好地传达意蕴而存在的，意蕴是艺术之本。换句话说，意蕴是鱼，而手法是筌，庄子提醒我们，得鱼即可忘筌。也可以用佛家一个比喻：意蕴是月亮，手法是指向月亮的手，你看到月亮了，就可以把指月之手忘掉了。

这样说，并不意味着艺术因素不重要，而只是说，对非文学专业的大众读者而言，思想和人生意蕴更重要，至于其中的艺术因素，留给专业人士去研究。

四、文学阅读重在思想精髓的汲取而不在知识点的分解

如今，全民阅读已上升到国家战略层面，成为社会共识，但如何阅读却不能不注意方式方法。据说，有人把文学名著化为知识点（如《水浒传》中绰号为“鼓上蚤”的是哪一位？）作为应试题考学生。这样做当然也有促进阅读的作用，但危险也在这里。

文学的精华在于作品蕴含的思想感情,在于意蕴意味,在于人生经验、人生智慧。而这一切都必须通过阅读,在感受和体验过程中心有所动、情有所感、意有所悟。这是一个可意会不可言传、可神通不可语达的审美过程,所谓美育就在过程中潜移默化地实现。如果引导学生仅仅关注零打碎敲的知识点,实在是舍本逐末。这样一来所谓文学精华,所谓审美体验和美育,就会大打折扣,等于买椟还珠,捡了芝麻丢了西瓜。

当然,知识点的分解也不是不可以,但无论如何不能单一地将文学作品的精髓抽象化为知识点。怎样让文学阅读成为使读者心智成长的资源,成为素质教育的重要途径,而不仅仅是知识点的死记硬背,是需要在实践中逐步探索解决的大问题。

笔者从事文学教学工作几十年,职业愿景是让文学从大学文学院(中文系)的课堂上解放出来,走向大众,融入人生,滋养每个人的心灵。文学当然是一门专业性很强的学科,但同时又是一门可以走向大众的学科。因为,文学是人学,文学是写人的,在文学中人人都可以找到与自己心灵相通的东西。可以说,人生是文学走向大众的最佳桥梁,人生经验和人生智慧是文学和大众沟通的最佳焦点。阅读文学等于是和各路大神对话,在对话中聆听大神们的智慧,从而提升自己。本书从人生视角解读文学名著,分析人物,就是为实现愿景所作的努力。

文学是人学,文学是关乎灵魂的事业,文学与每个人心灵相通。愿以这本小书于冥冥之中与读者朋友隔空对话。

胡山林

目录

狂人:第一个发现封建礼教“吃人”的人

狂人是鲁迅小说《狂人日记》的主人公。

鲁迅是新文化运动的杰出代表,新文学的开山大师。《狂人日记》是鲁迅第一部短篇小说集《呐喊》的首篇,发表于 1918 年,是公认的鲁迅小说的成名作和代表作。《狂人日记》由于其特殊地位,百年来被研究者认为是鲁迅思想和小说创作的总纲,是《呐喊》的灵魂,中国现代小说的新纪元由此开启。

狂人

《狂人日记》的成就是多方面的,最引人注目的是塑造了狂人这一不朽的人物形象。对这一形象如何理解,关系到对整个作品价值意义的理解与评价。

“狂人”的发现

如果对《狂人日记》的读者作个调查:“读过作品,你印象最深的是什么?”估计绝大多数人会说是“吃人”二字,是狂人发现封建仁义道德的实质是“吃人”那一段：

> 凡事总须研究，才会明白。古来时常吃人，我也还记得，可是不甚清楚。我翻开历史一查，这历史没有年代，歪歪斜斜的每页上都写着“仁义道德”几个字。我横竖睡不着，仔细看了半夜，才从字缝里看出字来，满本都写着两个字是“吃人”！

“吃人”！这是狂人发现的中国历史的秘密，几千年一直宣扬的仁义道德的秘密。这一发现如一声炸雷爆响，震醒了在封建意识铁屋子里酣酣沉睡的中国人。一个“狂人”横空出世，从此以响亮的名字留在中国现代文学史上。

“狂人”何以为狂人？因为，他第一个发现统治中国几千年的封建礼教的实质是“吃人”！这一发现振聋发聩，把所有人都惊得面面相觑，一愣一愣的。几千年来，封建礼教一直雄踞神坛，稳稳地统治着中国人的思想，没有人质疑它的神圣地位，没有人敢于向它发起挑战。如今，竟有人站出来不仅仅是怀疑、质疑、质问、辩论，而是不由分说，一出口就是定罪——“吃人”的大罪，罪不容恕的恶罪。这一行为太胆大、太离谱、太出格，太惊世骇俗，所以在世人眼里，当然就是狂人，就是疯子，就是另类。

定封建仁义道德“吃人”罪，表现出的是决绝的、彻底的反封建姿态。反封建的“封建”，是个相对比较笼统的说法，这里面包括《狂人日记》中所说的“仁义道德”，包括鲁迅在谈到《狂人日记》时所说的“家族制度和礼教”（在《〈中国新文学大系〉小说二集序》中，鲁迅说《狂人日记》意在暴露家族制度和礼教的弊害），泛化起来，就是整个封建统治阶级的意识形态，传统的封建思想、封建文化。

决绝彻底地反对保守、僵化、腐朽、残忍的封建制度和封建思想，就是《狂人日记》的主旨，就是鲁迅的创作意图和思想主张。

反对封建制度和与之相匹配的一整套封建意识形态，是五四新文化运动的宗旨。当时已经有一批理论性的批判文章在知识界产生影响，但还没有精准地击中要害，因而还达不到振聋发聩的程度。《狂人日记》应时而出，以“吃人”二字，将封建制度、封建思想的弊病，以最简练精警、最震撼人心、最好理解也最容易记忆的方式，凝聚为一个惊心的文化符号，一下子击中要害，警醒了还在封建思想禁锢中昏昏欲睡的梦中人，从此走进人们的思想意识里。

“吃人”二字的思想效应，不啻在当时的思想文化界投了一颗核弹，或在夜空中发射了一颗明亮的卫星，其震撼和耀眼的程度在当时无出其右。即使一百年后的今天，当人们回忆五四新文化运动时，首先想到的，还是狂人这一声“吃人”的呐喊。《狂人日记》对新文化运动的推动、对中国人思想的启蒙之功，无论怎么评价都不为过。

《狂人日记》插图

“狂人”形象是如何塑造的？

鲁迅的创作意图是通过狂人形象的塑造完成的，而狂人形象是通过其“日记”（故事）塑造的，那么《狂人日记》采用了什么表现手法呢？

艺术形象的塑造涉及创作方法，属于艺术表现的范畴。关于《狂人日记》的创作方法，有多种说法，如写实主义、现实主义、浪漫主义、现实主义与浪漫主义相结合、象征主义等，各家自有道理。本文无意参与此话题的讨论，只想避开“主义”之类的宏大范畴，从表现手法角度谈谈自己的看法。

《狂人日记》文本分为两部分：“日记”前的“序”（未明确标出“序”字）和十三则“日记”。“序”相当于小说的引子、楔子，意在引出正文——说明“日记”的缘由；而狂人的十三则“日记”则是作品的正文，或曰本体。

本体部分，笔者以为作者采用的是“寓言象征”的表现手法。

象征是一种最古老也最现代，至今仍为艺术家所喜欢的表现手法。象征的定义很多，但基本特点是，用具体的感性形象表征某种复杂深邃的精神意蕴，解决的是有限与无限的矛盾。也就是说，艺术家想要表达的“意思”很大很多，很复杂，很厚重，很深远，也很微妙，没有办法也不可能一下子直接倾注到作品中，必须转化为一个具体可感的形式——以具体形象来隐喻、代表、暗示那个复杂深邃的意思。这时候，艺术形象就具有了象征功能。

关于象征，余秋雨在《艺术创造工程》中具体划分为四类：符号象征，氛围象征，寓言象征，本体象征。前两种为部件性象征，后两种为整体性象征。关于寓言象征，余秋雨认为其主要特征是以一个不避怪诞的外部故事直指哲理内涵，而这个哲理内涵就是作品的主旨。寓言象征汲取了古代篇幅短小的寓言几方面的营养：一、把以此喻彼、以表喻里的半透明结构锤炼成一个整体，而不仅仅是一些部件；二、在此与彼、表和里的关系上，执着地偏侧于彼，偏侧于里，即明确地承担着阐释内在意蕴的任务；三、为了服从内在意蕴，外部层面突破了生活实态，无拘无束地虚构，自由自在地拼接，生物和无生物都有了人的灵魂，而一切人则又成了某种品格类型的符号。（参见余秋雨：《艺术创造工程》，上海文艺出版社1997年版，第221页。）

以上述理论衡量《狂人日记》的表现手法，笔者认为正符合寓言象征的特征。

在《狂人日记》里，鲁迅虚构了一个外表荒诞内蕴深厚的故事：二十年前，“我”（狂人）揣了古久先生的陈年流水簿子，得罪了古久先生。古久一生气，后果很严重。他的态度影响了赵贵翁，赵贵翁又传染给周围的人。二十多年间，所有人都以“我”为大逆不道的怪人、狂人。

异常的孤独让“我”感到恐惧，感到所有人都想“吃”了“我”。周围人的一言一行、一举一动似乎都像与想吃“我”有关。联想到书本记载和大哥讲书，连篇累牍都是“吃人”的事；仔细查看历史，每页的“仁义道德”字缝里都藏着“吃人”两个字。

“我”诅咒吃人的人，想要劝转他们，质问他们，和他们辩论，希望他们真心改过，但怎么也说不通。回到家里，联想到妹子的死，疑心是被大哥吃了，母亲也许知道而且默许。“我”也是这个家的一员，也许无意之中“我”也吃了妹子几片肉。这样看来，这个世界上已经没有不“吃人”的人（“难见真的人”）。痛心无奈之下，“我”只能发出悲愤的呼唤：救救孩子……

以正常人的思维或眼光看，狂人的故事毫无疑问是荒诞的——那么多人想“吃人”、在“吃人”和“被吃”，这怎么可能！但从狂人的眼光看自有他的感受和逻辑。狂人患的是被迫害妄想症，是一个精神病患者而非正常的人，所以在他眼里一切的不可能都是可能的。

多年前狂人揣了“古久先生的陈年流水簿子”（这是整体象征

中的一个“部件性象征”，从字面就可以想到象征“陈腐僵化的历史传统”），而古久先生是绝对权威，所有人都看他脸色行事，以他的是非为是非，以他的思想为思想，以他的情绪为情绪，所以赵贵翁虽然不认识他却主动为他打抱不平。高位上的人既然视“我”为大逆不道，这一态度迅速传染给周围所有人——不分贫富贵贱，无论男女老幼，直至“我”的至亲家人。所有人都“同我作冤对”，“我”成了众人眼中的疯子、不可理喻的怪人。四围冷眼冷箭的阴冷境遇中，无论你有多么坚强的个性，二十多年撑下来也非疯了不可。于是患上被迫害妄想症，疑神疑鬼，看一切都与迫害有关……

鲁迅为什么不用大众容易理解的写实手法塑造一个现实生活中的形象，而采用寓言象征手法塑造一个不容易理解的形象？以笔者看来有两个原因。原因一，从创作角度看，现实中人无法承担他所要传达的重大发现，无法尽传他的厚重思想。原因二，从接受角度看，太现实的故事容易让读者迷失在“现实”里，以为这仅仅是一个“故事”而不再深思；而怪诞的外表能起到一种“间离”（或曰陌生化）作用，让读者知道这里的“故事”只是一个外壳，一种虚拟，一种手段，真正的目的在“故事”背后。这样，读者的注意力就不会停留于表层而会有意识地追索深层。这就是庄子所谓的得意忘言、得鱼忘筌。

事实上，寓言象征在西方现代艺术里有着大量的应用。如卡夫卡的《变形记》《城堡》《审判》，马尔克斯的《百年孤独》，尤奈斯库的《秃头歌女》《犀牛》，贝克特的《等待戈多》，迪伦马特的《贵妇还乡》，布莱希特的《四川好人》，戈尔丁的《蝇王》等。有人说，不理解寓言象征，就不会理解一半以上的 20 世纪佳作，这话看来并不过分。之所以会出现这种局面，是因为现代作家已不再满足于叙述一个模仿现实的有趣故事，诱使读者产生似真似幻的艺术幻觉；而是想让读者透过怪诞的故事能更深入地理解世界、思考人生。这样，传统的艺术形式就难以适应这一创作目的，于是，寓言象征就成为艺术家的最佳选择了。鲁迅先生最早从俄国作家那里窥得了现代艺术的奥秘，所以一出道就把它用在了自己的艺术创作里。

“吃人”内涵的多义性与深刻性

前面我们说过，在《狂人日记》里，最醒目、最扎心、最震撼的是“吃人”两个字。据细心的研究者统计，《狂人日记》中“吃”的意象和词语一共出现 76 次，整个作品到处都是与“吃人”相关的描写，都是在营造一个无所不在的“吃人”氛围。

“吃人”作为“狂人”对封建制度、封建文化、封建思想的判断或定性，包括字面和暗含（隐喻）两种涵义。

字面义指肉体上杀人，毁灭人的自然生命。如作品中狼子村打死恶人挖出心肝用油煎炒了吃；“本草什么”上明明写着的人肉可以煎吃；大哥讲书时所说的“易子而食”“食肉寝皮”；“易牙蒸了他儿子，给桀纣吃……从易牙的儿子，一直吃到徐锡麟……去年城里杀了犯人，还有一个生痨病的人，用馒头蘸血舐”。《狂人日记》中“我”老是疑心别人要吃自己，也是字面义。

暗含义或曰隐喻义是指从思想上、精神上摧毁人，扼杀人的个性，让人成为没思想、没人格、没尊严的人，成为封建阶级所需要的俘虏、奴隶，总之是成为“非人”。《狂人日记》中从“仁义道德”里看出“吃人”两个字用的就是暗含义。《狂人日记》发表后在社会上产生巨大轰动，轰动的原因是读者理解了其中的暗含义。

《狂人日记》之后，鲁迅在文章中不断讲到“吃人”，用的也是暗含义。如《灯下漫笔》：“所谓中国的文明者，其实不过是安排给阔人享用的人肉的筵宴。所谓中国者,其实不过是安排这人肉的筵宴的厨房。……这人肉的筵席现在还排着,有许多人还想一直排下去。”例如:一直控制中国人心的“饿死事小,失节事大”,“存天理,灭人欲”;中国的家庭教育和学校教育一直教导孩子要“听话”,“终日给以冷遇或呵斥,甚而至于打扑,使他畏葸退缩”(《上海的儿童》);“二十四孝图”中“郭巨埋儿”“老莱娱亲”之类的“孝道”,从性质上看,都是教人做奴才和傀儡,都是在摧毁人的人格和尊严,都是在“吃人”。

鲁迅之所以持续不断地批判中国封建文化“吃人”,与他青年时期弃医从文的宏大志愿和对中国问题的深刻认识有关。鲁迅通过对中国历史和现状的研究,发现立国必先立人,要立人就要唤醒人的灵魂,就要打倒“吃人”的封建制度和文化。这才有《狂人日记》等启蒙作品的创作。

“吃人”判断的深刻性表现在诸多方面

首先,发现“吃人”者不只是个别人,而是所有人,即不仅仅只是位高权重的“古久先生”“赵贵翁”等上层统治者,还有他们的帮凶,如大哥派来给“我”诊病的何先生,和“我”讲道理的二十岁左右的年轻人。特让人不可思议的是,“吃人”队伍中还有以下几类人:一直被统治者侮辱和损害的“下层人”(“给知县打过枷的,给绅士掌过嘴的,被衙役占了妻子的,老子娘被债主逼死的”);自己的亲人——“大哥”和母亲。最出人意料的是,“吃人”的竟然还有“我”自己(“我未必无意之中,不吃了我妹子的几片肉”)。如此看来,所有人都参与了“吃人”。“没有吃过人的孩子,或者还有?”看来是没有了!——多么悲哀的发现,多么让人绝望的结论!

其次,“吃人”之罪,除了“我”在反思中有明确意识外,其他所有人，从“古久先生”“赵贵翁”等统治者，到胁从者、附庸者、帮忙者，对自己的“吃人”行为都处于无意识状态。他们对自己“吃人”习以为常，习焉不察，“从来如此”，习惯了，麻木了。普遍浑然不觉的状态说明“传统”力量是何等根深蒂固，早已渗入所有人的骨子里，反常变为正常了。

再次，更可怕的是，意识到自己被吃，对“吃人”的罪恶深恶痛绝，决心反抗，立志劝转“吃人”的人的“狂人”自己，病好后也否定了自己（承认自己是“狂人”，把日记命名为“狂人日记”），然后接受共识，加入“体制”，“赴某地候补”去了。唯一的清醒者、反抗者、反思者归顺了、投降了，被主流意识异化了、湮没了、收编了（被“吃”了），由此说明传统力量的强大。

这就是《狂人日记》的深度，这就是鲁迅的洞见！在当时的中国，似乎也只有鲁迅能有这样深刻的洞见——他比普通人的眼光深了好多层。一般人也许以为这夸张了，但仔细想想，身处封建社会的黑屋子中，一呼一吸都是封建意识形态的空气，耳濡目染都是“历来如此”的现实，人一出生就在这种氛围中长大，哪个敢说自己能置身事外？哪个人没有中毒？哪个人没有“吃人”或“被吃”?!

鲁迅的思想深度，就连新文化运动的主将们也未必跟得上，甚至需要后来的文化人多年之后才有所理解。因为有这样的深度，所以才有他初入文坛就抛出的核弹，才有他坚持一生的“韧性的战斗”，才被公认为既是文学家也是思想家。

看得如此透彻意义何在？意在说明传统的封建意识形态对人、对社会危害之深、之重、之普遍，说明启蒙任务之必要、之沉重、之艰难，说明每个人都要反省，没有谁是例外。立国必先立人，中国社会的变革首先需要一个翻天覆地的反封建的思想大革命。

“吃人”之论是否偏颇

常有人提出，将几千年中国封建礼教的实质概括为“吃人”两个字是否偏激、片面的问题。关于这个问题，从不同角度考量，会有不同理解、不同结论。

如果把《狂人日记》当作客观理性的学术论文，将“吃人”作为对几千年封建文化传统的科学论断，毫无疑问有偏激、片面之嫌。因为，几千年的封建传统文化毕竟是中华民族的祖先创造的，是中华民族智慧的结晶，其中的糟粕毒害了中国社会和人心，但其中的精华培养了中华民族的性格，对社会的稳定和发展起到了推动作用。传统文化的精华，至今仍值得继承和发扬。如果用“吃人”二字一棍子打倒，确实是过于偏激过于片面了。

但是，众所周知，《狂人日记》不是学术著作，不是科学论文，不是调研报告，而是小说，是艺术作品。是艺术就应该当作艺术看，或者说就应当用艺术的眼光看待艺术。艺术是想象，是虚构，传达的是作家、艺术家的情感体验和艺术发现。《狂人日记》就是鲁迅情感体验和艺术发现的外化——形式化、艺术化。

在日本留学期间，关心国家命运的鲁迅接触了现代文明的思想和观念。以现代文明眼光看待中国历史和现实，鲁迅发现了弥漫于整个社会的封建文化的糟粕，发现了腐朽落后的封建文化对中国人心灵的戕害，发现了“国民性”的痼疾。封建文化摧毁了中华民族的活力，窒息了中国人的精神，要想救国，必须批判它、打倒它，但封建文化像铁屋子一般固若金汤，鲁迅对此极为苦闷。恰在此时，《新青年》杂志率先向封建文化发起了猛攻，编辑部热情呼唤他出山，鲁迅遂决定以小说为武器参与战斗。

写小说，就要为自己的艺术发现和情感体验找一个感性形象作为寄托，或者说创造一个合适的意象作为“客观对应物”。鲁迅找到了寓言象征这一艺术手法，于是内在的积蕴借此奔涌而出，幻化为“狂人”这一内涵丰厚的艺术形象。

作为艺术作品，《狂人日记》直接传达的是鲁迅对封建文化的艺术发现和情感体验。这种发现和体验，不是一时的肤浅印象，不是偶然的灵光乍现，而是融入了长期的理性思考，有着深沉的思想内涵。《狂人日记》的故事是超现实的，情节是荒诞的，人物是表意的，“吃人”的概括是夸张变形的，只要能传神地传达出作家的情思，艺术的任务就完成了。这里无所谓偏激不偏激，片面不片面；说它偏激、片面，是把艺术作品当作科学论著和历史文献误读了。

艺术就是艺术，寓言就是寓言。只要我们能接受卡夫卡将人变成大甲虫，接受尤奈斯库让全城人争相变犀牛，理所当然，我们也应该能接受《狂人日记》，接受“狂人”之“狂”，接受“吃人”的判断。

孔乙己:被陈腐的身份意识毁掉的读书人

《孔乙己》插图

《孔乙己》是鲁迅继《狂人日记》之后创作的第二篇白话小说,篇幅虽然短小,却是《呐喊》中的经典之作,长久以来在中学语文课本中占有一席之地,历来为广大读者熟知。

《孔乙己》发表一百年来,特别受到读者、评论家、语文老师的钟爱,始终是研究评论的热点,多达几千篇的研究文章涉及其作品思想、艺术多个方面,其中许多问题聚讼纷纭莫衷一是。本文无意参与讨论,只是想盯着自己的内心,谈一下自己的阅读心得。

最要面子的人最没面子

作为经历过“四书五经”传统教育的读书人,孔乙己性格中一个明显的特点是,有顽固的高人一等的身份意识,具体表现于以下几方面。

读书人的优越感

封建时代统治阶级向整个社会灌输“万般皆下品，唯有读书高”的观念。孔乙己总以为自己是读书人，因而有高人一等的优越感，特别要面子，特别注重维护自己的面子。

在咸亨酒店，“孔乙己是站着喝酒而穿长衫的唯一的人”。长衫，是读书人的着装符号，是身份地位的象征。长衫与短衣相区别，长衫意味着是上层人，而短衣是下层人；长衫是“劳心者”，短衣是“劳力者”；着长衫，就意味着可以居高临下傲视短衣人，所以孔乙己无论怎样落魄，也不愿脱下那件长衫。这就是说，孔乙己的身份意识特别强，他始终牢记自己是读书人，是区别于“短衣帮”的高贵人，长衫代表着他的面子。

占有知识的自豪感

孔乙己出场前，叙述人介绍他时指出，“他对人说话，总是满口之乎者也，教人半懂不懂的”。有人揭发他偷了何家的书，他以“窃书不能算偷”“读书人的事，能算偷么”反击对方；然后又以“君子固穷”“者乎”之类没知识的人听不懂的话为自己辩解。

孔乙己到酒店喝酒时，掌柜的和短衣帮除了嘲笑是不和他说话的，感到无聊、无趣的孔乙己只好和小孩子说话。他热心教小伙计写茴香豆的“茴”字，而且还得意地告诉他有四种写法。

这一切描写说明，孔乙己在人们面前没有别的资本可以炫耀，唯一可以炫耀的是他所占有的知识。他时时以“教人半懂不懂”的文言与短衣帮和小孩子说话，就是在有意无意地提醒对方自己是有知识的人，他以占有知识而自豪，知识为他带来短衣帮所不具备的优越感。

诚信人格的高贵感

孔乙己虽然穷困潦倒，囊中羞涩，常常拿不出喝酒的钱，但在酒店却有好名声。因为他的品行“比别人都好，就是从不拖欠；虽然间或没有现钱，暂时记在粉板上，但不出一月，定然还清”。即使被丁举人打断腿后，生存极度困难之时来酒店，还是付的现钱。由此可以看出，孔乙己的原则是，能不赊账就不赊账，能不欠钱就不欠钱。万般无奈，实在还不上的时候，他感到不好意思，歉疚不安。当掌柜提醒他还有十九个钱没还时，他窘迫惶恐，“很颓唐的仰面”乞求掌柜：“这……下回还清吧。”一个“颓唐”揭示了孔乙己内心的崩溃，这种感受对一个爱面子的读书人来说，是最大的精神折磨。

这说明孔乙己以君子人格自许，以君子标准要求自己。几十年接受儒家训教，使他自觉奉行君子之道，做人信仰是诚信至上，而不是小人那样无赖：账多不愁，虱多不痒；欠钱的是大爷，索账的是孙子。换句话说，孔乙己虽然物质上贫穷，但精神上人格不低下。诚信的高贵感是他的精神支撑、精神财富。

平心而论，孔乙己维护自己面子的愿望和努力可以理解，应当尊重。因为只有那样才能活得像个人。然而遗憾的是，孔乙己维护面子的所有愿望和努力，全都失败了。他所有维护的面子在现实生活中全部失落，荡然无存，成为世人眼中最没有尊严最没面子的人。

孔乙己穿长衫以维护读书人的身份，但因为科举之路上一次次落第，多半辈子过去竟然连半个秀才也没捞到，等于是一事无成，彻底失败。加上他好吃懒做，不会营生，经济上没有来源，连生存都成了问题，还让人怎么尊敬？再加上世态炎凉，人心本来势利，你有了秀才或更高的身份，别人立马高看你，对你点头哈腰，低眉顺眼；你考不上秀才，又穷困潦倒，所以你的“长衫”就掉了价，不但挣不来面子，反而成了众人奚落嘲笑的对象。

孔乙己本来以占有知识为骄傲，但因为自己穷得连饭都吃不起，以至于不得不靠为人抄书换一碗饭吃，所以他活成了“知识无用”的活广告。这时候，孔乙己的知识在众人眼里变得一文不值，同样被人瞧不起。所以当他满腔热情想教小伙计认字时，小伙计对他不屑一顾，心想，讨饭一样的人，也配教我么，于是努着嘴走远了。

孔乙己的诚信为他带来了些许尊敬，也为他自己带来了些许骄傲，但因为他“免不了做些偷窃的事”，偷窃之后遭受毒打，以至于伤残无法走路。这种行为和结局，使他的人格一下子跌到连乞丐也不如的境地，于是人们对他的好印象一下子荡然无存。他自己也感到无脸见人，被人羞辱时只能听而不闻，赶紧转移话题，要么赶紧逃走。

最要面子的人最没面子，特想维护尊严的人把尊严丢完了。卑微的愿望破灭了，坚守的价值崩溃了；理想与现实脱节，动机与效果错位；本来想进这个房间，结果却进了另一个房间，一切全颠倒了。这叫什么？这就是悲剧！鲁迅说，悲剧就是将有价值的毁灭给人看。这话用到孔乙己身上，再恰当不过。

悲剧的成因

孔乙己悲剧的成因，无外乎内外两个方面。

外因，毫无疑问，首先是封建时代的科举制度，延伸起来是教育制度、社会制度害了他。

封建时代读书人的出路非常狭窄，唯一的出路就是参加科举考试，读书做官。但是，读书人有千万个，而官位又有几个？那可真正是千军万马争过独木桥，极个别的过去了，成千上万人被挤下来了。过了桥当了官的好说——所有儒学经典都是教人如何修养道德如何经邦济国的大学问；而被挤下来的千万人怎么办呢？当时所有的经典都没讲这个，所有的老师都不教这个，科举也不考这个。总之，当时的教育只教你成功后怎么办，而不管失败了怎么办。科举教学内容单一，心胸还极为狭隘——唯我独尊，排斥一切。你要是问做官之外的学问，例如如何种庄稼之类，老师会瞧不起你，如孔子就曾骂向他请教农事的樊迟为小人（《论语·子路》）。

这种体制下教出来的人，除了死记硬背“四书五经”之外，一无所长，正所谓“百无一用是书生”。孔乙己就是这样的人。他读书半辈子，“但终于没有进学，又不会营生；于是愈过愈穷，弄到将要讨饭了”。可见，是科举制度让孔乙己沦落到这一步，孔乙己是旧教育体制的牺牲品。

外因中还有一点是社会大众的歧视、冷漠严重伤害了孔乙己。孔乙己已经沦落到讨饭吃，甚至不得不偷书，最后竟至于被打成残废，本来应该得到大众的同情和怜悯，但情况相反，他不但没有得到同情，反而遭到讽刺、挖苦和嘲笑。

作品中只要孔乙己出场，伴随着他的必是众人的奚落和嘲笑（据统计，“笑、哄笑”这几个词在作品中重复了十五次）。这些人身处社会底层，平时受尽统治者的欺压，忍气吞声已成习惯，心中满是自卑感，此时见到孔乙己混得还不如自己，骤然从他身上提取到了优越感，于是把内心的压抑倾泻在孔乙己身上，以嘲笑孔乙己为乐。“看客”们专门拿孔乙己最难受的敏感点刺激他，这些冷言冷语似冷箭，箭箭穿心，让一向以读书人为骄傲的孔乙己情何以堪！对于孔乙己来说，相对于生活的贫困，这种心灵上的伤害更让他受不了。总之，冷风裹挟，透心冰凉，整个社会氛围已经没有孔乙己的存身之地。

孔乙己悲剧的内在原因也有两方面。首先是思想完全被封建意识形态控制、毒化了，成为其忠实信徒。封建社会里，科举制度衍生出一系列与之相匹配的价值观念，如“万般皆下品，唯有读书高”“满朝朱紫贵，尽是读书人”“劳心者治人，劳力者治于人”。这类思想不绝于耳地充斥于读书人的整个学习过程中，回响于整个社会生活的各个角落，深深扎根于读书人以及未尝读书的人的脑子里。这种思想、这种意识已经成为天经地义的人生准则，没有人能够逃脱，孔乙己当然也不例外。

读《孔乙己》，读者常想一个问题，科举之路走不通，难道就真的无路可走了吗？难道不可以换个活法吗？回答是，当然能，虽然并不宽阔。如像蒲松龄那样去当家庭教师，像寿镜吾先生那样开馆收徒当私塾先生，像陶渊明那样去种田，或者经商做个小生意，都可以养活自己！但孔乙己都没有去尝试，原因恐怕主要是他被传统观念束缚得太死，中毒太深，他压根没有想过还有别一种活法。

除思想因素外，还有性格方面的原因，这就是孔乙己“不会营生”而又“好喝懒做”。这是性格的大弱点、人性的劣根性。有此弱点，又缺乏自制力，身不由己，越陷越深，不能自拔，以至于堕落到靠偷窃维生。到这一步，跌破做人底线，连乞丐也不如了。人生至此，就真的没办法了。有道是“天助自助者”，你不思进取，自甘堕落，谁也救不了你。

作者对孔乙己的态度

孔乙己的人生悲剧，有人用极简的一句话概括，即“死要面子活受罪”。这句话是中国民间流行语，语义一般是讽刺、挖苦、嘲笑，感情基调是冰凉的、冷酷的。把这样的意思用到孔乙己身上明显不合适，因为它既不符合作者原意，也不符合读者的阅读感受，包括不符合笔者对孔乙己的情感体验。

对孔乙己，我们读者总是觉得他既堕落又自尊，既可笑又可怜；一面气他不争气，一面又为他惋惜；一面为他鸣不平，一面又觉得他活该。可谓是五味杂陈，欲辩忘言。读者的心情为什么如此复杂呢？原因在文本——文本对孔乙己描写的字里行间灌注的情感本来就是复杂的，而非单一的。细品作者对孔乙己的情感，可以说是批评中有同情，否定中有怜悯，哀怜中有惋惜，苦笑中有泪光。

鲁迅生在旧时代，由于家庭变故，生活由小康坠入困顿。少年鲁迅经历过太多的人生磨难，见过太多下层人生存的窘境，包括孔乙己这样的读书人（据周作人回忆，孔乙己形象是有生活原型的）。他们悲惨的生存状况给鲁迅留下了深刻印象，曾深深打动过他敏感的心灵。这种少年时代的观察和体验借助笔尖流淌于作品的字里行间，就表现为对孔乙己的复杂情感。复杂、复合、深沉、多元，是一种很高的审美形态、审美品位，具有特有的审美价值，耐人咀嚼，所以作者特别钟爱它。

孔乙己留下的人生启示

孔乙己的人生悲剧，毫无疑问，与时代和社会因素有关，是特定时代和社会的产物。时过境迁，科举制度消失了，这一制度的牺牲品不会再有了。从这一角度看，孔乙己形象只有历史的认识意义而没有现实意义了。

但是，正如歌德所说，优秀作品是无论如何探测也探测不到底的。《孔乙己》就是这样一篇探测不到底的优秀作品，经得起各种角度的探测和解读，具有多方面的价值和意义。从人生角度看，《孔乙己》具有超越时空的审美价值和思想意蕴，给后人留下永恒的如何生活、如何做人的启示。

首先，要有突破腐朽的传统观念的勇气，做一个独立自主的人。

人与其他动物的区别在于，人是观念动物，思想和行为受特定观念所支配。但有些观念是封闭、保守、落后、腐朽的，而这些恰恰又是传统的、流行的、控制大众的观念。这时候要想活出自我，就要有突破传统观念的勇气。孔乙己已经被传统观念奴化了，他压根就没有这种勇气，所以只好因循守旧，让旧传统一天天勒死自己。我们要汲取他的教训，从他跌倒的地方站起来。

然而事实告诉我们，突破传统观念确实是说起来容易做起来难，是最不容易最考验人的。因为"传统观念"根子深远，影响面广，控制着社会舆论，绑架着大众的思想，形成了文化习俗和社会风气。它铺天盖地笼罩四野，个人力量在它面前极其渺小，要想突破的确有难度，但也不是不可能，这就需要有超人的勇气。

在古今中外人类历史和现实生活中，勇于突破传统观念，活出独立自我的例子太多了，这里不举也罢。

其次，如何处理面子和生存的两难选择？

人生在世，有时免不了会陷入面子与生存的两难困境，如孔乙己。作为读书人，孔乙己特爱面子，这可以理解。但问题是既不能"进学"，又"不会营生"，又"好喝懒做"，又没有家庭和亲朋好友的支援，他失去了维护面子的所有条件，他已陷入生存的困境甚至是绝境，那么这时候该怎么办？还护着"面子"等死吗？

当然，如果这个"面子"事关大义，事关原则，事关尊严，你拼死维护，那证明你伟大，你值得尊敬。但问题是孔乙己的所谓面子是一种虚浮的东西，它的无意义、无价值，普通大众就能一眼看穿，但他还死抱住不放。这种维护，只显得滑稽与可笑。所以他的被嘲笑,也有他自身的原因,也确有活该的因素。

有一句话,大意是:面对生存的艰难,假如一个人在体面与生存之间选择了体面,那么结果是他不但不能生存下去,还会落得最不体面。把这句话用到孔乙己身上,真是再恰当不过。

再次,要有克服自身弱点的意志和毅力。

“不会营生”又“好喝懒做”是孔乙己性格中的大弱点。有这样的弱点,别说他是孤立无援的“单身狗”,即使他家财万贯,坐吃山空,也非让他喝得倾家荡产不可。有这种弱点还想维护面子,还想做正常的人,过正常人的生活,怎么办?唯一办法是痛下决心,彻底改正。改正自身缺点、弱点确实相当困难(所谓“改变自己是神”),需要意志和毅力。有,就能脱胎换骨,重新做人;没有,只能是自甘堕落,走向毁灭。

笔者常想,作为读书人——现在叫知识分子,应该自觉过一种理性的自律的生活。不为别的,就因为你是读过书有知识的人呀!如果连自己明显的缺点、弱点都管不住,那还叫什么读书人?!我承认这一想法可能过于理性化、理想化了,没有认识到人性的复杂性——也许是这样,但我坚守这一信念。

缺点、弱点谁没有?有,不怕,能抑制就好,能克服当然更好。人与人的区别往往就在于有没有自制力上,人能否做出一点成绩,就看谁具有强大的自制力。考察历史和现实,有所成就的一定是自制力强大的人;而一事无成、蹉跎终生的一定是缺乏自制力的人。

由此看,孔乙己放任自身弱点的教训至今也没有过时,孔乙己自甘堕落不思自救的警钟至今仍在回响,永远有警示的意义。

阿Q:个体性、国民性以及人性的三位一体

20世纪末,经新闻出版署批准,由中国出版科学研究所等单位联合进行我国首次国民阅读倾向抽样调查。调查中,被读者提名的最喜爱的中国作家有一百七十多位,其中鲁迅以绝对多数票名列第一。提到鲁迅,必提《阿Q正传》,如果要谈20世纪中国现代文学,鲁迅、《阿Q正传》、阿Q人物形象,是一个世纪中相关连带出现频率最高的三个语词。自《阿Q正传》发表以来,阿Q已经成为中国人口中的常用词,由此可见《阿Q正传》在鲁迅小说中的独特地位,阿Q在读者心中及文学史上的地位。

《阿Q正传》插图

《阿Q正传》是鲁迅仅有的一部中篇小说,是鲁迅酝酿和构思时间最长、最成熟的作品,也是鲁迅所有小说中被翻译、被研究和被评论最多的作品。百年来,人们对它的认识和评论随时代和社会的变迁而变化,观点多元,差异甚大,但总的看是越来越深入,越

来越全面。

本文无意涉足《阿 Q 正传》的评论史，只是想借鉴前人研究成果，结合自己的阅读感受，谈谈对阿 Q 这一不朽的文学形象的理解。

《阿 Q 正传》的思想意蕴

关于这一点，经过百年讨论，人们基本形成共识。

一是批判国民弱点。国民性是鲁迅在日本留学期间就特别关注的问题。鲁迅认为国民劣根性是导致中国近代衰落的重要原因，立国必须立人，所以他毅然弃医从文，致力于对国民弱点的批判。论者认为，《阿 Q 正传》是鲁迅长期以来关注国民性问题的结果，它画出了国人的灵魂，暴露了国民的弱点，引导人们反思和自省，因而具有广泛的社会意义和深远的历史意义。

二是反思辛亥革命。鲁迅通过对阿 Q 的遭遇和阿 Q 式革命的描写，反思辛亥革命更深层次的思想悲剧及失败的历史教训。

阿 Q 的性格元素

对于阿 Q 形象的认识，百年来也随着社会思潮和文艺观念的变化而变化，众说纷纭，不一而足。这种现象说明阿 Q 是一个内涵丰富、极富深度的形象，其性格由多种因素组成。对此，学者林兴宅用系统论方法对阿 Q 性格进行了全面深入的分析。

林文认为，阿 Q 的性格是一个复杂的系统，不能以精神胜利法这一特征的概括代替对阿 Q 性格复杂性的研究。从系统论的观点看，阿 Q 性格是由多种性格因素按一定的结构方式构成的有机整体。阿 Q 性格的基本元素主要有如下几种：质朴愚昧但又圆滑无赖；率真任性但又忍辱屈从；狭隘保守但又盲目趋时；排斥异端而又向往革命;憎恶权势而又趋炎附势;蛮横霸道而又懦弱卑怯;敏感禁忌而又麻木健忘;不满现状但又安于现状。阿Q性格充满矛盾,各种性格元素分别形成一组组对立统一的联系,从而构成复杂的性格系列。这个性格系列的突出特征是两重性,即两重人格。(参见《鲁迅研究》,1984年第1期)

新方法打开新视野,新观念带来新阐释。系统论的方法让读者对阿Q的形象有了一个全面、立体、深入的认识。

精神胜利法是阿Q性格最主要的特征

北京大学马振方教授在他的《小说艺术论稿》中,把文学作品中的人物性格分为三种类型:扁形人物,尖形人物,圆形人物。扁形人物是指性格特征单一,可用一个词语或一句话加以归纳概括的人物形象;圆形人物的根本特点是没有超常的性格特征,类似生活中的真人、常人;尖形人物介于二者之间,基本特征是,在多方面性格特征中,某一侧面特别突出,引人注目。

《阿Q正传》插图

以上述理论衡量阿Q,其性格元素虽然复杂、丰富、多元,但作者通过艺术描写加以突出的,作品留给读者印象最深的,还是精神胜利法。这就像群山峰峦之中一峰凸起,高耸独秀。换句话说,阿Q属于尖形人物。

阿 Q 的精神胜利法，从静态看，表现于多个方面。

阿 Q 身处社会最底层，无房无家无职业，穷得常常没饭吃，但当人羡慕赵太爷的儿子是“文童”时，阿 Q 在精神上独不表格外崇奉，他想，我的儿子会阔得多啦！阿 Q 因头上长有癞头疮遭人嘲笑，阿 Q 怒目而视后想出了报复的话：“你还不配……”未庄的闲人无聊，总是撩拨阿 Q，于是终而至于打，打败后被人揪住辫子在壁上碰响头，阿 Q 痛苦中安慰自己：我总算被儿子打了。后来人们打他时先让他说是人打畜生，阿 Q 为逃挨打自贬自损，承认自己是“虫豸”请求放了自己。这样的自我作践连自己都觉得过分，但立马想：自己是第一个能够自轻自贱的人，除了“自轻自贱”不算，余下的是“第一”，“第一”让他陶醉。赌博赢的钱被人无端骗走，心疼至极自打嘴巴，想象打人的是自己，被打的是别人。看到假洋鬼子的棍子吓得要死，被打后觉得轻松了，似乎完结了一件事，高兴地去喝酒了……

阿 Q 的精神胜利法，从动态看，贯穿于生命的全过程。

辛亥革命后，阿 Q 被当作抢东西的强盗糊里糊涂抓了起来，一会儿送进监狱，一会儿拉出来审判。阿 Q 对此并不十分懊恼，他想的是“人生天地之间，大约本来有时要抓进抓出”。阿 Q 被判死刑，按程序要在判决书上签字画押，阿 Q 不会写字，以画圆圈代替，他的手从来没有摸过笔因而画不圆，他羞愧难当，心想：孙子才画得很圆的圆圈呢。押向法场的路上被游街示众，他对此没有特别的感觉，只是想，人生天地间，大约本来有时也未免游街示众的。众人围观之下，阿 Q 想表现一下自己，“无师自通”地说了半句从来没说过的话：“过二十年又是一个……”

正因为精神胜利法在阿 Q 性格元素中如此膨胀，如此突出，如此吸睛，所以，人们一提起阿 Q 就立刻想起精神胜利法，说起精神胜利法就立刻想起阿Q。在《阿Q正传》的接受过程中，人们对阿Q复杂多元的性格做了简化处理，直至直接将二者等同，阿Q由此成为精神胜利法的艺术符号，或者说代名词。

精神胜利法，首先体现了阿Q本人的个体性

“精神胜利法”这一特有名称，是从《阿Q正传》发表以来才有的，是读者和评论家从阿Q的“行状”中提炼出来的，所以自然带有阿Q本人的个性特征。

阿Q一贫如洗，无家无室，孑然一身，被人瞧不起，为了在心理上保护自己，这才有“我的儿子会阔多啦”的想法；因为头上长有癞头疮，所以被嘲笑和奚落时才说“你还不配……”；因为自轻自贱太丢人，才有“第一个”的自我满足；因为赢来的洋钱忽然没了，没办法只好打嘴巴，然后才有自己打了别人的怪想法；因为……才有……

细读文本，发现每一个“因为……才有……”都是和阿Q这个“特殊”“特定”的人相关，都是只有这样的一个人才会有这样的想法，换个别人，即使同样是“精神胜利”，也会是另一种想法和说法，而不是现在阿Q这样的想法和说法。换句话说，阿Q是性格鲜明独特，从而区别于古今中外任何艺术形象的典型形象。正因为他鲜明独特，所以读过《阿Q正传》的人，才一下子记住了他，刻骨铭心，永志不忘。

精神胜利法，暴露了当时的国民劣根性

艺术典型之所以为艺术典型，就因为其一方面是独特的，同时又是普遍的；既是独一无二的某一个，又代表了某一批、一群、一类人。阿Q就是这样的形象。

对阿Q来说，精神胜利法既是他个人的性格特点，同时又暴露了当时中国人的国民劣根性。

之所以这样说，至少有两方面的依据。

一是作者鲁迅的创作意图。鲁迅在谈到《阿Q正传》的创作时说过，阿Q的影像在自己心中已经存在了好几年，只是缺少一个把他写出来的契机，一旦契机来临，当天晚上就写出了第一章。关于创作意图，鲁迅说："我虽然已经试做，但终于还不能很有把握，我是否真能够写出一个现代的我们国人的魂灵来。"因为中国老百姓在封建的铁屋子里"默默的生长，萎黄，枯死了，像压在大石底下的草一样，已经有四千年！要画出这样沉默的国民的魂灵来，在中国实在算是一件难事……所以我也只得依了自己的觉察，孤寂地姑且将这些写出，作为在我眼里所经过的中国的人生"。（《俄文译本〈阿Q正传〉序及著者自叙传略》，参见《鲁迅全集》第七卷，人民文学出版社2005年版，第83—84页）

由以上自述可以看出，鲁迅创作《阿Q正传》的目的，绝对不是为了写一个怪癖可笑的人，所以有人怀疑他是讽刺这个、影射那个，鲁迅感到深深的悲哀，因为他的真正的苦心被歪曲被误解了。鲁迅的真正动机是想借助阿Q形象画出一个现代沉默的国民的魂灵，写出真实的中国的人生。这就是我们通常所说的批判国民劣根性。

二是作品在社会上引起的反应，即社会效应。

在这方面，研究者最常引用的资料是1926年8月《现代评论》上涵庐（即高一涵）的《闲话》中的话："我记得当《阿Q正传》一段一段发表的时候，有许多人都栗栗危惧，恐怕以后要骂到他的头上。并且有一位朋友，当我面说，昨日《阿Q正传》上某一段仿佛就是骂他自己……"（参见《鲁迅全集》第三卷，人民文学出版社

2005年版,第396页)

鲁迅写出的是阿Q,为什么有许多人感到栗栗危惧呢?原因是他们从阿Q这面镜子里隐隐约约看到了自己灵魂的秘密,阿Q的性格和他们心灵相通,所以他们读阿Q就像读自己。

感到"栗栗危惧"的还只是能读书的知识分子,而鲁迅要批判的国民劣根性除了知识分子之外,还有更广泛的社会大众,即"沉默的国民",他想借阿Q写出的是"一个现代的我们国人的魂灵"。

借助阿Q形象的塑造批判国民劣根性,在评论家们笔下也早有定评。如早在1922年,茅盾(沈雁冰)在《通信》里就说:"《阿Q正传》虽只登到第四章,但以我看来,实是一部杰作。……阿Q这个人,要在现社会中去实指出来,是办不到的;但是我读完这篇小说的时候,总觉得阿Q这人很面熟。是啊,他是中国人品性的结晶呀!"——在这里,茅盾明确指出"阿Q相"具有国民性特征,人们可以不断地在社会的各个角落遇见具有"阿Q相"的人物,我们有时自己反省,常常疑惑自己身上也免不了带着一些"阿Q相"的分子。

鲁迅在日留学时的好朋友许寿裳对于阿Q也提出了与茅盾相近的看法。他说,《阿Q正传》是一篇讽刺小说,鲁迅提炼了中国民族传统中的病态方面,创造出这个阿Q典型。阿Q的劣性,仿佛就代表国民性的若干面,足以使人反省。他对于阿Q的劣性像精神胜利法等,当然寄以憎恶,施以攻击,然而憎恶攻击之中还念着同情。

精神胜利法,揭示出了普遍的人性弱点

将眼光放远,从人类深层心理看,精神胜利法揭示的其实是普遍的人性弱点。所谓人性弱点,即超越时代、超越社会、超越阶级、超越民族、超越贫富贵贱、超越男女老幼的弱点，具有人类的共同性、共通性。

关于这一点，《阿Q正传》发表之初，就有人看出来了。

1922年茅盾指出“阿Q相”具有国民性特征，1923年在《读〈呐喊〉》里，他又明确提出阿Q的世界意义。他说，“阿Q相”未必全然是中国民族所独具，似乎也是人类普遍弱点的一种，至少，在“色厉而内荏”这一点上，作者写出了人类的普遍的弱点来了。（《茅盾论〈阿Q正传〉》，参见《孙昌熙文集》（全三册）第二册，社会科学文献出版社2022年版，第409—420页）

阿Q的精神胜利法与普遍的人性相通，许广平也说过类似的话，阿Q差不多成了中外闻名的角色了。他的成名，是有很大的意义的，就是通过阿Q等人物的形象，来讽刺国民性的弱点，只要这国民性的弱点存在一日，阿Q也就活着一日。阿Q不但代表中国国民性的弱点，同时也代表世界性的一般民族弱点，尤其农村或被压迫民族方面，这种典型很可以随时随地得到。所以当《阿Q正传》被译成俄文而呈现于苏联读者之前，苏联的文化人就说，我们这里也有很多的阿Q！——在这里，许先生先肯定阿Q形象代表了中国国民性的弱点，然后又指出阿Q同时也代表了世界性的一般民族弱点。

在国外，阿Q也很早就引起读者，尤其是作家们的注意。如《阿Q正传》发表之初就被人译成法文交给法国当时著名文豪罗曼·罗兰。罗曼·罗兰给予《阿Q正传》以很高的评价，他说，在法国大革命时期，也有类似阿Q的农民。《阿Q正传》发表百年来，陆续不断地被翻译成各国文字，受到全世界各国读者的热烈欢迎和作家们的高度评价。在某些重要的外国百科全书和辞书中，都可以查到《阿Q正传》的条目和“阿Q”的名字，“阿Q”已成为世界文学中一个著名的典型人物。正因为这样,《阿Q正传》不仅奠定了鲁迅在中国现代文学史上的地位,同时也使鲁迅获得了世界地位与国际声誉!(参见戈宝权:《〈阿Q正传〉的世界意义》,《徐州师院学报》1981年第3期)

阿Q为什么会受到世界各国读者如此普遍的欢迎?因为他们也从阿Q身上看到了自己的影子,发现自己与阿Q在人性弱点上相通。正如印尼作家阿尔蒂宁西·W所说的,阿Q这个名字套在谁的头上都行,反之,任何人都可标阿Q的名字。阿Q的狡猾与愚蠢,傲慢和狡诈,犬儒主义和天真烂漫,自以为是和自我奴役,心地不善和自尊……的某些掺和,可以概括成一个词:人性。台湾作家痖弦在《阿Q阴魂不散》一文中说得更加直接:"阿Q的这种症候群难道只出现在中国人身上?美国人、英国人、德国人、日本人身上就没有吗?君不见美国人对越战、英国人在海外殖民地的一些作为和为这些作为所作的解释,件件都有阿Q的身影。电影明星'兰波'这个被美国影片商制造出来的英雄人物,就是为美国在越南的败北寻求宽慰和解释,这不是'阿Q精神'是什么?"(转引自陈非:《阿Q:人性丑陋的化身——〈阿Q正传〉新论》,《广西社会科学》2006年第11期)

阿Q为什么能集个人性、国民性、人性为一体?

阿Q的个人性属于个别性、特殊性,国民性、人性属于不同范围的一般性、普遍性,那么阿Q的个人性为什么能够体现不同范围的一般性、普遍性呢?因为阿Q的个人性与国民性、人性有共同、共通之处,因而可以共鸣、共振,心心相印,"心有灵犀一点通"。

那么共同、共通之处是什么呢?剥掉时代、社会、民族、阶级等元素,抽取其中共同点可以发现,任何时代、社会、民族、阶级的人群中都有强者和弱者之分，当弱者遇到强者的欺压、凌辱、剥夺无力抗争而又不甘心时，必然产生自我保护、自我安慰的心理需求，于是产生了精神胜利法。

离开强弱势这一社会学范畴，从人生角度看，在漫长的人生旅程中，大多人们都可能遇到躲不开的失落、失败、无奈、挫折、灾难和不幸的时候，此时应该怎么办？很显然，既然“躲不开”，就应该坦然接受，就应该自我劝解自我化解，古人称此为“慰情退步法”。

苏轼深解此中奥妙，他在《薄薄酒》中写道：“薄薄酒，胜茶汤；粗粗布，胜无裳；丑妻恶妾胜空房。”苏轼的这类退步求慰之论在古代俯拾即是，其灵魂是“退一步求安乐法”。古人的“慰情退步法”就精神实质看，类似精神胜利法。

外国人也懂这一套。例如，契诃夫曾以幽默的笔调写过，“生活是极不愉快的玩笑，不过要使它美好却也不很难。为了做到这点，光是中头彩赢了二十万卢布、得了‘白鹰’勋章、娶个漂亮女人、以好人出名，还是不够的——这些福分都是无常的，而且也很容易习惯。为了不断地感到幸福，甚至在苦恼和愁闷的时候也感到幸福，那就需要：(一)善于满足现状，(二)很高兴地感到：‘事情原来可能更糟呢’。这是不难的：要是火柴在你的衣袋里燃起来了，那你应当高兴，而且感谢上苍：多亏你的衣袋不是火药库。要是你的手指头扎了一根刺，那你应当高兴：挺好，多亏这根刺不是扎在眼睛里！……朋友，照着我的劝告去做吧，你的生活就会欢乐无穷了。”(《生活是美好的——对企图自杀者进一言》)

看来古今中外人都懂得精神安慰这一套，由此可知，精神胜利法是人性的一种需求。

精神胜利法的利与弊

精神胜利法在某种程度上能够化解弱者心中的痛苦，平复弱者受伤的心灵，减轻失落、失败、挫折、灾难、不幸造成的沮丧，这是其“利”。愤懑、痛苦、忧伤、无奈的心情“压力山大”，如气压饱和的锅炉，弄不好是会爆炸的。这时候用精神胜利法抚慰一下自己的心灵，等于是通过阀门放了点气，让愤懑痛苦的心情放松一点。从这一角度看，精神胜利法具有一定的合理性。

生活中的失落、失败、痛苦、不幸的内容和性质是不一样的。如果说苏轼和契诃夫所说的精神抚慰不失为人类生存之智慧，具有一定合理性，“利”大于“弊”的话，那么阿 Q 的精神胜利法虽然也有可以理解的一面，但其作用明显的是“弊”大于“利”。因为阿 Q 的精神胜利法体现出的是愚昧、麻木、健忘，是自轻自贱、自慰自欺、畏强凌弱，是懦弱卑怯、自甘堕落、以丑为荣，如果用一句话概括，即骨子里渗透的是奴性，是颓废沉沦不争气。这种意义上的“精神胜利”即鲁迅所说的国民劣根性，这是最让鲁迅感到失望和悲哀，因而不遗余力加以批判的。

祥林嫂:被陈腐发霉的社会空气闷死了

祥林嫂

不知其他读者读鲁迅著名小说《祝福》时是什么感受,反正笔者自学生时代至今,每次读都感到沉重和压抑。沉重与压抑何来?来自鲁镇的思想环境,或者说精神氛围。透过作品的艺术描写,我们可以感到鲁镇的空气中充盈着、弥漫着、散发着陈腐的封建思想意识的霉味儿,陈腐的思想意识像“灰白色的沉重的晚云”始终笼罩在鲁镇上空,又像紧箍咒一样牢牢箍在每个人的心上。

这种氛围何来?历时性看,来自几千年封建传统的灌输与积淀;共时性看,来自流行观念的传播与濡染。鲁镇是整个社会的一个细胞,整个封建社会外在的社会架构、内在的意识形态的基因(DNA)都集中浓缩到这一细胞里。可以说,鲁镇就是中国封建社会的全息缩影。可以想象,生活在这样的环境中,一呼一吸都是封建意识的空气,耳濡目染,潜移默化,头脑早被封建意识所征服、所占据、所同化,不知不觉中,每个人都成了封建意识的奴隶。

陈腐的思想观念塑造了每个人的头脑，支配着每个人的言谈举止，长此以往，人们又反过来加强了、固化了传统的思想观念。于是，充盈弥漫于各个角落的社会心理形成了，人们的思想被窒息了，灵魂被毒化了，凡是与之不同的都被视为大逆不道，被视为异端、视为另类，必遭嘲讽、排斥、打压，直至除之而后快。祥林嫂就生活在这样的环境氛围之中，可以说，她就是在这样的环境氛围、社会空气笼罩下被活活闷死的。

包围她、闷死她的力量来自四面八方。

首当其冲的当然是鲁四老爷之类的封建遗老

在鲁镇，鲁四老爷的社会地位最高。他是乡绅，是读书人，是讲理学的老监生。从他书房的摆设和布置可以看出，他是被理学浸透了骨髓的人。理学理论千头万绪，核心是“三纲五常”“存天理，灭人欲”。落实在婚姻关系上，口号是“饿死事小，失节事大”，要求女性从一而终，反对女性改嫁；否则就是“失节”，就是不贞洁，就是人格卑贱、道德低下。这些观念在鲁四老爷心中根深蒂固，因而在他眼里，曾改嫁过的祥林嫂就是最低劣、最卑贱、最让人瞧不起，甚至最不值得活着的人。

祥林嫂死了丈夫逃出来被介绍到鲁四家做工，虽然她模样周正，手脚壮大，性格温和，很像一个安分耐劳的人，但鲁四的反应却是“皱眉”，原因无他，因为“讨厌她是一个寡妇”。年纪轻轻死了丈夫本该被同情，但在鲁四这里不但没有丝毫同情，反而视她为不祥之物。只是因为祥林嫂太能干，这才得以留下来。

祥林嫂第二次来到鲁四家，是被迫改嫁又死了男人和孩子之后。这时的祥林嫂不仅是寡妇，而且是改嫁过的寡妇。就因为改嫁过，祥林嫂的人格在鲁四眼里更贬值了。他本来不想收留她，但因为一直以来使用的女工一个不如一个，原先已经知道祥林嫂安分而且能干，所以才留下了她。

人虽然留下来，但只许干粗活，家里任何重要事务，尤其是祭祀，是不许她沾手的。因为祥林嫂“这种人虽然似乎很可怜，但是伤风败俗”，如果让她做饭，“不干不净，祖宗是不吃的”。祭祀原本是鲁家最重大的事件，是最需要人手的时候，以前祥林嫂最忙碌，但此时却被晾在一边闲了起来。她热心上前帮忙，但立刻被喝止：“祥林嫂，你放着罢！”热情屡屡遭泼冷水，她终于没有事情可做，只好讪讪地走开，老老实实坐在灶下烧火。

祥林嫂是穷苦人出身，不怕劳动而怕被人瞧不起。屡屡地被喝止就是宣告自己是不干净的人，是不配参与祭祀活动的“贱人”。对祥林嫂来说，这无异于精神虐杀。即使无心、麻木如祥林嫂，也感受到了残忍的歧视，心灵受到重重的伤害，所以她本来不好的精神状态越发恶化起来。她本来想在鲁家安安心心踏踏实实做奴隶，但没想到自己连做奴隶的资格也没有。此举对祥林嫂心灵的打击是异常沉重的。

粗暴野蛮的婆婆

祥林嫂的身世实在可怜。她姓啥名谁，娘家情况如何，我们一概不知。她在鲁家出现时才二十六七岁，丈夫比她小十岁，也就是说，她成婚时丈夫只是个十几岁的小孩子。这种情况，在旧社会没有别的解释，祥林嫂或者是很早因为家穷被父母早早送到婆家当童养媳；或者是被捡的弃婴，也未可知，总之是身世极为凄惨。

出身不幸，成婚后好不容易有个安身之地，无奈丈夫早死，又失去了依靠。丈夫死后，如果婆婆能够善待她，她肯定不会出逃。之所以逃出去，可以想象她受的虐待已忍无可忍。但不幸的是，在鲁家刚刚安定下来，又被婆家人强行劫持回去了。

婆婆之所以能理直气壮地把祥林嫂从强势的鲁家要回去，因为背后有强大的宗法理念作依据。这就是"三从四德"中的"三从"：女人未嫁从父、既嫁从夫、夫死从子。祥林嫂是祥林的女人，当然属于祥林，祥林死了，她作为女人的价值只剩下拿来卖钱了，所以婆婆把她绑架回去转手卖给了山里人——卖给本村人价钱低，卖给山里人价钱高。

婆婆的野蛮行径现在看来完全不可思议，但在当时却是天经地义、有制度和观念支撑的。在封建制度下，女人不算人，作为女人的祥林嫂根本不是人格独立的自然人，而是丈夫的附属物，是夫家的私有财产，可供驱使的奴隶，因而可以自由买卖。

这种情况，即使是极为偏僻的深山里依然如此。祥林嫂嫁到山里又死了男人，唯一的儿子也死了。这样一来，无法"从夫"，也无法"从子"了，她也就丧失了生存的根据，于是大伯来收屋赶她走，她只好又回到鲁镇做下人。

可以想象，在这种非人的社会制度和思想观念下，祥林嫂活得多么卑贱，多么可怜！什么人格、人权、独立、自主、尊严等现代女性不可或缺的理念，在封建时代统统无从谈起。

啃噬和消费祥林嫂的还有鲁镇的民众

除鲁四老爷外，鲁镇的居民和祥林嫂一样，也都处在社会最底层，也同样受封建制度的压迫和剥削。以常情常理揣度，应该对祥林嫂的不幸充满同情，给予温暖；但事实相反，他们不但不同情，反而是充满歧视，表现得无比冷漠和厌烦。

祥林嫂再次回到鲁镇，身份已经和第一次不一样。第一次是寡妇，第二次仍然是寡妇，但却是再嫁的寡妇。因为改嫁过，所以被人瞧不起。关于这一点，有文本为证。祥林嫂初次讲自己的孩子阿毛怎样被狼吃掉的故事时，男人们敛起笑容（“笑容”二字意味深长）走开，“女人们却不独宽恕了她似的，脸上立刻改换了鄙薄的神气，还要陪出许多眼泪来”。

请注意“宽恕”和“鄙薄”两个词。为什么对她宽恕？当然原来的态度是不宽恕。为什么不宽恕和鄙薄？因为她再嫁过，再嫁就是失节，失节就是道德上有污点、低人一等的人。和她相比，没改嫁的人具有道德上的优越感，所以居高临下地瞧不起她。

之所以宽恕和不再鄙薄，是因为祥林嫂的命实在太苦了，尤其是她儿子的惨死，终于打动了同样做母亲的女人的心，所以她们愿“陪出许多眼泪来”。有些老女人没有在街头听到的，还特意寻来，当面听她讲“这一段悲惨的故事”。

本来已经知道了，还要当面听她再讲一遍，听完了“叹息一番，满足的去了”，什么意思？怎么感觉这里有点变味了？是变味了！些许的同情之中夹杂了寻刺激寻开心的鉴赏态度了。她们的生活太无聊太沉闷了，于是把祥林嫂的苦难当作调味品了。

然而，人们对于祥林嫂的悲惨故事，只是初次听起来感到刺激，听多了就烦了。所以当祥林嫂再次讲阿毛的故事时，人们的新鲜感没了，开始厌烦了。不但厌烦，还加上了嘲弄，人们故意接她的话茬奚落她。祥林嫂只好闭嘴。——“她未必知道她的悲哀经大家咀嚼赏鉴了许多天，早已成为渣滓，只值得烦厌和唾弃；但从人们的笑影上，也仿佛觉得这又冷又尖，自己再没有开口的必要了。”

阿毛的故事听厌了，于是人们又从祥林嫂额上的伤疤找话题刺激她。伤疤是她反抗改嫁一头撞在香案上留下的，以封建道德眼光看，这本来是祥林嫂的光荣壮举，但现在也成了人们戏耍的对象。闲人们无聊、无耻、残忍的程度，让人震惊——他们怎么做得出来，怎么笑得下去！

这就是祥林嫂具体生活的小环境，镇上居民都是她每天抬头不见低头见的街坊邻居，他们对她如此刻薄，如此无耻，如此的"又冷又尖"，让祥林嫂情何以堪?!

引发祥林嫂精神危机的是柳妈

被人歧视嘲笑也罢，冷漠戏要也罢，反正祥林嫂经多了，见惯了，因而也就麻木了，日子就这样一天天地熬下去。但是，突然有一天，和她一同打工的柳妈无意中的一席话，引发了她的精神危机。

柳妈告诉她，因为嫁过两个男人，所以死后到阴间两个男人会争着要她，没办法阎王爷只好把她锯开分给他们。这是此前祥林嫂从来不知道，从来没想过的局面，现在一经提出，她的脸上立刻"就显出恐怖的神色来"。

生前受尽侮辱和歧视也就罢了，人总有死的时候，人一死，一了百了，再也不用受苦了。这时候的死，是对苦难的解脱，是一种值得盼望的幸福的事。如今经柳妈的提醒，原来死后更恐怖，死也逃不脱因再嫁带来的凌辱和折磨。生无可恋，死更可怕，祥林嫂一下子陷入空前的精神危机。

怎么办？柳妈指出了消灾的好办法——到土地庙里捐一条门槛当作自己的替身，给千人踏万人跨，以此赎了这一世的罪名，免得死后去受苦。按照柳妈的指示，祥林嫂和土地庙的庙祝讲好了价钱，然后不辞劳苦干了一年，把所有工钱拿去给了庙祝，自以为了却了赎身脱罪的大愿。祥林嫂好高兴，她"神气很舒畅，眼光也分外有神，高兴似的对四婶说，自己已经在土地庙捐了门槛了"。

导致祥林嫂精神崩溃的是四婶

捐门槛后祥林嫂以为自己已经解脱，变为正常人了，所以冬至祭祖时格外卖力地干活，坦然而愉快地帮四婶去拿酒杯和筷子。此时四婶极为紧张，慌忙地大声呵斥祥林嫂停止工作。祥林嫂的反应是：

> 她像是受了炮烙似的缩手，脸色同时变作灰黑，也不再去取烛台，只是失神的站着。……这一回她的变化非常大，第二天，不但眼睛窈陷下去，连精神也更不济了。而且很胆怯，不独怕暗夜，怕黑影，即使看见人，虽是自己的主人，也总惴惴的，有如在白天出穴游行的小鼠；否则呆坐着，直是一个木偶人。不半年，头发也花白起来了，记性尤其坏，甚而至于常常忘却了去淘米。

怎么回事？事情很明白，四婶一句话让祥林嫂花钱赎身回归正常人的愿望破灭了，她活着的唯一目标被摧毁了，此生此世再也不能翻身，将要永远活在屈辱中了。想一想，这对人心理的打击是何等的沉重，祥林嫂的精神彻底崩溃了。可以毫不夸张地说，四婶一句话要了祥林嫂的命了。

“我”的模棱两可让祥林嫂彻底绝望

精神崩溃的祥林嫂神思恍惚，身体一天不如一天。鲁四家雇佣她的目的是要她干活，如今既然干不好了，于是鲁家把她赶出家门，任其自生自灭。——由此可见高贵如鲁四家的虚伪、残忍和冷酷无情。由于无依无靠，祥林嫂无奈沦落为乞丐，以乞讨为生。

此时的祥林嫂挣扎在死亡线上，于人生已毫无牵挂，唯一萦绕于心的问题是死后有无魂灵的问题。这种终极问题不是她能解决的，于是见了“我”这个她以为见识广博的读书人就提出了死后的问题。她原本希望“我”会给出一个明确的答案，但“我”以也许有，也许无，总而言之“说不清”这样模棱两可的话答复她。这让祥林嫂彻底绝望了，于是在鲁镇欢天喜地庆新年的祝福活动中悄然死去。

是“我”的回答杀了她吗？当然不是。因为，无论“我”怎样回答，都拯救不了祥林嫂的绝望。试想，如果“我”答“有”，那么她死后虽可见到儿子阿毛，却免不了被分尸的恐怖；如果“我”答“无”，那么她避免了分尸的悲剧，却见不了阿毛了。阿毛是祥林嫂此生唯一的精神寄托，是她获得人生慰藉和温暖的唯一源泉，如果不能见阿毛，生死两茫茫，无论生还是死，还有什么意思?！所以，祥林嫂的死亡是其命运的必然结局，对她来说，死亡应该是一种解脱。

让我们简单回顾一下祥林嫂的生平。就出身来说，她无姓无名无家无根无来处，好似尘埃一粒悄无声息地偶然飘落到这个世界上。好不容易嫁了个极不般配的小男人，他很快就死去了。死了就为他死心塌地守节吧，但这事由不得你，她被婆婆强行出卖了。再婚后又死了丈夫和儿子，无奈只好再回鲁镇去打工。就因为改嫁，再回鲁镇的祥林嫂被所有人瞧不起，所有人都歧视她、鄙视她、嘲笑她、奚落她。四面八方的风刀霜剑，让她感到彻骨的寒冷。活着时一生抬不起头，死后还逃不脱更可怕的惩罚和折磨。这样的人生，不死还有何趣?！

祥林嫂的悲惨命运，当然有“天灾”的因素（两任丈夫和儿子之死），但归根结底是“人祸”。因为，如果不是四面八方的冷眼和冷箭，她完全可以自食其力，靠自己的劳动活得很好（作品中特意介绍祥林嫂干活不惜力，拼命劳动反而有了笑影而且胖了）。但就因为改嫁，她在所有人眼里贬了值，低人一等，失去做人的资格，或者简直就不是人了，因而所有人都敢于肆无忌惮地歧视她，作践她。

由此可见，是封建的思想观念“杀”死了祥林嫂，是渗透、充盈、弥漫于各个角落的腐朽的社会空气闷死了她。这里没有哪一个是直接的凶手，这是一个共犯结构，所有人都参与了犯罪，但所有人都是无意识的，因而都不必负责任。

人被“杀”了找不到凶手，“杀”了人竟不自知，还心安理得没有罪恶感，因而就没人为此担责任。这就是封建时代的社会现实。祥林嫂的悲剧人生，印证了鲁迅《狂人日记》中关于封建伦理道德“吃人”的判断，祥林嫂就是被封建意识形态“吃”掉的活标本。

附录

观念杀人实例

和一般动物相比，人的最大特点是活着需要观念；人活在观念中，被观念所支配，因此称人是观念动物也不为过。好的、积极健康的观念给人以活力，让人活得幸福快乐，而腐朽落后的观念则会破坏乃至于摧毁人的幸福，直至把人活活“杀”死。

这个意思是鲁迅先生首先发现并在作品中反复表现的。他在《狂人日记》中尖锐地指出，几千年封建社会仁义道德、宗法礼教的本质是“吃人”。这里的“吃人”有字面义和隐喻义。字面义为血腥的直接“吃”，隐喻义即从思想观念控制上间接“吃”。孔乙己、阿Q、祥林嫂等大批人物都是被间接“吃”的典型。

祥林嫂等是艺术作品中的人物，而实际生活中被“吃”的人，比作品中更直接、更惨烈、更惊心动魄。

2019年，笔者有幸参加了商丘市地方史志研究室主持的《明·嘉靖〈归德志〉》的点校工作。归德府，治所位于河南省商丘古城。公元923年，唐庄宗将宣武军改为归德军，始得名归德。1132年，金朝所扶持的伪齐皇帝刘豫将宋朝南京（今河南商丘）降为归德府，是归德府设置之始。1913年，政府撤销归德府，前后延续将近八百年之久。

明嘉靖二十四年（1545）编定《归德志》八卷，内容丰富，全面记载了当时归德府政治、经济等社会生活各个方面的状况。其中“人物志”里设“贞烈”一栏，记载了归德府历史上几十位“贞烈”女性，这里选录明代几位女性的事迹，供读者研究。

张氏：孟纶妻也。纶，瑛之季子，耽学成疾而卒。张命工作棺宽大，从容拜辞双姑及妯娌，遂自尽，一棺合葬。有司闻之，表其门曰“贞烈”。

冯氏：考城民奇之女，适车厢人王廷相。相病卒，冯年十九，悲哭仆地，遂自尽以死。乡里嗟叹，人莫能及。

曹氏：生员张琮妻也。琮病疽不起者十月，家贫无以迎医，曹纺绩市金，访医以治。琮卒，曹方盛年，乃哭叹曰：“妇无夫，身无主矣，不死何为？”因绐（音：dài；义：欺哄）匠氏曰：“夫尝嘱我，身巨，作棺必宽大可容。”匠佳诺受命。至夜乃自尽，一棺殓葬。初卒时，颜色不变如生存，远近观者，无不嗟叹。景泰六年，席贵闻之，表其门。

朱氏：刘晟妻也。晟病，朱焚香吁天，请以身代，药必亲尝，衣不解带者一载，竟卒。时朱年二十五，屡为自尽计。其父奔求之，且喻曰：“死节信美，但汝夫无兄弟，又无子，如二姑垂白，其谁与养，盍守诸？”朱乃抆泪受教，被麻毁妆，三年足不逾门，口不见齿，克襄晟之丧事。益扃（音：jiōng，一声；义：上闩，关门）户、理耕织一十五载，二姑相继不禄，朱咸葬祭如礼。及其父亦卒，朱曰：“吾所以不死者，以吾姑吾亲在也。今皆亡矣，夫复何俟？”自是泣血却食以卒。闻者无远近，皆为之痛惜。

魏连殳:孤独者的人生困境

魏连殳是鲁迅著名短篇小说《孤独者》的主人公。

读《孤独者》,和读《祝福》一样,感觉是沉重和压抑。沉重与压抑来自魏连殳的生存环境、生活氛围、生计无着、内心焦虑,总之,魏陷入了一系列人生困境。设身处地换位思考,无论谁身处此境,都无法不痛苦,无法不压抑,无法不沉重。

魏连殳

人际困境

魏连殳的职业是教书,但他所在的S城里,人们提起他的名字时,都说他有些古怪。怎么个古怪法?他身上集合着诸多矛盾,平时言行有点反常。如“所学的是动物学,却到中学堂去做历史教员;对人总是爱理不理的,却常喜欢管别人的闲事;常说家庭应该破坏,一领薪水却一定即寄给他的祖母,一日也不拖延”。

这是城里人对他的观感。他自己家乡寒石山的人怎样看他?观感和城里人一样。全山村只有他一人是出外游学的学生,所以在村人眼里,“他确是一个异类”。虽是同村人,但人们并不了解他,自然也不亲近他。乡亲们仿佛将他当作一个外国人看待,说他“同我们都异样的”。

因为和家乡人相互之间的隔膜,关系自然疏远,所以他在家乡十分孤独,长年在外,很少回家。他唯一的亲人祖母去世后家乡人通知他回去奔丧,因为知道他一向古怪,怕他悖逆传统规矩乱来,所以族人们提前商量了预案对付他。结果他对他们不屑一顾,不予争执,以一句“都可以的”将他们打发,让他们大跌眼镜,心里充满疑惑,更加提防着他。

整个丧事过程中魏连殳一滴泪没有落过,正当人们感到惊异和不满时,他出人意料,像受伤的狼一样自顾自地长啸,对任何人的劝解全不理睬,让众人不知所措。

和族人,和乡亲,和同事,和周围所有人的疏远,让他陷入人际关系的困境之中。祖母死后,他孤苦伶仃一人淹没在人海茫茫的S城,租住在一家寒酸的出租屋里。亲情的缺失,让他像孤魂野鬼一样漂泊游荡在这个世界上。

生计困境

魏连殳没有财产,唯一的生活来源是他供职所得的微薄的薪水。然而,这赖以生存的唯一来源也被掐断——他被校长辞退了。原因是,他喜欢在报纸上发表文章,发一些没有顾忌的议论,而S城的人思想陈腐僵化,不能容忍这些议论,所以有人匿名在小报上攻击他。魏连殳为此失去饭碗。

中国人有句糙话,此处不留爷,自有留爷处。但那时哪有现在社会的自由啊！那时事少人多,僧多粥少,求职极为困难;二是魏连殳的“古怪”已经出名,所以即便有工作职位,也没人愿意聘用他。

假如家有固定资产或手里有积蓄，暂时失业也无所谓。但魏连殳老家除了那间破屋外一无所有；平时薪水本来不多，他又不知道节俭，一到手立即花出去，可以说他家无隔夜之粮，所以，一旦失业，立马发生生存危机。万不得已只得变卖读书人仅有的财产——心爱的书籍。可是，这点小钱怎能解燃眉之急，所以很快就家徒四壁，屋里“满眼是凄凉和空空洞洞”了。

失业了，如有朋友接济或可缓解一时，可是魏连殳为人孤僻没有朋友，唯一朋友（叙述人“我”）同病相怜，同样自顾不暇，也在求职找工作。

危机到这一步，孤傲的魏连殳也不得不放下架子降格以求。朋友（“我”）好不容易在外地找到一教职，魏只得艰难地开口求他到职后代找工作，条件很低——“便是抄写，一月二三十块钱也可以的”。“我”很诧异，没想到魏竟肯如此迁就，魏的解释是：“我……我还得活几天……”

“我还得活几天”，话说得多么卑微，多么可怜，多么辛酸。此话出自一向清高孤傲的魏连殳之口，实在让人感叹！

人生选择的困境

常言说，一分钱逼死英雄汉，眼下的魏连殳就走到了这一步。没钱吃饭，活不下去了。然而还想活下去，怎么办？

怎么办？两条人生道路摆在面前：要么自杀，要么向世俗妥协或者直接说就是投降，除此之外别无他途。生命与尊严，活着或死去，两相比较，当然是求生的本能力量强大，所以倔强孤傲的魏连殳也别无选择，只能投降。

投降了的魏连殳做了军阀杜师长的顾问。为军阀做事，在军阀门前低声下气讨饭吃,这在平时是绝对不可想象的。这等于是直接违背了自己的信仰,扭曲了自己的人格,泯灭了自己的情怀,颠覆了自己的价值观。这对于一向以精神自傲的读书人来说简直是天地变色、山摇地动的大事。换句话说,这等于是自我打脸,自我毁灭,精神自杀。

但是,如果不杀死精神,就要杀死生命;如果想要活命,就要精神自杀。——“活着,还是死去,这是个问题。”世上再也没有比这更严酷更惨烈的选择了,然而这却让魏连殳摊上了。可以想象,他的内心是多么痛苦。

魏为自己的选择所作的解释是:“这半年来,我几乎求乞了,实际,也可以算得已经求乞。然而我还有所为,我愿意为此求乞,为此冻馁,为此寂寞,为此辛苦。但灭亡是不愿意的。”这意思是,因为不想死,所以想活下来——毕竟,好死不如赖活着。但是,“赖活着”是要付出代价的,这代价就是让人瞧不起——不但别人瞧不起,就连自己也瞧不起自己。不过,好在“愿意我好好地活下去的已经没有了,再没有谁痛心”,所以“我”可以厚着脸皮破罐子破摔了,无论怎样活着都无所谓了。

一旦放下人格尊严,放下精神信仰,只是为活着而活着,那就“自由”了,“解放”了。因而魏连殳说自己“快活极了,舒服极了;我已经躬行我先前所憎恶,所反对的一切,拒斥我先前所崇仰,所主张的一切了。我已经真的失败,——然而我胜利了”。

“我已经真的失败,——然而我胜利了”,这句悖论语言表达的是,有灵魂的真我失败了,而没有灵魂的假我胜利了。此时的魏连殳正好应了一句话:哀莫大于心死。魏的心死了,留下的只是他的躯壳了。于是,“胜利”了的魏连殳开始醉生梦死,过起了玩世不恭、浑浑噩噩、放荡不羁的生活。

以前闭门独处，讨厌应酬，从不与人来往；现在客厅里高朋满座，喝酒打牌，磕头打拱，分外热闹。以前尊敬地称房东为“老太太”，现在一口一个“老家伙”。以前低声下气对孩子，有了好东西总是分给孩子们；现在给东西要他们装一声狗叫，或者磕一个响头……

失败的胜利，胜利的失败，魏连殳之所以能这样评价自己，说明他的心没真死，说明他在清醒地沉沦着。他厌恶自己，瞧不起自己。想一想，这该有多么痛苦！生计无着活不下去是悲剧，现在活下去了但心却死了是更大的悲剧。

魏连殳为什么孤独？

魏连殳为什么如此怪异，如此封闭，如此孤独呢？分析文本，大致有内外两方面原因。

从外在方面说：一是他外出求学，经受过文明思想的洗礼，已经是个有文化的人，其价值观念已经脱离了普遍的愚昧而具有了现代文明的气息；而封闭的乡村，同时也包括城里人依然被传统的落后思想意识所控制，所以二者之间自然产生隔膜和相互的不理解。二是他外出求学又在外工作，这在他人眼里，尤其在乡下人眼里他的身份变了，他挣了很多钱，变成阔人了，和他们拉开距离了，因此他成为羡慕嫉妒恨的对象，即使他不与别人疏离别人也远离他了。

从内在方面说：一是小时候留下的心理创伤阻碍着他和乡人接近。他小时候父亲死了，族人们要夺他的屋子，硬逼他在字据上签字画押。父亲死后，只有祖母和一个女工住在祖屋里。因为魏连殳没结婚，所以族人一直在算计着他这间房子，他堂兄带儿子到城里要求把儿子过继给他。族人的冷酷和自私深深地伤了他的心，他看透了他们的寡情和虚伪，所以他鄙视他们，一直提防和远离着他们。二是，正如作品开头介绍的，魏连殳的言谈举止、行为方式确实怪异，因此不但乡下人视他为异类，城里人也同样视他为古怪。包括他的同事，也不能理解他、容忍他，因此“学界上也常有关于他的流言”。看来，这些人和乡下人一样，在“百无聊赖”的环境中生活，思想观念依然被封建意识所禁锢，容不得“异类”，所以和魏格格不入，千方百计造谣生事排挤他。

总结上述魏连殳“孤独”的原因，有社会封闭落后、人的思想意识陈腐僵化的外在因素，也有魏个人方面的内在因素。根据以上原因，说魏连殳是反封建斗士、受西方文化影响的先知先觉者，似乎证据不足。关于魏连殳是不是“新党”，文本通过叙述人告诉读者：“大家虽说他是一个可怕的‘新党’，架上却不很有新书”；相反，《史记索引》之类的古书倒有不少。和他交往的人呢，也不像“新党”。这些人“大致是读过《沉沦》的罢，时常自命为‘不幸的青年’或是‘零余者’，螃蟹一般懒散而骄傲地堆在大椅子上，一面唉声叹气，一面皱着眉头吸烟”。这样的人其实是一群颓废无聊的庸人，与“新党”风马牛不相及。

那么魏连殳到底是一个什么样的形象呢？通过文本的正面描写，从他蔑视流俗、我行我素的行事特点看，他似乎和中国古代个性卓异、特立独行、反对流行正统思想的知识分子相类似。这样的人自我孤立，不谐于世，远离庸众，怎能不孤独?!

涓生：爱而不深、恶而不忍的卑怯者

涓生是鲁迅著名小说《伤逝》的主人公之一。

涓生

《伤逝》是鲁迅唯一以青年恋爱婚姻为题材的作品。恋爱自由、婚姻自主是“五四”时期的社会思潮，也是文学创作的热门话题。《伤逝》以主人公涓生手记的形式叙事，叙述了他和子君从恋爱同居到最后分离、子君死亡的全过程，抒情气氛极浓，表达的意绪深厚复杂，感人至深。作品提出的问题及艺术特色不仅在鲁迅小说中，即使在当时众多同类题材小说中也绝对是独具异彩，因而深受读者和研究者的喜爱和关注。

一对热恋的男女青年好不容易走到一起，但不到一年，迅即以惨痛的悲剧形式结束了。原因何在？毫无疑问，外在的社会压迫肯定是一个原因，但小说突出的重点并不是社会因素，而是他们之间的内在原因。那么悲剧的症结究竟出在哪里？讨论这一问题，对于理解作品意蕴，总结其中至今仍有借鉴价值的经验教训，是很有意义的事。

本文拟紧扣文本情节，结合阅读体验，谈谈自己的意见。

让我们简单回顾涓生和子君从恋爱同居到关系破裂的全过程。梳理文本，这一过程大致可以分为六个阶段。

同居前的热恋期

涓生是某局从事抄抄写写工作的小公务员，借住在会馆偏僻的破屋里，生活“寂静和空虚”。寂静空虚的生活渴望着爱，这时候子君出现，唤起了涓生的生活热情，二人进入热恋中。寂寞空虚的涓生每天都“在久待的焦躁中”期待子君的到来，听到子君的脚步声就“骤然生动起来”。一见子君，心就立马“宁帖”，然后滔滔不绝地给她谈家庭专制、男女平等，讲易卜生、泰戈尔、雪莱……子君则认真地听。一旦见不到子君，涓生竟冲动地跑到她家去找她。

当时的社会，新思潮尚未普及，他们的自由恋爱还不能得到大众的理解。子君的叔叔就曾当面骂过涓生，会馆旁的居民看见他们就指指点点，偷偷议论。面对旧思想的压力，涓生表现得怯怯的，但子君则很坚定、彻底、无畏，她“分明地，坚决地，沉静地”对涓生说：“我是我自己的，他们谁也没有干涉我的权利！”这话深深震动了涓生的灵魂，让他狂喜好多天。

在子君透彻、坚强态度的感染下，涓生原来害怕被拒绝的心放了下来，将自己“纯真热烈的爱表示给她”，他模仿外国电影向子君求婚——“含泪握着她的手，一条腿跪了下去”。子君当然高兴，青白脸色变绯红，孩子似的眼里射出悲喜而惊疑的光。就这样，你情我爱，两个人终于不顾一切走到了一起。

同居之初的甜蜜期

决定和涓生同居之后，子君跟监护她的叔叔决裂，叔叔气愤到从此再也不认她做侄女；涓生也和几个嫉妒他的朋友绝了交。

同居之初无疑是极为幸福的。两人一起"温习"热恋时的情景，子君让涓生复述当初他说过的甜蜜情话。他们二人，尤其是子君，陶醉在幸福的回忆中。

两人一同找房租住，一同置办家具，涓生用去了大半积蓄，子君卖掉了唯一的金戒指和耳环。为了子君高兴，涓生买来两盆小花草。子君喜欢动物，买了四只小油鸡和巴儿狗阿随。涓生下班回来，两人要么沉默相视，要么放怀而亲密地交谈。子君胖了，脸色也红活了。二人世界的生活安宁而幸福。

涓生对平庸生活的厌烦期

热恋的生活充满激情，初婚的生活甘甜如饴，但这毕竟只是短暂的。婚后的生活是漫长的，家庭生活是琐碎平庸乃至无聊的。

子君总是忙，管了家务连谈天的工夫也没有了，更谈不上读书和散步。这让涓生感到不快活。因为油鸡，子君和房东太太暗斗，涓生下班回来看见她装出的勉强笑容，也不快活。子君终日汗流满面地操劳，使得涓生不好意思，于是"也不能不一同操心，来算作分甘共苦"。涓生劝子君别这样，子君不理会，还是照样操劳，这也让涓生不快活。

庸常琐碎的家庭生活让涓生厌烦，他的感悟是："安宁和幸福是要凝固的，永久是这样的安宁和幸福。"

互不沟通的冷战期

庸常安宁的生活忽然被打破，涓生被局里辞退，失业了。失去了赖以生存的生活来源，这对小两口是个不小的打击。在打击面前，涓生表现得比较镇定，他对此早有预料，而且他对于小职员的位置也不大留恋，自己毕竟还年轻，还有许多事可做。但无畏的子君却变了色，虽然嘴上说"我们干新的"，声音听起来却是浮浮的。这让涓生很不高兴——"我真不料这样微细的小事情，竟会给坚决的，无畏的子君以这么显著的变化。她近来实在变得很怯弱了"。

为了克服失业的打击，二人振作精神。他们一起发小广告，涓生静下心来开始译书。译书需要幽静的环境，可是屋子里总是散乱着碗碟，弥漫着煤烟，加以油鸡和阿随的干扰，还有"川流不息的吃饭"，常常打断涓生的构思，这让涓生烦不胜烦。

日子越过越艰难，经过涓生多次抗争和催逼，油鸡被杀吃了，阿随被放掉了，家里安静了，但子君却神色凄惨，脸上冷冷的。涓生问她怎么了，她也不说。涓生认为子君把他当成"忍心"的人了，对此，涓生很不以为然，他认为子君"识见浅薄"，心里埋怨子君不能理解自己。两人之间的话越来越少。

不能沟通的结果是陷入冷战。为逃避天气的冷和神情的冷，涓生躲到图书馆里不回家。你对我冷，我比你更冷（"我知道我近来的超过她的冷漠"）。涓生为消除子君的忧疑只得勉强谈笑，但自觉这很虚伪。两人相互建起的精神高墙谁也不去主动打破，彼此生活在难堪的煎熬中。

关系破裂，子君死亡

涓生终于忍受不了难堪的冷战，忍受不了自己的虚伪，忍受不了子君为缓和关系而回忆往事的行为，于是公开向子君宣布：我已经不爱你了！为了你好，我们还是分手吧！

涓生预料子君会有激烈反应，结果相反，子君听后只是沉默，脸色陡然变成灰黄，死了似的，恐怖地回避着涓生的眼睛。事已至此，子君还有何脸面赖在这个家里？于是她悄然离去，临走时把吃的东西归拢一处，郑重地将几十枚铜圆留给涓生——这是他们两人全部的生活材料，子君希望涓生借此维持较久的生活。

子君走投无路，只能回到自己曾决绝离开的家，不久就死去了。什么原因，没人知道。不过，以情理揣之，一个好端端的年轻人突然死了，不是急病，那么会是什么呢？很明显，不是郁闷而死就是自杀。哀莫大于心死，一个精神死了的人，活着不如死了好。

涓生的悔恨和悲哀

听到子君的死讯，涓生惊得没有话说，于是意识到是自己的"真实"把子君送上了死路。想到孤苦无助的子君死于无爱的人间，涓生痛心疾首，陷入无尽的悔恨和悲哀中。

本文主旨是讨论涓生的形象，从上述"过程"的简要梳理，我们大略可以看出涓生是怎样的一个人。

排除社会大环境方面的外在原因，就具体生活情境、人物关系来说，笔者以为，二人悲剧的主要原因在涓生，涓生是一个爱而不深、恶而不忍的卑怯之人。

先说爱而不深。

爱情伦理常识告诉我们：爱，就要为对方付出，真心诚意愿付出，这是爱最起码的证明。那么涓生、子君对对方的付出是什么呢？

通过涓生的叙述我们知道，子君家在乡下，在城里时叔叔是她的监护人。子君为和涓生恋爱决绝地断绝了和叔叔的关系，以至于叔叔气愤到不再认她为侄女。谁都知道家庭对一个人的重要，尤其是对旧时代的女性。子君这样做，等于是破釜沉舟，义无反顾，完全彻底。

二人要租房建立自己幸福的小巢了，为了筹款，子君卖掉了唯一的金戒指和耳环。众所周知首饰对女性的重要，但为了家庭，子君依然是义无反顾、毫无保留地付出了。

即使到了决裂不得不分离的时候，子君还把家里仅有的财产——几十枚铜圆留给涓生，希望他借此多维持一些时候，而自己则分文不取，净身出户。

那么涓生的付出呢？涓生为租房用去了他筹来款子的一大半。除此之外，我们看不出来他还有什么付出。当然，涓生出去挣钱了，但子君在家忙家务了，谁也不欠谁。

爱情伦理还告诉我们：爱，就是爱对方的全部，既要爱其优点，也要爱其缺点。此论听起来似乎荒谬，但细想确有道理。因为，优点人人都喜欢，但只有爱了，才愿意包容对方的缺点，否则，和任何他人一样，怎么证明只有你才是“爱”呢?!

依此论衡涓生，他没有做到这一点。恋爱期和同居之初，甜甜蜜蜜，如胶似漆，彼此沉醉在幸福之中，什么都忘了。但同居“不过三个星期”，在渐渐清醒地读遍了子君的身体之后，涓生就发现他和子君的“隔膜”，亦即子君的缺点了。

这些缺点归结起来无非是他眼里的“俗”：沉浸在忙乱的家务之中不能谈天更不能读书和散步；为油鸡小狗之类的小事和房东太太暗斗；催促吃饭打扰了他译书的思路；吃了筹钱，筹来钱吃饭，子君的功业仿佛完全建立在吃饭中了。当然，还有得知涓生失业后所表现出来的怯弱……

平心而论，子君的上述表现确实不够高雅，同居后她如果能够陪涓生继续读书散步，在涓生工作时静悄悄地躲起来，不川流不息地催吃饭……当然更好。可问题是，对于家庭来说，这是必不可少的啊，离开这些还叫家吗？家务劳动，她不做谁做？对于维护家庭来说，子君的劳动也是贡献，也是付出，这和涓生上班挣钱具有一样的意义。涓生厌烦这些毫无道理。

当然，子君只顾忙家务而忽视通过读书继续提高精神品位，这可以视为一个不足。但这可以通过诚恳的谈心加以引导，子君也是读过书的新青年，她不至于不懂这个道理，更不至于顽固不化。但涓生的耐心引导在哪里？

还有，子君对涓生失业表现出“怯弱”，作为家庭主妇可以理解——断绝生活来源，等于她要做无米之炊了。看到子君怯弱，涓生完全可以通过自己的努力来鼓励她，和她一起奋斗渡过难关。子君原是坚强勇敢的，有他的鼓励和努力，相信她绝不会颓唐。但涓生的努力何在？他见她冷漠，就赌气似的以加倍的冷漠对待她。

走进婚姻殿堂，就等于是夫妻双方结成了命运共同体，就意味着对对方负有了责任，就不能单独只顾自己。涓生明知子君和家庭断绝了关系，离开他就无处安身，还硬着头皮抛弃了她。涓生的责任心何在？

总之，涓生之所以下决心抛弃或者干脆说是冷酷地赶走了子君，没有别的解释，唯一可以解释的是，他对子君的爱不深，不诚，不真；他的爱是自私的——他只爱他自己，他以自我为中心，对自己有利则爱，不利则不爱；需要时爱，不需要时不爱。不然，还能有什么解释呢?!

因为自我中心，因为爱而不深不诚不真，所以心胸狭窄，没有理解人的同情心，没有包容人的豁达心，没有关怀人的责任心。这种人，貌似堂皇君子，实则渣男小人。

次说恶而不忍。

把“恶”字用到涓生身上，乍听似乎有点过分（他可是读过书的知识分子啊），但深入文本，从涓生自己的叙述中我们可以看到，用“恶”字并没有歪曲和辱没了他，反而是恰如其分。

文本中有足够的证据。当涓生看到子君因为自己失业而神情“凄然”时，“我（涓生）的心因此更缭乱，忽然有安宁的生活的影像——会馆里的破屋的寂静，在眼前一闪”。什么意思？面临生活打击，刚刚与爱人有了情绪上的差异，还没发生直接冲突呢，涓生就怀念一个人单独时的安宁。这不是想甩包袱单飞了吗?!

这之后，涓生不止一次表达想单飞的愿望：“其实，我一个人，是容易生活的，虽然因为骄傲，向来不与世交来往，迁居以后，也疏远了所有旧识的人，然而只要能远走高飞，生路还宽广得很。现在忍受着这生活压迫的苦痛，大半倒是为她。”这里表达的意思很明显，涓生没有把子君当作自己人，当作命运共同体，子君只是“他人”，她是他的包袱，他为了她才肯留在家里。这是居高临下的怜悯，心里满是厌烦和委屈。

遇到困难就想单飞，这不叫“恶”？

还有比这更“恶”的。涓生想单飞时至少三次想到子君的死。第一次是最初想“分离”时——“我觉得新的希望就只在我们的分离；她应该决然舍去，——我也突然想到她的死，然而立刻自责，忏悔了。”第二次是陷入冷战之后，蜷伏在冷屋中的涓生——“冰的针刺着我的灵魂，使我永远苦于麻木的疼痛。生活的路还很多，我也还没有忘却翅子的扇动，我想。——我突然想到她的死，然而立刻自责，忏悔了。”第三次是在子君离去后，涓生意识到子君将要“在严威和冷眼中走所谓人生的路”——“我想到她的死……”

前两次想到子君的死时，她还没有离开他，但他意识到了她离开后无路可走很可能会死。这是预感，也是理性的推测。后果如此严重,为什么还冷酷宣布不爱她了,声称为免一同灭亡唯一出路是分手呢?这不是明知危险就在前面还放任危险的发生吗?第三次想到离开后的子君可能会死,为什么不去把她找回来?

想一想,这不是"恶"又是什么?只不过对这个"恶",他有些不忍,于是立刻在心里自责、忏悔了。但这种自责、忏悔的力量有限,既不能阻止他放任危险发生的任性,也不能促使他产生挽救危险可能发生的行为。于是这种"不忍"是浅薄的、无用的,甚至可以说是伪善的,没有任何实际意义。换句话说,虽然他意识到了行为可能产生的恶果,却依然放纵了恶果的发生。这比没意识到恶果决裂性质更恶劣。他的恶间接害死了人,后果非常严重,所以他的自责忏悔性质相当于鳄鱼的眼泪。

再说涓生的卑怯。

卑怯,不是笔者送给涓生的评价,而是他的自我评价。第三次想到子君的死后,他坦白道:"我看见我是一个卑怯者,应该被摒于强有力的人们,无论是真实者,虚伪者。"

卑怯,意思即卑鄙怯懦,分量很重的一个贬义词。纵观他的思想和行为,确实称得上卑鄙和怯懦。这主要表现在,他明明是自己想甩包袱,却把甩包袱粉饰成是为别人好;明明是自私、利己,却要包装成无私、利他;动机明明是阴暗卑下,却偏偏要表述得坦荡高尚。

涓生忍受不了冷战,下决心要和子君摊牌了。但他不直接表白,偏偏要绕圈子:"我和她闲谈,故意地引起我们的往事,提到文艺,于是涉及外国的文人,文人的作品:《娜拉》,《海的女人》。称扬诺拉的果决……"这是干什么?这是在拐弯抹角地暗示子君向诺拉学习,自己主动出走。这些小心思,虚伪得连他自己都听不下去,感觉不像自己应该说的话,于是——"时时疑心有一个隐形的坏孩子,在背后恶意地刻毒地学舌”。

敏感的子君听出涓生话里有话,于是要求他有话直说(“你老实告诉我”)。即使这时,涓生仍不直说。他继续绕圈子:“新的路的开辟,新的生活的再造,为的是免得一同灭亡。”即使到了不得不公开摊牌的紧要关头,他还要把真实意图包装在为他人好的高尚中,把自己的行为定性为人格的诚实:“……况且你已经可以无须顾虑,勇往直前了。你要我老实说:是的,人是不该虚伪的。我老实说罢:因为,因为我已经不爱你了!但这对于你倒好得多,因为你更可以毫无挂念地做事……”

听听,这一大圈子话,多么冠冕堂皇,多么无私高尚,可实质是赶子君走,而且是要她主动提出走,心甘情愿走。这样他心里就没负担,没罪恶感。这不是卑鄙是什么?!堂皇的说辞里掩盖的是真确实在的自私和利己!作为一个自命清高的读书人(不说“知识分子”了,听起来寒碜),这样的表演,这样的做派,让人恶心!感觉还不如流氓无赖赤裸裸的恶坦荡呢!于是理解了一句话:伪君子恶于真小人。

涓生之所以这么做,潜意识中是因为害怕别人,包括自己,看见自己灵魂的阴暗与丑陋,所以有意无意地必须包装起来。

这是什么?这就是卑怯!好在,当他在寂寞冷静的会馆中直面自己灵魂时承认了自己的卑怯。涓生把“卑怯”一词用于自评,说明他良心未泯,尚有自知之明。

鲁迅为什么要塑造涓生这样一个形象呢?比较一下我们就知道鲁迅的深刻和高明了。“五四”高潮过后,文坛上的新进作家们纷纷跟在时代潮流的屁股后鼓吹个性解放、妇女解放,鼓励年轻人冲破封建家庭的束缚争取恋爱婚姻自由的时候,鲁迅比他们远走几步,不但在“娜拉走后怎样”的演讲中提出过女性经济权的问题，更在《伤逝》中通过涓生子君的人生悲剧，提出了追求解放者个人的精神品质问题。人的精神素质有缺陷，同样是导致恋爱婚姻家庭不幸的原因。

人的精神素质涉及更深层面的灵魂秘密，涉及人性弱点、人格修养、道德境界。这一问题超越时代、超越社会、超越阶级、超越民族，因而更具有普遍意义。所以，鲁迅在《伤逝》中提出的人的精神素质问题，仍然是当今时代的迫切问题；其意义已经远远超越恋爱、婚姻、家庭，而涉及精神文明建设的各个领域。

子君：妇女解放先驱的教训给后人留下永不过时的启迪

涓生与子君

子君是鲁迅小说《伤逝》的女主人公。

关于子君和男主人公涓生的悲剧故事，我们在《涓生：爱而不深、恶而不忍的卑怯者》一文中已简要叙述过。本文想讨论一下子君的悲惨命运留给后人的启示。

子君是“五四”新文化启蒙运动的直接受益者，可以说是接受个性解放、妇女解放思潮洗礼成长起来的一代人。她勇敢地与阻碍她自由的旧家庭决裂，顶着旧势力的冷嘲热讽，义无反顾地与恋人涓生同居。她的“我是我自己的，他们谁也没有干涉我的权利”的宣言，代表了一代青年的心声；她走出家庭的决绝姿态树起了一座时代的丰碑。由此看，可以视子君为那个时代思想解放的先锋、妇女解放的先驱。

然而令人遗憾的是，这样一个在爱人眼里“彻底”“透彻”“坚强”的英雄人物，和爱人结合不到一年，竟然被爱人冷酷地赶走，最后悄无声息地悲惨死去。这种结局直让人痛惜不已、扼腕叹息。

造成如此悲剧的原因，笔者在《涓生》一文中已作过具体分析，认为主要原因在于涓生的自私和冷漠，是他的精神缺陷直接害了子君。接下来我们要讨论的问题是，子君方面有没有责任呢？换句话说，子君在哪些方面做得不够，她的惨痛教训给后人留下了哪些启示呢？

笔者认为，主要有这样几方面。

我的命运我做主，人生路靠自己走

当子君向涓生、向家庭、向世人宣布“我是我自己的，他们谁也没有干涉我的权利”的时候，她在精神上绝对是自主的，人格上绝对是独立的。这种精神状态相当了不起，所以震动了涓生的灵魂，让他狂喜激动了好多天。正是在这种思想的支配下，她毅然和涓生走到了一起。

不过，可惜的是，子君的独立自主只限于与家庭决裂这一步，和涓生结合之后，她的独立人格和自由精神就消逝了。她以为追求的人生目标达到了，可以“从此过着幸福的生活”了。但她没有想到独立人格和自主精神不应该是阶段性的，而应该是坚持一生的；不应该只是针对具体某件事，而应该是具有普遍意义的人生态度。所以同居后在生活上她就开始依赖涓生，沦为标准的家庭主妇，陷溺于油鸡小狗的凡庸生活中了。

子君的表现，一方面看有其合理性（女性没有工作权，不在家庭到哪里？），另一面看，她还是受了“男主外，女主内”传统思想的影响，因此独立自主的意识没有了。结果当涓生要抛弃她的时候，她猝不及防，慌乱恐惧，完全没有办法应对，只好回到曾决裂过的家庭里。这是多么大的屈辱啊！这种屈辱是难以忍受的精神折磨，可是，你不忍受又能怎样？没办法，最有可能的是，羞愧郁闷而死或自杀身亡。

子君的教训告诉后人，独立人格、自主精神是必须永远坚持的人生理念。这样说并不等于拒绝他人帮助，他人完全靠不得；而是说，把自己的命运、自己的幸福交到他人手上是危险的，因为他人并不总是靠得住的。他人如果有良心有道德有能力，那算你交了好运，应当祝贺你。可如果对方是像涓生一样人格有缺陷的人呢，那你不就抓瞎了吗?!

涓生还算是读书人、文明人，他和子君还是因自由恋爱而结合，但即使如此又如何！生活一旦发生危机，子君刚刚表现得有些怯弱，涓生就把她视为累赘，就想甩包袱了。涓生尚且如此，人世间比涓生"渣"的人多的是，所以不能像押宝一样把命运交到别人手里。我的命运我做主，人生路靠自己走。这个世上，你能信得过、靠得住的永远是你自己。

要有经济权，能养活自己

早在写《伤逝》两年前，鲁迅在北京女子高等师范学校做过一场著名的演讲——《娜拉走后怎样》。当时人们还在众口一词，一个劲地赞颂娜拉走出家庭的勇敢的时候，鲁迅看得比大众，比文化界同人高远一步，提出"娜拉走后怎样"的问题。鲁迅认为，娜拉离家出走后只有两条路可走：不是堕落，就是回来；还有一条是饿死。鲁迅冷幽默的意思是：无路可走。

怎么办？鲁迅指出的路是，要让娜拉具有经济权："所以为娜拉计，钱——高雅地说罢，就是经济，是最要紧的了。自由固不是钱所能买到的，但能够为钱而卖掉。人类有一个大缺点，就是常常要饥饿。为补救这缺点起见,为准备不做傀儡起见,在目下的社会里,经济权就见得最要紧了。"(《鲁迅全集》第一卷,人民文学出版社 2005 年版,第 168 页)

鲁迅在《关于妇女解放》这篇文章中继续强调女性人格独立必须建立在"经济权"的获得上。他说:"一切女子,倘不得到和男子同等的经济权,我以为所有好名目,就都是空话。……必须地位同等之后,才会有真的女人和男人,才会消失了叹息和苦痛。"(《鲁迅全集》第四卷,人民文学出版社 2005 年版,第 615 页)鲁迅的意见正好可以拿来解释子君的悲剧。子君如果有经济权,即有工作,能挣钱养活自己,她绝不至于回家,更不至于死掉。因为没有经济权,所以被涓生赶走后无路可走,只能在"无爱的人间死灭"。

没有经济权无法养活自己,这不怨子君。因为当时社会还没有开化到这一步。涓生作为有知识的男性找工作尚且那么困难,更何况女性呢?!

随着社会的进步,中国妇女终于和男性一样有了工作的权利,因而也就获得了经济权,再也不用仅靠男人养活了。但天下事捉摸不定,如今男女平等,妇女有能力自食其力了,反而有人愿意被人包养了。

爱情至上是幻影,扎根生活才踏实

这条启示是以子君的生命为代价换来的。子君就是抱持着爱情至上的信念义无反顾地将生命的小船驶进家庭的港湾。开始风平浪静,微波荡漾,生活美好,充满阳光。但人生哪能永远的一帆风顺啊!结果风浪一来,小船一下子撞在冷硬的生活岩石上,瞬间倾倒,分崩离析,子君淹死在冰冷的大海中。子君之所以死,就因为她没工作,挣不了钱,养活不了自己。

这条启示也来自涓生的人生感悟。面临生存的考验,二人态度发生分歧。因为年轻,彼此意气用事,彼此不懂得相互沟通,于是陷入冷战状态。涓生借口看书躲进公共图书馆里消磨时光,反思生活——“那里虽然没有书给我看,却还有安闲容得我想。待到孤身枯坐,回忆从前,这才觉得大半年来,只为了爱,——盲目的爱,——而将别的人生的要义全盘疏忽了。第一,便是生活。人必生活着,爱才有所附丽”。

揣摩涓生的意思应该是:爱呀,情呀,固然美好,但必须银行卡上有钱,这样才能爱呀情呀的爱下去,否则你吃什么,没吃的你还怎么活下去,没法活还怎么爱?所以爱情至上是幻影,扎根生活才踏实。

“人必生活着,爱才有所附丽”,这其实是作者鲁迅对生活的悟道之言。鲁迅虽生于旧官僚家里,但从小家庭败落,充分体会到生活的艰难,领悟到物质条件的重要。所以从少年青年一路走来,无论做什么事,做任何人生选择,他首先考虑生计问题。例如,1926 年冬,鲁迅在厦门大学教书时和许广平的关系已经确定,下一步怎么走,往哪里去,他有点犹豫不决。11 月 15 日给许广平去信征求意见:“(我)常迟疑于此后所走的路:(一)死了心,积几文钱,将来什么事都不做,顾自己苦苦过活;(二)再不顾自己,为人们做些事,将来饿肚也不妨,也一任别人唾骂;(三)再做一些事……所以实在难于下一决心,我也就写信和我的朋友商量,给我一条光。”(《鲁迅全集》第十一卷,人民文学出版社 2005 年版,第 204 页)在 12 月 2 日的信中,鲁迅又说:“我想此后只要以工作赚得生活费,不受意外的气,又有一点自己玩玩的余暇,就可以算是万分幸福了。”(《鲁迅全集》第十一卷,人民文学出版社 2005 年版,第

230—231 页）

所有这些都说明涓生“人必生活着，爱才有所附丽”的感悟，其实就是鲁迅向来的人生主张。同居后的子君一味地沉浸于爱情的享受，时不时地回忆恋爱时的甜蜜，要求涓生复述恋爱时的情话，这让涓生心生厌倦，在心里埋怨和批评她只知“盲目的爱”，而忘了“生活”的根基。

读书思考，充实精神

同居后的子君变化很大，让人感觉好像两个人。子君变成了一个典型的家庭妇女，整天忙家务，养油鸡，喂宠物狗，因为小鸡之类的琐碎和房东太太明争暗斗，生不完的闲气。“加以每日‘川流不息’的吃饭；子君的功业，仿佛就完全建立在这吃饭中。吃了筹钱，筹来吃饭，还要喂阿随，饲油鸡，她似乎将先前所知道的全都忘掉了，也不想到我的构思就常常为了这催促吃饭而打断。即使在坐中给看一点怒色，她总是不改变，仍然毫无感触似的大嚼起来。”

涓生失业经济紧张，没钱花了，经涓生多次抗争和催逼，吃了油鸡，放了阿随。这本来是为了渡过难关的无奈之举，子君应该理解，但她却表现得很颓唐，似乎常常觉得凄苦和无聊，以至于不大愿意说话。不过，虽然子君“只为着阿随悲愤，为着做饭出神，然而奇怪的是倒不怎样瘦损……”。

这些描写说明了什么？说明子君精神空虚，已经变得平庸俗气，只知“物质”而不知“精神”，再也没有往日的灵性和勇气了。这让涓生十分不满。在涓生眼里，子君“所磨炼的思想和豁达无畏的言论，到底也还是一个空虚，而对于这空虚却并未自觉”。

勇敢果决有个性的子君怎么庸俗麻木起来了？涓生指出其症

结在于——“她早已什么书也不看”。因为不读书，所以精神空虚，灵魂麻木，平庸俗气了。涓生感觉自己和子君已经没有共同语言了，于是作出选择——“我觉得新的希望就只在我们的分离”，所以把子君抛弃了。

文本故事是由涓生讲述的，话语权在他手里（子君是无语的），所以免不了他为自己辩护的成分，也免不了他个人视角的偏见或误解，作为读者无法区分其中的是非曲直，只能按文本给出的描写为根据作判断。文本中子君诸如此类的表现证明，涓生对子君的批评是有道理的，判断是有根据的——因为不读书，所以俗气了。

由此看来，涓生关于“爱情必须时时更新，生长，创造”的见解是有道理的，只有不断地读书思考，充实自己，才能让精神世界始终处于新鲜活跃的状态，生命才能充满活力。

《伤逝》意蕴深厚复杂，如探测不尽的深渊，给读者的理解和评论家的阐释留下了巨大空间，所以至今魅力不减，让人百读不厌。《伤逝》不仅具有时代性和社会性，而且具有超前性和现代性，其中蕴含的人生经验和人生智慧（包括人生教训），能给后人带来永不过时的启迪。

过客:挑战绝望坚毅前行的勇士

《过客》是鲁迅先生散文诗集《野草》中的名篇,是唯一一篇独幕诗剧,“过客”是剧作主人公。

《过客》插画

《过客》和鲁迅的其他小说,如《孔乙己》《祝福》《阿Q正传》等,从艺术形态上看,有重大不同。后者是以社会生活为模本的拟实性作品,而《过客》则是作者主观心灵的形式化、象征化、符号化,是心灵深层奥秘的艺术投射,是类似寓言的表意性作品。

人物故事

故事很简单:杂树丛生荒凉破败的旷野上有一座小屋,小屋里住着一位老翁和一个小女孩。某一天黄昏时分,从东边踉踉跄跄地走来一位三四十岁的过客。他衣衫褴褛,又渴又累,状态困顿。

老翁问他是谁,从哪里来又到哪里去。他回答说,不知道自己到底是谁,因为自出生以来人们以各式各样的名字称呼他,所以不知道自己到底叫什么。他不知道自己从哪儿来，也不知道要到哪儿去，只知道从出生以来就这么一直走，要走到一个地方去，这地方就在前面。

过客问前面是什么。小女孩说前面很美好，有许多野百合和野蔷薇；老翁说前面是坟。过客说那地方确实有百合和蔷薇，我也去看过，“但是，那是坟”。过客再问坟地之后是什么，老翁答不知道，因为他没有走过。

老翁说：你已经这么劳顿了，还不如回转去，因为往前也许走不完。过客拒绝回转去，因为他憎恶一路走来路上各式各样的黑暗和各式各样的人。老翁又劝他停下来休息，过客说不行，他息不下，他只得继续往前走，因为“还有声音常在前面催促我，叫唤我，使我息不下”。老翁说：那声音也叫过我，但你不理他，他也就不叫了。过客说：我不能不理他，我还是走的好，我息不下，可恨我的脚早已经走破了。

小女孩拿一片布给他裹伤，他接过来想裹上但又还给了她，他害怕因为背不动这太多的好意而无法走了。老翁说你休息一会儿就没有什么了。过客明白老翁说的不错，他一边承认自己愿意休息，一边又表示“但是，我不能……”。他“徘徊，沉思”之后决绝地表示：“我只得走。我还是走好罢……”

于是过客拒绝了老翁和小女孩的好意，“即刻昂立头，奋然向西走去”。全剧落幕时观众看到——“过客向野地里踉跄地闯进去，夜色跟在他后面”。

人生启悟

虚化的场景，虚化的人物，虚化的情节，虚化的语言，让人一读就知道作品不是写实而是表意，故事相当于寓言，人物和情节都具有空灵的象征意义，那么“过客”究竟是一个什么样的形象呢？读过文本，读者的突出印象是：他是一个坚毅倔强，义无反顾，永远向前走的硬汉；他有一颗独立而强悍的心，性格中蕴藏着震撼人心的精神能量。

《过客》插图

剧作开始时，从东面的杂树间踉跄走出的过客，衣裤皆破碎，疲惫不堪，又累又渴，脚早已走破了，流了许多血。此时天已经黑了，而且又是在荒无人烟的旷野上。此情此景，毫无疑问，当然是应该停下来休息了。但是，他停息不下，他还要继续往前走。有明确的目的地吗？没有！到底要走到哪儿呢？不知道！他唯一知道的是必须继续往前走。没有人强迫他，没有人催促他，强迫催促他的只是他自己，——他内心的呼唤，他自己给自己设定的人生使命，他的生命律令。

不知道自己是谁，不知道从哪儿来，不知道到哪儿去，不知道何处是归程，只知道必须往前走。如此违反常情常理，这不是荒诞吗？前不着村后不着店，无所依傍，孤单单的一个人在世界上行走，这就是存在主义所说的人被抛到世界上的荒诞。

虽然不知道往哪儿走，但还得一直往前走。前面是什么？前面虽然有鲜花，“但是，那是坟”。坟地之后呢？是无边无际黑洞洞的不可知。坟，以及坟后的不可知，是什么？是绝望，是虚无，是人类发现的“无意义”。

面对荒诞、绝望和虚无，怎么办？老翁和千千万万的人都停止脚步歇息了，退缩了，过着安静但平庸无聊的生活。但过客特立独行，义无反顾地往前走。他勇敢地反抗绝望，挑战虚无，以绝对强大的主观意志超越了绝望和虚无。终于，他以顽强执着的“行走”，完成了一座雕塑般的硬汉形象。

过客的形象，放射出动人心魄的精神光芒。他的精神气场，让所有读者心灵为之震撼。这样的形象，就其性格之单纯和强大，就其精神之崇高和伟大，可以和远古神话中的夸父、精卫、愚公等形象相媲美。夸父，明知道追不上日但还要追；精卫，明知道一己力量填不了海但还要填；愚公，明知道自己移不了山但还要移。知其不可而为之，这里彰显的是超越现实的精神意志的崇高与伟大，是超越功利目的的悲壮美！

鲁迅创造出这样的形象，其实是他内心的折射。换句话说，过客身上有鲁迅的影子，是鲁迅精神的形象化、符号化、艺术化。关于这层意思，可以从两方面说。

从现实层面说，写作《过客》的1925年，鲁迅的情绪正处于郁闷彷徨的状态。“五四”新文化运动高潮时期，听从主将的命令，鲁迅热血沸腾，冲锋在前，振臂呐喊。然而，曾几何时，“五四”落潮，“新青年”团体解散，原来一同战斗的同伴有的高升，有的退隐，有的前行，而社会上的黑暗势力依旧固若金汤。这时候鲁迅的心境正如他自己的描述：“寂寞新文苑，平安旧战场。两间余一卒，荷戟独彷徨。”

孤独彷徨中的鲁迅，不愿意放下手中的战戟，他对国家民族的责任感在内心呼唤他继续往前走。走到哪儿，尚不可知，即使前路茫茫，也不能回头，也要义无反顾地走下去。就这个意义上说，

《过客》是鲁迅对现实处境宣示的一种姿态，是人生道路的主动选择，体现出他的主观意志——虽孤独寂寞亦毅然向前；虽“寄意寒星荃不察”，但仍然“我以我血荐轩辕”。

王国维评李煜的词时曾赞其眼界大、感慨深、境界高远，“俨有释迦、基督担荷人类罪恶之意”。如此评价，李煜是否能够承受得起姑且毋论，但用来评价鲁迅却是再恰当不过的。

关于《过客》的基本思想，我们也可以从鲁迅给许广平的信中得到一些启示。1925 年 3 月 15 日，许广平曾就已发表的《过客》等篇向鲁迅写信求教。鲁迅的回答是：“我的作品，太黑暗了，因为我只觉得‘黑暗与虚无’乃是‘实有’，却偏要向这些作绝望的抗战，所以很多着偏激的声音。”（《鲁迅全集》第十一卷，人民文学出版社 2005 年版，第 466~467 页）这里所说的“明知‘黑暗与虚无’乃是‘实有’”，却依然要作“绝望的抗战”，大致可以理解为《过客》的基本思想，表达出鲁迅坚忍不拔的战斗意志和顽强不屈的反抗精神。

再从超越层面，即从终极角度说，过客的选择，体现出的是“天行健，君子以自强不息”的人类精神，是虽不知走向何方，不知前方是什么，但一如既往往前去的自由意志和人格力量。

说到这层意思，笔者联想起罗丹的雕塑《行走的人》。

“行走的人”造型极为简单——没有头颅，没有双臂，只剩下结实的躯干和跨开的大步，活像一个有了生命的汉字：“人”。这样简单的造型有什么意思？著名法籍华人艺术家、哲学家熊秉明先生作过精辟的解读：

> “行走的人”所表现的正是这一种精神状态，人超越自然力而岸然前行，任何自然的阻力都抵挡不住的主体精神力量

的显现。

“行走的人”迈着大步，毫不犹豫，勇往直前，好像有一个确定的目的。人果真有一个目的吗？怕并没有，不息地向前去即是目的。……雨果说：“我前去，我前去，我并不知道要到哪里，但是我前去。”

……

大迈步的动态！走在风云激荡日夜流转的大气里。残破的躯体；然而每一局部都是壮实的，金属性的，肌肉在拉紧、鼓张，绝无屈服的妥协。

它似乎并不忧虑走向何处，而它带着沉着和信心前去。

我们不知道它的表情，它是微笑的，忧戚的？睥睨一切，踌躇满志？泰然岸然？悲天悯人？都无，都有。准备尝一切苦，享一切乐，看一切相，听一切音，爱一切爱，集一切烦恼……而同时并无恐怖，亦无障碍……直走到末日，他自己的，或世界的。

且有一半已经毁灭，已经消逝，已经属于大空间，属于无有，属于不可知，属于神秘。人的行走已跃级到宇宙规律的运行。

（熊秉明：《关于罗丹——日记择抄》，湖南美术出版社1987年版，第10~11页，第219~220页）

“人果真有一个目的吗？怕并没有，不息地向前去即是目的。”“人超越自然力而岸然前行，任何自然的阻力都抵挡不住的主体精神力量”，“人的行走已跃级到宇宙规律的运行”。这样的阐释，是哲学意义上的解读，已上升到形而上的层面，宇宙规律的高度。很明显，这种力量是创作主体对宇宙规律的领悟，对人类命运、人生意义的领悟，体现的是创作主体的人生选择——一种豪迈的、雄健的、高昂的人生态度，一种伟大的人类精神。

在终极的宇宙规律层面上，“过客”和“行走的人”相通，鲁迅与罗丹相通。

总之，《过客》是诗化的哲学，哲学的诗化；过客是中国现代文学史上一个极为少见的蕴涵丰富的艺术形象。他反抗虚无，挑战绝望，坚毅前行的姿态给读者留下极为深刻的印象。

潘先生：以自身利害为中心活着的卑微的普通人

叶圣陶创作《潘先生在难中》

潘先生是叶圣陶短篇小说《潘先生在难中》的主人公。

《潘先生在难中》写于1924年，发表于1925年《小说月报》。作品的背景是1924年10月江苏军阀齐燮元与浙江军阀卢永祥之间爆发战争，战事发生不久，叶圣陶和友人亲赴战区采访。之后叶抓住这一重大事件，很快写出了叙事长诗《浏河战场》，接着又写了同样取材于这次战争的小说《潘先生在难中》。

人物故事

潘先生是江苏一个叫让里的小镇上的小学校长，是当地的体面人物，家有一妻两儿，雇用一个女仆，小日子过得有滋有味。然而突然发生的战争打破了潘先生温馨安宁的生活。作品通过对潘先生战时和战后一系列行为的描写，塑造出一个以自我“利害”为中心活着的卑微的普通人的典型形象。

听说打仗，不顾学校带全家立刻逃走

社会上传闻军阀要打仗了，一时间人心惶惶，不知所措。有权有势有钱有门路的人都逃走了，潘先生也不顾校长的身份，丢下学校不管，带着妻儿混入逃难的人流，颠沛流离，一路辛苦仓皇逃到上海。在火车站，妻子和大儿子被拥挤的人流冲散，潘先生立刻有家破人亡的悲伤。幸亏儿子眼尖，人群中发现妈妈，全家团圆。

在上海，好不容易租到旅馆，虽然条件很差，但一家人能有暂时栖身之地，也算不幸中的幸运。一家人能从兵祸凶险的地方来到平安无事之地，潘先生心里很知足，他提议和妻子"陶陶酌一杯"以示庆祝。

为保职位，离开妻儿再回校

在上海，刚刚安顿下来，潘先生听到教育局长要求照常开学的消息，心里犯了难——"潘先生心里也着实有点儿烦乱，局长的意思是照常开学，自己万无主张暂缓开学之理，回去当然是天经地义，但是又怎么放得下这里！看他夫人这样的依依之情，断然一走，未免太没有恩义。又况一个女人两个孩子都是很懦弱的，一无依傍，寄住在外边，怎能断言没有意外"。

虽然很为难，"但是他究竟不比女人，他更从利害远近种种方向着想，觉得回去终究是天经地义"。为什么？很简单啊！潘先生要保住自己的职位，否则失业了怎么办？这是与全家"利害"攸关的大事。于是把所有烦恼搁在一边，不顾夫人劝阻，把妻儿留在上海，匆忙赶回去。

回到让里之后，潘先生不是先到学校，而是赶紧回家看是否平安。打开保存细软的房门，"直闯进去上下左右打量着。没有变更，一点儿没有变更，什么都同昨天一样"，这才放下一直吊着的

半颗心。

讨好局长，起草开学通告

家里财产安然无恙，这才出门打听局长要求照常开学的消息是否准确。得到的答复是确凿无疑，而且还听到局长斥责某些教员只顾逃命，不顾职务，这是背叛教育事业，应该趁此机会淘汰这批人。

潘先生听后吓了一跳，暗自赞赏自己有主意，决定从上海回来到底是不错的。然后一口气奔到自己的学校，提起笔来就起草送给学生家属的通告。通告中说兵乱虽然可虑，子弟的教育犹如布帛菽粟，是一天一刻不可废弃的，现在暑假期满，学校照常开学。从前欧洲大战的时候，人家天空里布着预防炸弹的网，下面学校里却依然在那里上课，这种非常的精神，应当不让他们专美于前。希望家长们能够体谅这层意思，若无其事地依旧把子弟送来：这不仅是家庭和学校的益处，也是地方和国家的荣誉。

听听这"通告"，调子高高，冠冕堂皇，俨然一副民族英雄的气概。其实这些话连他自己也不相信，因为他知道那么多的学生家都像他家那样逃走了，哪里还有学生?！但潘先生不管这些，他一心只管把"通告"写得漂亮。他的目的不是写给家长的，而是写给自己的顶头上司教育局长看的——他要讨好的是局长："他起好草稿，往复看了三遍，觉得再没有可以增损，局长看见了，至少也得说一声'先得我心'。"

未雨绸缪，假公济私入红十字会

开学通告发出去，结果不出所料，学生家能逃的逃了，没逃的也不愿意去上学。对此，潘先生听而不闻，若无其事。因为"潘先生并不留心在这上边，更深的忧虑正萦绕在他的心头”。

“更深的忧虑”是什么呢？是兵荒马乱之时全家的安危。怎么才能保障全家的安危呢？想来想去只有加入红十字会是可行的“应走的路途”，于是他赶紧来到了红十字会办事处。

潘先生对红十字会表示，自己愿意缴纳会费做会员，又宣称自己的学校房屋宽敞，愿意作为战时妇女收容所。这是慈善之举，当然受到热忱欢迎。于是办事处接纳他为会员，授给他一面红十字会旗子，又给他一枚红十字徽章。潘先生接旗子和徽章在手，像捧着救命的神符，心头升起一种神秘的快慰。

红十字会会员在战时会得到作战双方特殊的保护，如今，自己安全了，可是家人呢？潘先生的目的除了保护自己还要保护家人，于是他以学校还有一个侧门为由多要一面旗子，以徽章小巧容易遗失为借口多要了几枚徽章。

以说谎为借口得到的两面旗子，一面挂到学校正门，另一面没有挂到侧门，而是挂到了自己家的大门上；得到的徽章缀在自己衣襟上一颗，其余的留给妻子和孩子。“虽然他们远在那渺茫难接的上海，但是仿佛给他们加保了一重险，他们也就各各增加一种新的勇气。”

潘先生以献出学校资产的慷慨之举赢得红十字会信任，以红十字会会员为招牌为自己和家人避险，可见潘先生为自家的利害谋虑深远，用心良苦。潘先生假公济私的手段，十分了得！

携带衣物避险，抛下女仆守家

附近两军开火了，战火似乎就在眼前，一个个真真假假的消息联翩传来，潘先生战战兢兢，惶惶不可终日。虽有红十字会徽章作保护，但枪炮子弹却不认你是谁。潘先生“于是这里那里探听前方的消息，只要这消息与外间传说的不同，便觉得真实的成分越多，即根据着盘算对于自身的利害”。

当听说战争真的即将到来时，潘先生发狂似的喊出一声“啊”，回身就走，慌慌张张急步赶到家，叮嘱女仆好好守紧家门，自己赶紧去教会的“红房子”里躲避。因为是洋人住所，打仗时双方都不打红房子。临行前，紧急时刻潘先生仍然不忘把衣橱里的旧棉袍，孩子们的布夹衫，老婆的旧绸裙，胡乱地包在一起带走。

潘先生在紧急时刻的举动让我们看到，在他眼里，破衣服比女仆的生命要紧，因为破衣服是自家的，女仆到底是外人，死活与自己没关系。在“红房子”里，他一心想念的是远在上海的妻儿，不知道他们是否安好，此刻是不是已经睡下，而近在险境中的女仆，却不在他的“想念”范围。

战事结束，违心为军阀歌功颂德

二十多天后战事结束，恢复平安。由于战火最终并未蔓延到让里，所以潘先生很后悔自己没有先见之明，白白浪费了一笔逃难费；后悔把妻儿送走害得自己几十天孤单。

战事结束了，教育局要搭牌坊写条幅欢迎军阀，庆祝胜利。局里的同事们一致推举潘先生书写条幅。“潘先生觉得这当儿很有点儿意味，接了笔便在墨盆里蘸墨汁。凝想一下，提起笔来在蜡笺上并排写‘功高岳牧’四个大字。第二张写的是‘威镇东南’。又写第三张，是‘德隆恩溥’。——他写到‘溥’字，仿佛看见许多影片，拉夫、开炮、焚烧房屋、奸淫妇人、菜色的男女、腐烂的死尸，在眼前一闪。”

从“眼前一闪”的悲惨场面，我们可以断定潘先生深知军阀混战给老百姓造成的祸害何等深重，但他仍然题写赞词为军阀歌功颂德。他当然是违心的,但由此可以看出他的软弱、怯懦,看出他善于逢场作戏,迎合强权,保护自己。

人生启悟

纵观潘先生战前战后的所作所为,可知他的一举一动、一言一行,无不受自身"利害"所支配。对此,作者借助叙述人之口也有明确提示。如,"他究竟不比女人,他更从利害远近种种方面着想","根据着盘算对于自身的利害"等。也就是说,作者笔下的潘先生是一个时时刻刻以自身利害为中心活着的人。

对于潘先生的身份,有人把他定性为小市民:"在一个短篇之中,能这样塑造出一个自私、疑惧、投机、苟安、卑琐,具有多侧面而又统一的小市民性格典型,在当时要比一般小说高出一筹。"(钱理群等著《中国现代文学三十年》,北京大学出版社 1998 年版,第 59 页)更多的是把他定性为"小资产阶级",如评论家沈雁冰(茅盾)说:"在叶绍钧的作品,我最喜欢的也就是描写城市小资产阶级的几篇;现在还深深地刻在记忆上的,是那可爱的《潘先生在难中》。"(沈雁冰:《王鲁彦论》,《小说月报》,1928 年 1 月第 19 卷第 1 期)还有的把他定性为"小资产阶级知识分子"。

以笔者看来,所有这些对潘先生的身份定性,从阶级划分角度看都是正确的。但如果离开阶级立场,其实更可以把他视为芸芸众生中的一个普通人。他时时处处以自身利害为中心的处世态度,其实体现的是普遍的人性弱点。古人早说过,趋利避害乃人情之常。潘先生身上所体现出来的,正是这种普通人普遍的人性弱点。

正因为是"普遍的"人性弱点,所以面对危难时潘先生的自私自利、投机怯懦有可以理解、谅解的一面;但因为毕竟是"弱点",

所以仍然需要否定，需要批评和批判。因为我们每个人都生活于国家、民族、社会的群体中，所以面临危难时就不能只顾自己不顾群体。尤其是担任社会公职有社会责任在身的人，更不能只顾自己不顾群体。

社会的发展，文明的进步，依靠的是能够向上提升、在前牵引的正面的精神能量，而不是相反。潘先生的性格所体现的是阻碍社会文明进步的负能量，至少是一种凝滞的惰性力量，所以，叶圣陶先生在作品中对潘先生以自身利害为中心的自私行为，采取了讽刺、批判的态度，让读者在对潘先生的否定中无形中接受了与之相反的人生观和价值观。

倪焕之：位卑未敢忘忧国的小知识分子

《倪焕之》是叶圣陶先生长篇教育题材小说的代表作，倪焕之是小说的同名主人公。

《倪焕之》封面

小说以小学教员倪焕之人生道路上的探索探求为主线，眉目清晰地勾勒出自辛亥革命前后到“五四”运动，再到五卅运动和大革命失败这十余年间社会状况和时代思潮的变迁，并在这个广阔的背景下，展示了教育界形形色色知识分子的精神面貌，着重捕捉了以倪焕之为代表的进步知识分子由企图以教育改造社会，到接受组织民众以转移社会的观念这个相当完整的心灵历程。（杨义：《中国现代小说史》（上），人民出版社 1998 年版，第 337 页）

人物故事

纵观倪焕之的人生历程，可以发现他身上有一个明显的性格特征，即虽是微不足道的小学教员，但无论身处何时何地，都始终关心国家大事，始终心怀社会责任感，为促进社会进步贡献着自己的绵薄之力。可以说是一个典型的位卑未敢忘忧国的知识分子。

从小立志做对多数人有益的事情

倪焕之出身于社会底层，父亲是钱庄里的伙计，性情忠厚方正，辛辛苦苦供他上私塾，希望他走科举之路。科举废除后又送他进了中学堂。中学毕业前父亲突然要他去考电报局，为的是早日有个固定职业。倪焕之对此不感兴趣，原因是，“要干事情总要干那于多数人有益处的”，而电报局的事情枯燥乏味，不必用多少心思，不是他所理想的职业，因此拒绝了父亲的要求。父亲看他志向远大，心里高兴，继续供他读书。

辛亥革命爆发，倪焕之欢欣鼓舞，激情澎湃，“仿佛有一股新鲜强烈的力量袭进身体，遍布到四肢百骸，急于要发散出来——要做一点事。一面旗子也好，一颗炸弹也好，一支枪也好，不论什么，只要拿得到，他都愿意接到手就往前冲”。“种族的仇恨，平等的思想，早就燃烧着这个青年的心，现在霹雳一声，眼见立刻要跨进希望的境界，叫他怎能不兴奋欲狂呢？”（叶圣陶：《倪焕之》，人民文学出版社 1997 年版，第 12 页，下引此书只注页码）

但是他随即失望了，因为“革命”后一切照旧。他郁闷痛苦，感到“身体里那一股新鲜强烈的力量，像无数小蛇，只是要往外钻；又仿佛觉得如果钻出来，一定能够做出许多与以前的不同来，他对于一切的改革似乎都有把握，都以为非常简单，直捷，——然而哪里来机会呢！”（第 13 页）这自然是青年人的幼稚，但幼稚得可爱，因为这种幼稚里体现着他对国家民族的责任感。

一切照旧，无路可走，倪焕之开始感到人生的悲哀。痛苦不堪时甚至想跳下池塘自杀。中学毕业前校长推荐他们去当小学教员，他开始感到无趣，不想干。但是父亲说教小孩子就是对多数人有益的事情，他感到有道理。加上看过的教育学书籍里的理论涌上心头,觉得教育事业确有价值,于是决定去当教师。

初当教员,倪焕之也曾感到过生活的乏味,但当看到一个同事忘了自己,忘了一切,一心一意只知为儿童服务,只知往儿童的世界里钻,这种全身心投入的精神使他深受感动,真心佩服和羡慕。由此悟道,何必从别的地方去找充实满意的生活呢?自己所从事的就是最有意义的工作。当教员的意义不仅仅是混碗饭吃,而更重要的,这是一项对国家对社会有益的事业,值得为之而献身。他说:"观念一变,什么都变了:身边的学生不再是龌龊可厌的孩子;四角方方的教室不再是生趣索然的牢狱。"(第5页)从此,倪焕之对教育事业乐此不疲,"情愿终身以了之"。

积极实施教育改革,一心以教育救国

作品中故事开始时,倪焕之应某小学校长蒋冰如之约,前往蒋主持的学校教学。蒋曾留学于日本,回国后想以现代教育理念改造当时落后的小学教育。蒋的先进理念和改革热情感染了倪焕之,倪欣然应约前往赴任。

在学校里,蒋倪二人志趣相投,一拍即合,立即在学校里开始实施他们所设想的教育改革。

倪焕之

他们的设想是通过教育改革改良国家改良社会。他们所在的乡镇只有两万人,蒋冰如希望大家齐心协力,团结一致集中做一件事情,坚持十年二十年,把它改变成一个模范的乡镇。他说,空口说大话,要改良国家和社会是没有一点效果的，必须从小处切近处做起。这种理念和倪焕之不谋而合。

倪焕之认为，政治的腐败，社会的积弱，无可救药，“但自己正是个教师”的意念显现在心头，立刻意识到自己对国家对社会的责任和义务。他想：“譬如海船覆没，全船的人都沉溺在海里，独有自己脚踏实地，站定在一块礁石上，这是个确实的把握，不可限量的希望；从这里设法，呼号，安知不能救起所有沉溺的人？”（第85页）

作为一个小学教师，一介书生，位置卑微，但志向高远宏大。这种对国家对社会有责任和义务的自觉意识，让人肃然起敬。

卑微的地位，宏大的志向，二者反差巨大怎么办？倪焕之自有自己的理论作支撑。他认为“一切的希望在教育”，“教育总是一个民族最切要的东西，这全靠有心人不懈的努力，哪怕极细小的处所，极微末的成就，总不肯鄙夷不屑；因为无论如何细小微末的东西，至少也是一块砖头；砖头一块块叠上去，终于会造成一所大房子。整个教育界的情形我们不用管，实在也管不了；我们手里拿着的是砖头，且在空地上砌起屋基来吧。我们的改革和改革以后的效果，未必不会引起教育界的注意。注意而又赞同而又实施的，就是我们的同伴。同伴渐渐多起来，造成的将是怎么样的一所新房子？”“一块小石投在海洋里，看得见的波纹是有限的，看不见而可以想象的动荡的力量却无穷地远。”（第85页）

这些发自内心的热情洋溢的表白，相当于充满理想主义和乐观主义的改革宣言书。其基本精神我们并不陌生，究其实就是典型的“愚公移山”精神，就是积少成多、汇川成河的思想。正是这种理想主义光辉照耀着他，给他以改革的力量。倪焕之满怀豪情地说：“理想的境界就是我们的前途，犹如旅行者的目的地那样确

实。昂着头，挺着胸，我们大踏步向前走。我们歌呼，我们笑乐，更足以激励迈往的勇气。”（第79页）

倪焕之和蒋冰如教育改革的目标是把学生培养成社会需要的新人。具体措施，在思想上教育学生破除贵贱贫富的门第观念，养成“自己尊重”与“尊重人家”的习惯，对劳苦大众不存鄙夷之心。学生们犯了错误，不声色俱厉地训斥硬压，不居高临下地严厉惩罚，而是动之以情、晓之以理地耐心说服，直到学生真正认识到自己的错误真心悔过为止。传统教育灌输的都是死知识，教师说怎么做学生就怎么做，“但是天下的事物那么多，一个人需要应付的情势变化无穷”，这怎么办？为了培养学生处理事物应付情势的能力，他们从根本上着手，在学校开办农场，让学生自己计划农场的一切，让他们在亲身动手的实践过程中成长。这种学习与实践合一的教育思想，至今仍有启发意义。

改革遭遇挫折，但“转移社会”的信念不变

蒋冰如和倪焕之满腔热情发动的教育改革，因种种原因遭到了社会上某些民众的误解，触犯了地痞恶霸的利益，遭到社会上黑恶势力的强力阻挠，改革遇到了挫折。

这种情况下，平时一向激进的蒋冰如想到将要和一个神通广大的恶人对垒，“禁不住一阵馁怯涌上心头”，颇有打退堂鼓之意。其他同事也畏葸不前，不敢应战，主张向社会妥协，暂缓改革的努力。只有倪焕之态度坚决，激昂慷慨地反驳了妥协的意见：

> 明明要他们的子弟好，明明给的是上好的营养料，他们却盲目阻挠，以为是一服毒药！一镇的社会是这样，全中国的社会又何尝不是这样；希望岂不是很淡薄很渺茫么！但是他又转念，如果教育永远照老样子办下去，至多只在名词上费心

思，费笔墨，费唇舌，从这样这样的教育到那样那样的教育，而决不会从实际上生活上着手，让学生有一种新的合理的生活经验；那岂不是一辈子都不会有健全开明的社会了吗？于是对于目前的新设施，竟同爱着生命一样，非坚决地让它确立根基不可。（第93页）

基于以上理由，倪焕之严肃地向同事们提出一个问题：

我们这个学校到底要转移社会还是要迁就社会？如果要转移社会，那么我们认为不错而社会不了解到，就该抱定宗旨做去，让社会终于了解。如果要迁就社会，那当然，凡是社会不了解的只好不做，一切都该遵从社会的意见。（第93—94页）

倪焕之之所以激烈地反对向社会上保守势力、黑恶势力妥协，立足点不是个人利益，而是出于"转移社会"的远大志向，源于强烈的社会责任感。平心而论，适当地有原则地妥协未必没有道理，坚决不妥协的态度未必行得通，但这不是问题的焦点。这里我们想说明的是，从倪不妥协的激烈态度中，可以看出他始终抱持的、他所独有的、永远不变的社会责任感。

积极参加"五四"运动，呼吁大众担负救国的责任

"五四"运动的风潮席卷全国，也波及倪焕之学校所在的江南小镇。学校教职员议决，为同情于各地民众并鼓动爱国情绪罢课三天，教职员纷纷离开学校走向社会。

倪焕之也不例外。"近来他的愤激似乎比任何人都厉害；他的身躯虽然在南方，他的心灵却飞驰到北京，参加学生的队伍，学

生奔走，学生呼号，学生监禁，受饥饿，他的心灵仿佛都有一份儿。他一方面愤恨执政的懦弱和卑污，列强的贪残和不义，一方面也痛惜同胞的昏顽和乏力。”（第154—155页）他认为国家大事应该由广大民众来参与来管理，而不应由一些贪婪无耻的人厚着脸皮去包办。他恨不得让所有中国人都了解这层意思，于是他激情洋溢地登台演讲。

台下虽然只有几百人，但他却抱着面对全中国那样的热情。他呼吸急促，“眼里放射出激动而带惨厉的光；也可以说是哀求的表情，他哀求全中国赶快觉悟；更可以说是哭泣的表情，他哭泣中国已经到了不自振作受强邻鄙视的地步”。他发自肺腑地呼吁国民团结起来，只有团结起来才有强大的力量，才能外抗贪狠的列强，内制蠹国的蟊贼。他认为要大众团结，需要知识分子的宣传动员。此刻他自己担负的就是这么讲一番的重任，所以竭尽了可能的力量来说。“口说似乎还不济事，只可惜没有法子掏出一颗心来给大众看。”（第155页）

倪焕之自认自己对社会大众有一份责任，也自信自己演讲的力量。他认为听了他演讲的人回家想一想就会变得不一样。“他只觉得凡是人同样有一种可塑性，觉悟不觉悟，只差在有没有人给讲说给开导罢了。”（第156页）他告诫听众不要以为这里只是一个乡镇，与大局没有关系，假如全国的乡镇都觉悟过来，就没有达不到的目的，就可以改变大局。所以他真诚地呼吁大家：“在场的各位，不要把自己看轻，大家来担负救国的责任吧！”（第156页）

国难当头，救国的责任需要国民全体来承担，而国民的觉醒需要先觉者的开导。倪焕之觉得自己虽不是先觉者，却是一个合格的国民。作为一个合格的国民，就责无旁贷地有一份开导旁人的责任。他反思自己，以前眼界太窄了，只看见一个学校，一批学生，除此之外似乎世界上再也没有别的。"五四"运动的大潮激发了他，使他意识到除了学校外，"还得睁着眼看社会大众。怎样使社会大众觉醒，与怎样把学校办好，把学生教好，同样是重要的任务"。（第159页）

眼光从学生移向大众，活动从学校移向社会，是倪焕之教育思想的一个重要转变。这个转变中，一以贯之的是他的社会责任感。

汇入时代洪流，身入五卅运动第一线

倪焕之和蒋冰如进行的教育改革收效甚微，加之蒋冰如心灰意冷急于收场，出任乡董做了隐士，致使倪焕之陷入极度苦闷和沮丧之中。正在此时，恰遇中学同学、革命者王乐山。王帮助他分析了教育改革失败的原因在于没有社会改革作支撑。王认为教育改革与整个社会的变动密不可分，非自己单打独斗所能成功，"要转移社会，要改造社会，非得有组织的干不可！"（第175页）

王乐山的点拨使倪有醍醐灌顶、拨云见日之感觉，认识到为教育而教育只是毫无意义的玄语，目前的教育应该从革命出发；教育者如果不知革命，一切努力全是徒劳。王鼓励倪到外边去走走，像一只鸟一样往天空里飞。于是倪毅然跟随王乐山到了上海，在一个女子学校任职。虽仍从事教育，但与过去不同的是，他不再关起门来搞所谓的教育改革，而是积极投身到轰轰烈烈的革命运动中去了。

"五卅"反帝爱国运动爆发时，倪焕之勇敢地走上街头，像战士赶赴他的阵地。他不顾巡捕纷飞的子弹，冒雨上街讲演，参加工人集会，融入火热的革命队伍中成为其中的一员。尤其值得肯定的是，在群众运动中他发现工人知道的并不比饱读了书的人知道的少，读书人一向自视甚高，实在是"自以为高贵深至的人的夸耀罢了，并不是世间的真实"。从此认识到自己需要向工人阶级学习,“学习他们那种朴实,那种劲健,那种不待多说而用行为来表现的活力”。向工人学习于自己有好处,“至少可以证明路向没有错,更增前进的勇气”。(第 189 页)这标志着倪焕之在思想方面发生了本质的变化。

倪焕之对革命胜利充满渴望,但是大革命很快遭到反动势力的残酷镇压,坚强的革命者、自己革命的领路人王乐山惨遭杀害。面对着大革命失败后的惨景,倪焕之陷入了愤怒、仇恨与悲伤、恐怖的煎熬之中。黑暗势力的猖獗残忍,使他仿佛看见了一幅无形的宣告书,上面写着:“人是比兽类更为兽性的东西! ……你们要推进历史的轮子吗? ——多荒唐的梦想! 残暴,愚妄,卑鄙,妥协,这些才是世间真正的主宰!”(第 228 页)现实的境界与他希望中的境界反差太大,倪焕之精神上深受刺激。佛家人生如露如电的偈语在他脑中浮现,他感到前途是一片迷雾,茫然不知所往。消沉中他借酒浇愁,在大病中死去。

临死之前,倪焕之对自己三十五年的短暂人生作了一个沉痛的反思:“脆弱的能力,浮动的感情,不中用,完全不中用! ……成功,不是我们配受领的奖品,将来自有与我们全然两样的人,让他们受领去吧!”(第 235 页)弥留之际,“他看见无尽的长路上站着一个孩子,是盘儿。那边一个人手执旗子奔来,神气非常困疲,细看是自己。盘儿已作预备出发的姿势,蹲着身,左手点地,右手反伸在后面,等接旗子。待旗子一到手,他就像离弦的箭一般发脚,绝不回顾因困疲而倒下的父亲。不多一会,他的小身躯只像一点黑点了。在无尽的长路上,他前进,他飞跑……”(第 239 页)这段幻觉说明倪焕之将希望寄托于下一代身上,对革命还是满怀信心的。

人生启悟

回顾倪焕之平凡而又不平凡的一生，我们看到他身上至为宝贵的精神品质，即虽身份卑微，却始终不忘国家、民族和大众，不忘作为读书人应有的社会责任感。这种清醒自觉的责任意识，继承了自古以来读书人“位卑未敢忘忧国”的优良传统和高尚情怀。这是古人留给我们的一笔宝贵精神财富，这笔财富，无论何时都不会失去其珍贵的价值和意义。

《沉沦》中的“他”：观察透视人性奥秘的一面镜子

《沉沦》是郁达夫的成名作，也是他早期小说的代表作，发表于1921年。《沉沦》的唯一主人公无姓无名，只是一个第三人称的“他”。

那么“他”（为行文方便，以下不再加引号）是谁，是个什么样的人呢？

郁达夫

人物故事

他出生于富春江上的一个小市，三岁时父亲死了，跟着哥哥长大。家人说他心思太活，人无恒性，但他自己以为自己喜欢自由，不愿意按部就班地在一个地方待着，所以中学时先后辗转多个学校求学，最后跟着大哥到日本留学。

他性格忧郁，感情细腻，多愁善感，敏感多疑，动不动就伤感流泪。他喜欢大自然，喜欢独处，喜欢在美丽的风景和独处中享受心灵的安宁。他觉得教科书味同嚼蜡，毫无生趣。天气好的时候他喜欢到人迹罕至的地方“去贪那孤寂的深味”，在万籁俱寂的瞬间和大自然对话。在学校“上课的时候，他虽然坐在全班学生的中间，然而总觉得孤独得很：在稠人广众之中，感得的这种孤独，倒比一个人在冷清的地方，感得的那种孤独，还更难受”。（北京大学中文系中国现代文学教研室：《短篇小说选》第一册，上海教育出版社1979年版，第525页，下引此书只注页码）他内心很希望同学们和自己说话，但自己却一句话也没有。大家以为他爱孤独，便越来越疏远了他。

孤独中的他需要心灵慰藉，他渴望美人，渴求异性的爱情。他发自内心地呼唤：“苍天呀苍天，我并不要知识，我并不要名誉，我也不要那些无用的金钱，你若能赐我一个伊甸园内的‘伊扶’，使她的肉体与心灵，全归我有，我就心满意足了。”（第528—529页）

一个正处于青春期的年轻人，况且是身处异国他乡，孤独寂寞，所以强烈渴求异性之爱完全可以理解。但是，从客观社会氛围说，高傲的日本人瞧不上弱国子民；从个人性格说，他如此的孤独自闭，和任何人都不接触，看见姑娘脸就红心就跳，怎么能获得姑娘的芳心？

一边是强烈的主观渴求，一边是客观上的不可能，怎么办？他的办法是自己解决苦恼——关起门来自慰：

> 熏风日夜地吹来，草色渐渐儿的绿起来。……草木虫鱼都化育起来，他的从始祖传来的苦闷也一日一日的增长起来，他每天早晨，在被窝里犯的罪恶，也一次一次的加起来了。
>
> 他本来是一个非常爱高尚爱洁净的人，然而一到了这邪念发生的时候，他的智力也无用了，他的良心也麻痹了，他从小服膺的“身体发肤不敢毁伤”的圣训，也不能顾全了。他犯了罪之后，每深自痛悔，切齿地说，下次总不再犯了，然而到了

第二天的那个时候，种种幻想，又都活泼泼地到他的眼前来。他平时所看见的“伊扶”的遗类，都赤裸裸的来引诱他。中年以后的 Madam 的形体，在他的脑里，比处女更有挑发他情动的地方。他苦闷一场，恶斗一场，终究不得不做她们的俘虏。这样的一次成了两次，两次之后，就成了习惯了。（第 535—536 页）

这段细致入微的心理描写，准确揭示了他灵魂深处两种心理力量相互博弈的全过程：无法控制肉欲的冲动而自慰（肉战胜灵）——深自痛悔决心改正（灵战胜肉）——经不住诱惑再成肉欲的俘虏（肉再次战胜灵）——周而复始，恶性循环，习惯成自然。

这种惯性在精神上控制着他，成为他打不破的心理魔咒，贯穿于他的日常行为中。

自慰等于自戕，其结果是身体日渐衰弱，记忆力日渐衰退。他很害怕，多吃鸡子和牛乳补养身体。但有时候忽然作出一首好诗，他又很高兴，视此为脑力还没被破坏的证明。这时候他暗自发誓与过去告别，以后决不再犯罪。然而一到了冲动的时候，他又把誓言忘得一干二净。

每礼拜四五，或每月的二十六七的时候，他索性尽意的贪起欢来。他的心里想，自下礼拜一或下月初一起，我总不犯罪了。有时候正合到礼拜六或月底的晚上，去剃头洗澡去，以为这就是改过自新的记号，然而过几天他又不得不吃鸡子和牛乳了。（第 537 页）

由于他拒绝交际，所以生活孤冷得要死，幸亏能够看到旅馆主人十七岁的女儿，使他感到精神有所安慰。他心里非常爱她却不敢表达，看见她就紧张得无法呼吸。有一天，孤独寂寞中他忽然听到女孩儿在便所洗澡的泼水声，他异常兴奋，瞬间呼吸急促，面色涨红。他迟疑了一会儿，偷偷走下扶梯，“轻轻的开了便所的门，他尽兀兀的站在便所的玻璃窗口偷看”。“从便所的玻璃窗看去，浴室里的动静了了可见。他起初以为看一看就可以走的，然而到了一看之后，他竟同被钉子钉住的一样，动也不能动了”。他贪婪地看着雪样的乳峰，肥白的大腿，全身的曲线，直看得大气不敢出，脸上肌肉痉挛，前额撞在玻璃上。他慌得赶紧逃回自己房里，一边自打嘴巴，一边忍不住竖起耳朵听姑娘的动静。当他感觉姑娘可能已经立在他门外时，“他觉得全身的血液，都在往上奔注的样子，心里怕得非常，羞得非常，也喜欢得非常。然而若有人问他，他无论如何，总不肯承认说，这时候他是喜欢的”。（第 539—540 页）

某一天早上，他正在田野里呆呆地想事情时，忽然听见苇草深处一对男女在欢会。“他听了这娇滴滴的女子的声音之后，好像是被电气贯穿了的样子，觉得自家的血液循环都停止了。”他心里明白偷听别人这样的隐私不光彩，于是他在心里骂自己：“你去死罢，你去死罢，你怎么会下流到这样的地步！”但是，“他心里虽然如此的在那里痛骂自己，然而他那一双尖着的耳朵，却一言半语也不愿意遗漏，用了全副精神在那里听着。”他内心异常紧张，面色发灰，眼睛冒火，牙齿打颤，再也站不住了。“他想跑开去，但是他的两只脚，总不听他的话。”直到那一对男女离开，他才如同“落水的猎狗一样”，失神落魄地回到楼上房里去。（第 545—546 页）

有一次，他茫无目的地乘电车来到大海边，看见一家大庄子，犹豫间有女人娇滴滴地邀他进去。他忽然意识到这地方应该是妓院。"一想到这里,他的精神就抖擞起来,好像是一桶冷水浇上身来的样子。他的面色立时变了。要想进去又不能进去,要想出来又不得出来;可怜他那同兔儿似的小胆,同猿猴似的淫心,竟把他陷到一个大大的难境里去了。"(第548页)思想上反复斗争、犹豫、踌躇的结果,仍然经不住诱惑进去嫖了妓。天黑出来发现连乘电车的钱也没有了。"想想白天的事情,他又不得不痛骂自己。'我怎么会走上那样的地方去的,我已经变了一个最下等的人了。悔也无及,悔也无及。我就在这里死了罢。'"(第553页)精神恍惚、心情沮丧之下,他联想起祖国的贫弱,个人生活的孤独寂寞,命运前途的无望,遂在祖国快富起来强起来的祈愿中蹈海自尽。

人生启悟

读罢《沉沦》反思作品,主人公"他",给读者留下的强烈印象似乎并不是"反封建的个性主义"和"反帝的爱国主义",而是他的内心世界、内在灵魂——作者对人物的内在灵魂作了震撼人心的正面披露和剖析。通过这种剖析,读者看到了真实的人性以及人性的真实;看到了他灵魂深处的奥秘——想沉沦又怕沉沦,沉沦之后骂自己,骂完了继续再沉沦。这种艰难而痛苦的灵魂挣扎,暴露了人性深处的奥秘,即灵与肉的分裂与斗争,主我与客我、神性之我与兽性之我、天使之我与魔鬼之我的矛盾冲突与对立统一。

来自自然性、本能性的"肉"的欲求促使人走向沉沦,而来自后天的"灵"的意识即伦理道德、文明教养又让它害怕沉沦。两种心理力量在内心深处激烈搏斗,形成一个张力场。人就徘徊游移于这一张力场中,即处于想沉沦又怕沉沦的矛盾状态中。这一矛盾的冲突与博弈,不仅出现于性格柔弱忧郁、敏感多疑的《沉沦》中的"他"身上,而且出现于所有文明世界的子民身上。换句话说，想沉沦怕沉沦的心理矛盾，不是个别人的心理特点，而是普遍的人性弱点，是人类进入文明时代之后所有人面临诱惑时的共有心态。这种心态，简单说就是，想好好不了，想坏不敢坏。

想沉沦怕沉沦，只是一个句式。按照这一句式造句，以下句子照样成立：想犯规怕犯规，想犯罪怕犯罪，想犯错怕犯错，想学坏怕学坏……就像小儿放纸炮——又爱又怕。

把人性的这一倾向上升到哲学上，似乎可以提炼出一个人性困境：人人都想做天使，但又往往容易受魔鬼的诱惑。人性困境决定人常常在天使与魔鬼之间游移与徘徊。

让我们再回到《沉沦》作品本身。郁达夫的作品多多，为什么单单《沉沦》成了他的成名作和代表作？因为它让人耳目一新，确实写得好。为什么写得好？因为事实上郁达夫写的就是他自己。郁达夫说过，文学作品都是作家的自叙传。这一命题如果在别的作家那里表现得还不那么明显的话，那么用在郁达夫身上则是千真万确的。郁达夫的小说被评论界称为“私小说”，即表现自我的小说，抒发自我性情的小说。他小说中的“我”、“他”、伊文、于质夫、文朴等人物或主人公，事实上都是他自己的化身。当然不是直接等同，而是精神、气质、性格、心理，包括身世等方面相似。郁达夫敢于艺术化地袒露自己的生活隐私和内心隐秘，因而被称为“五四”时期个性主义最坦率的艺术家。

我们再问，作品发表后为什么会引起那么大轰动？因为人们从来没有见过如此坦率地暴露人的心灵秘密的小说，没有想到有人竟然把人的灵魂深处的奥秘袒露得如此彻底，如此不留情面。这种袒露冒犯了、亵渎了旧传统的假惺惺，赢得了真诚不装的读者的心。

在沸沸扬扬的非议声中，《沉沦》在中国文坛站稳了脚跟，并成为醒目的存在。为什么？因为读者喜欢，因为它触动了每个人的心。人们暗自承认，自己身上有“他”的因子，自己和“他”在心灵上相通，或者从某种意义上竟可以直接说，我就是他，他就是我，他是我们每个人。

文学理论上有一个常识，评价艺术作品高低成败的价值标准多多，而其中最重要的一条是，在多大程度上写出了人性的真实，写出了人的灵魂奥秘。《沉沦》在这一点上达到了高标准，所以至今人们仍喜欢。

好作品是永恒的，《沉沦》是永恒的。之所以永恒，就因为它超越时代和每个人心灵相通，它送给读者一面观察透视人性奥秘，观察透视他人同时也观察透视自我的明镜。

静女士：追求完美没有错，但完美主义易"幻灭"

茅盾

静女士是茅盾第一部小说《幻灭》的主人公，本名章静，她的同学们叫她密司章，叙述人一直称她静女士。

茅盾是"五四"时期文学研究会的组织者之一，是著名的文学评论家。大革命时期他离开上海到广州，到武汉，亲身投入北伐革命第一线。1927 年大革命失败后他被国民党当局通缉，躲避追捕期间，他痛苦地思索大革命的成败得失及知识分子的命运浮沉，在上海蜗居小楼潜心创作，遂有三部中篇小说《幻灭》《动摇》《追求》陆续发表于 1927 年至 1928 年的《小说月报》。1930 年 5 月，作者将它们合为一集题名《蚀》，由开明书店出版。《幻灭》发表后，赢得文坛高度评价，这意味着茅盾在继续文学评论的同时，主要精力转向文学创作，一位杰出作家由此诞生。

人物故事

静女士出身于江南小镇的小康之家，“父亲早故，母亲只生她一个，爱怜到一万分，自小就少见人，所以一向过的是静美的生活。也许太娇养了点儿。她从未梦见人世的污浊险巇，她是一个耽于幻想的女孩子”。（茅盾:《蚀》，人民文学出版社 1954 年版，第 7 页，下引此书只注页码）

喜欢沉静读书的静女士，在学校遇到了时代大潮的冲击。“她自从去年在省里的女校闹了风潮后，便很消极，她看见许多同学渐渐地丢开了闹风潮的正目的，却和‘社会上’那些仗义声援的漂亮人儿去交际——恋爱，正合着人家的一句冷嘲，简直气极了；她对于这些‘活动’，产生极端的厌恶，所以不顾热心的同学嘲笑为意志薄弱，她就半途抽身事外，她的幻想破灭了，她对一切都失望，只有‘静心读书’一语，对于她还有些引诱力。”（第 5~6 页）

为了找到一个合于理想的读书地方，她来到上海。但上海也找不到读书的好地方，不到两年她换了两个学校。她不明白自己为什么读书，只是感觉只有读书心里才得到宽慰，才有安定感。但是，环境并不如静女士之愿，正如她的好朋友慧女士所说：你打算静心读书吗？什么地方容许你去静心读书呢？你看看你的学校！你看看你的同学！他们在这里不是读书，却是奔走接洽，开会演说罢了。

在如此喧闹的环境下，静女士声言自己不怕外界不静，就只怕心里不静。怕啥啥来，遗憾的是，静女士的心再也静不下来了。她情绪低沉，心神不宁，感觉站也不是，坐也不是，看书不是，不看书也不是。总之，书读不进去了，静女士的读书梦破灭了！

百无聊赖中，静女士的男同学抱素来访问她。她本来对男同学一律不交往，“她对于两性关系，一向是躲在庄严，圣洁，温柔的锦幛后面，绝不曾挑开这锦幛的一角，看看里面有什么东西；她并且是不愿挑开，不敢挑开”。但抱素主动来访，而且文质彬彬，善解人意，说的话好像钻到静女士的心里一样，无不与静女士的性格、心理相投缘，这让静对他顿生好感。况且，此时的抱素和慧女士恋爱，被精明厉害的慧女士冷酷地抛弃了，静对他深表同情。看着在爱情上受伤的抱素，静女士的“怜悯哲学”在暗中涌动，于是她和他相爱了。她感动地说：“许多人中间，就只你知道我的心！”

柔情缱绻中，静女士失身于抱素。平日里最怕想起的事竟身不由己地做了。完全被动吗？静凭良心说也不是。“现在细想起来，不忍峻拒抱素的要求，固然也是原因之一，但一大半还是由于本能的驱使，和好奇心的催迫”，总之，一向谨慎责己的静对于已经发生的事情并不后悔——“这位骄狷的小姐虽然不愿人家知道此事，而主观上倒也心安理得”。（第3—6页）

但是，瞬间的热恋过后，空虚的悲哀接踵而来。正像小孩子在既得了所要的物件以后便发现原来不过如此，转眼又觉得无聊了。更可怕的是，静女士从抱素无意中遗下的相片和书信中，发现柔情似水的抱素，原来不过是“一个轻薄的女性猎逐者！并且他又是一个无耻的卖身的暗探！他是骗子，是小人，是恶鬼！然而自己却就被这样一个人玷污了处女的清白”。（第40页）

如梦初醒的静痛悔万分，她感到像被毒蛇咬了一样心惊肉跳。“现在静女士的唯一思想就是如何逃开她的恶魔似的‘恋人’。”她以生病为借口住进了医院。静所期盼的爱情梦，就这么昙花一现，旋即残忍地幻灭了。

到医院的第二天，静当真病了，而且是传染病猩红热。治病疗养期间，静闭门不出，心情更加宁静，性格也稍有变化：本来多愁善感，常常沉思空想，现在几乎没有思想；过去的，她不愿想；将来的，她又不敢想。她感受到了命运的无常,对未来不敢再有希望。她决定出院后就回家去,将来的事听凭命运的支配。

在医院里,她认识了关心国家大事的黄医生,了解到北伐军正在节节取得胜利,静的心情开始有点兴奋起来,在黄医生的影响下由悲观主义者转化为爱国主义者了。

很快,参加革命的同学们鼓励她也参加到火热的革命运动中来,理由是,改造社会不是一二英雄的事业,而是人人有责。静在中学时代曾领导同学反对过顽固的校长,这说明在她的性格中本来含有参与社会运动的热情。于是内心深处两个"我"开始进行激烈的搏斗:过去的创痛告诉她一切挣扎都是徒劳,新的理想鼓动她勇敢地投入革命运动中去。斗争的结果,后者战胜了前者。"她回复到中学时代的她了。勇气,自信,热情,理想,在三个月前从她身上逃走的,现在都回来了。"她决定和同学们一起走,到革命的中心武汉去,去尽自己的责任为社会服务,享受新生活的乐趣。(第47—48页)

但革命的运动、火热的生活并不如静之所想,到武汉后"短短的两个多月,静女士已经换了三次工作,每一次增加了些幻灭的悲哀"。(第51页)

第一个工作是参加政治工作人员训练班。刚开始她满身是勇气,满眼是希望,她决心洗去娇养的小姐习惯,去接受训练,吃苦,努力。

> 然而抱了坚决主意的那时的静女士,只过了两星期多的"新生活",又感到了万分的不满足。她确不是吃不得苦,她是觉得无聊。她看透了她的同班们的全副本领只是熟读标语和口号;一篇照例的文章,一次照例的街头宣讲,都不过凑合

> 现成的标语和口号罢了。她想起外边人讥讽政治工作人员为“卖膏药”；会了十句八句的江湖诀，可以做一个走方郎中卖膏药，能够颠倒运用现成的标语和口号，便可以当一名政治工作人员。有比这再无聊的事吗？这个感想，在静的脑中一天一天扩大有力，直到她不敢上街去，似乎路人的每一注目就是一句“卖膏药”的讥笑。勉强挨满三个星期，她终于告退了。（第55页）

静的第二份工作是在妇女会。办理几个星期的事仍是嫌无聊，她辞职不干了。她也说不出为什么无聊，哪些事无聊，只是感觉这也是一种敷衍应付装幌子的生活，不是她理想中的热烈的新生活。

第三份工作是在省工会。她之所以同意来这里，一是因为这里职员的生活费一律平等，二是这里确实有重要事情做，而不是点缀品。这正符合她服务社会的理想，所以当她看到自己的工作切切实实关系几万人的生活时，第一次感到了办事的兴趣，觉得自己终于踏进了光明热烈的新生活。

但是，兴奋激动中她也发现了生活中的“遗憾”。例如同事们举动粗野幼稚，不拘小节，以及近乎疯狂的见了单身女人就要恋爱，这都使她觉得不快。她常常看见男同事和女职员纠缠，甚至嬲着要亲嘴。单身女子若不和人恋爱几乎罪同反革命。他们打听到静现在没爱人，就一齐向她进攻，有一个和她纠缠得最厉害。诸如此类，使静十二分地不高兴，渐渐对于目前的工作也连带产生了嫌恶。

联想起半年来的所见所闻，她发现了生活中充满了矛盾：一方面是紧张的革命，一方面是普遍的疲倦和烦闷；“要恋爱”成了流行病，人们疯狂地寻觅肉的享乐；儿女成行的官僚亦上演着恋爱的喜剧；铲除封建思想的口号喊得震天响，然而沾亲带故的裙带关系依然普遍存在。这是比较突出的大的乱象，若毛举细故，更不知有多少。

总之，这一切乌七八糟让静看不惯，想不通，咽不下，她一心向往的事业梦就这样破灭了，她毅然从工会辞了职。虽然不干工会的事了，但事业心与责任心使她不甘心，她表示还是想做一点于人有益、于己心安的事。

这之后，在朋友们的帮助下，静女士到一个伤兵医院当护士。在医院期间偶然遇到了少年连长强猛，在相互交往中情投意合，两人发生了真挚、纯洁、热烈的爱情，大胆结合在一起。两人一块儿勾画未来美好的生活图景，一同到庐山度蜜月。但战场的召唤无情地将一对恋人生生分开——强猛重新归队了。就这样，静女士美好幸福的婚姻梦，在不可抗拒的外力作用下，亦破灭了。正如她对好朋友王女士所描述的："我简直是做了一场大梦！一场太快乐的梦！现在梦醒，依然是你和我。"（第78页）

人生启悟

至此，读者终于明白了茅盾为什么把他精心构筑的处女作命名为《幻灭》。因为在他的笔下，主人公一系列美好的梦想（读书、恋爱、事业、婚姻）都一一破灭了。让读者对主人公既同情又惋惜，眼看着她的梦想一个个破灭而爱莫能助。

那么美好的梦想为什么会一一幻灭呢？透过故事情节读者发现，这里既有客观原因，也有主观原因，是主客观相互作用的结果。

从客观原因说，静女士所遇到的人和事，确实不尽如人意，不能令她满意。中学时静积极参加学潮，内心柔弱的她还曾勇敢地带领同学们和顽固的校长作斗争。可是，眼看着同伴们陷入社会交际与恋爱的泥淖中，她失望了，一心一意想读书。可是，社会动乱，人际纷扰，已经容不下她的读书梦，所以破灭是必然的。

失望之余，她想在爱情中寻找寄托，可是天真纯洁的她偏偏又遇到一个虚伪诡诈的色狼兼暗探，让她心灵极度受伤。

内向文静的静女士内心有服务社会的热切愿望，但真的参加革命后，发现有的工作空洞浮躁，华而不实；而且队伍中的一些同事俗不可耐，生活以恋爱为中心，简直是新式的、新新式的色中饿鬼。这与她所设想的热烈、光明的生活反差太大，怎能令她不失望?!

总之，现实生活中的种种灰暗和污浊，不能不让优雅纯净的静女士失望，她的幻灭在所难免。

从主观原因说，静女士从小被娇养着长大，养成了优雅、纯洁、柔弱的性格，一向过的是“静美的生活”。这就是说，单纯优裕的生活环境养成了静女士完美主义的性格，无论对什么都抱持完美主义的标准，所以对世俗的纷乱与污浊不能忍受。但世俗人间的特点就是“俗”(不然怎么叫世“俗”?)，你不能忍受的结果只能是失望，只能是幻灭。

那么追求完美、光明、纯净错了吗？当然不是！但问题是，世界本身是不完美的，任何生活、任何人群总有缺憾。这种不完美或者说缺憾，具体内容可能与时代、社会等条件有关，但从根本上说是超越时代和社会的。上升到哲学上，这是唯物辩证法所决定的。辩证法告诉我们，世界是由阴阳(光明与黑暗、善良与邪恶、高雅与卑俗、真诚与虚伪、美好与丑陋……)两面组成的，没有人能够只保留其“阳”面而消除其“阴”面。所以，你只要生活在“生活”中，就必然会受到两面的夹击。这时候，你要想生存，就必须既接受你喜欢的这一面，又必须会与你不喜欢的另一面相周旋。

也就是说，从哲学上看，静女士的“幻灭”是必然的，是其性格决定的——有道是性格就是命运。这说明她的思想、性格还不成熟，还需要经历生活的磨炼，即经受炼狱的考验，进一步深入地理解社会和人生。作家史铁生说过，看透了人生而后爱它，这才是明智之举。法国作家罗曼·罗兰也说过，世界上只有一种英雄主义，就是看清生活的真相之后依然热爱生活。

根据这个意思我们可以进一步发挥，真正成熟的人不是看见生活的缺憾就幻灭，而是抱持一种强大的精神意志勇敢地迎上去，踏着泥泞往前走，做到出淤泥而不染。这才是真正的勇士。

期望完美是理想，而不完美的是现实，正所谓“理想很丰满，现实很骨感”。对自己不喜欢的东西，可以厌恶但不可厌世，可以拒绝但不可逃避。生活中的人和事不完美是常态，在坚持原则的条件下，要学会接受和容忍——在斗争中接受与容忍，在接受与容忍中斗争。古人云，水至清则无鱼，人至察则无徒。过于洁癖，反而把自己孤立了；过于不容人，自己反而活不下去。

回到《幻灭》作品中来，静女士遇到的问题具有特定的时代特色，如今时过境迁，已经一去不复返了。但我们从静女士的生活态度中提取出来的人生道理，并不因时代的消逝而消失。如何对待生活，对任何人都具有永恒的启示意义。

吴荪甫：20世纪30年代中国民族资产阶级的悲剧英雄

《子夜》插图

吴荪甫是茅盾著名长篇小说《子夜》的主人公，在茅盾的所有著作中，他是最著名因而可以排第一的成功的艺术典型。借助这一人物，可以了解20世纪30年代中国的社会面貌，可以了解民族资产阶级的困境及命运，可以领悟某些人生道理。

人物素描

吴荪甫出场时叙述人对他的描绘是："紫酱色的一张方脸，浓眉毛，圆眼睛"，"大概有四十岁了，身材魁梧，举止威严，一望而知是颐指气使惯了的大亨"，"声音洪亮而清晰"，在意外的突发事件面前冷静沉着，指挥若定，周围下人对他低声下气，毕恭毕敬。肖像描写暗示他是一个气度非凡、刚毅果断的人物。

吴荪甫出身农村大地主家庭，曾留学欧美，在西方文化的熏陶下成长，熟悉一整套企业经营策略和管理方法。关于他的性格，作者有诸多类似的描述：脸上露出坚决的气色，"眼光里燃烧着勇敢和乐观的火焰”，这眼光常常能煽动同事的热情，鼓动他们的幻想，坚定他们的意志；“他这眼光是有魔力的！他这眼光是他每逢定大计，决大疑，那时候儿的先声夺人的大炮！”“他那眼光的坚决和自信能够叫顶没有主意的人也忽然打定了主意跟他走。”“精神虎虎的紫脸孔”，说话的声调“又快又清晰个个字像铁块似的”。“吴荪甫眼睛里的火——那是乐观的火，要和老赵积极奋斗的火，已经引燃到孙吉人的眼睛。”“刚强坚韧而富有自信力的他，很知道用怎样的手段去扑灭他的敌人，他能够残酷，也能够阴柔。”“荪甫的野心是大的。他有富于冒险的精神，硬干的胆力；他喜欢和同他一样的人共事。”

关于吴荪甫的性格，还有一个细节值得注意。在作品中，作者凡是写到吴的“笑”时，差不多都是“狞笑”（要么是“狂笑”）而很少别的。如此频繁地使用同一个词，当然不是作者词汇贫乏，而是有意突出人物的精神品格。（狞笑，《现代汉语词典》的解释是“凶恶的笑”；“百度百科”的解释是：出自《子夜》，是一种可怕的笑容，让人觉得害怕，也是类似于冷笑的一种笑”）

——所有这些描述，都在告诉读者，吴荪甫是一个性格强悍、浑身充满力量（包括可怕的）、精神放射气场的人。

宏伟志愿

作为一个企业家，吴荪甫认为“只要国家像个国家，政府像个政府”，中国的民族工业就有希望。他是一个有宏伟志愿的人——“他是办实业的，他有发展民族工业的伟大志愿，他向来反对拥有大资本的杜竹斋之类专做地皮，金子，公债”。

吴荪甫对于自己的事业充满信心，有着美好的憧憬：“吴荪甫拿着那‘草案’，一面在看，一面就从那纸上耸起了伟大的憧憬的机构来:高大的烟囱如林,在吐着黑烟,轮船在乘风破浪,汽车在驶过原野。他不由得微微笑了。而他这理想未必完全是架空的。富有实际经验的他很知道事业起点不妨小,可是计划中的规模不能不大。"

为了保护民族工业,在其他小工厂维持不下去的时候,他出面联合他人接收下来。他的想法是,如果中国的小企业关门大吉,"那也是中国工业的损失,如果他们盘给了外国人,那么外国工业在中国的势力便增加一分,对于中国工业更加不利了"。所以为中国工业前途计,他们决定"救济"几个小厂,把他们接收下来。

当他和他的伙伴们接收了八个小厂之后,他们的事业具有了"空前的宏大规模,他和孙吉人他们将共同支配八个厂,都是日用品制造厂！他们又准备了四十多万资本在那里计划扩充这八个厂,他们将使他们的灯泡,热水瓶,阳伞,肥皂,橡胶套鞋,走遍了全中国的穷乡僻壤!"不仅如此,在扩展和保护自己民族工商业的同时,他们还要打击外国的竞争者——"他们将使那些从日本移植到上海来的同部门的小工厂都受到一个致命伤"!

以上描写可以看出,吴荪甫是一个有理想,有抱负,心系国家和民族的企业家和资本家;是20世纪30年代中国民族资本家中的佼佼者。作者茅盾非常喜爱这一人物,称他为"二十世纪机械工业时代的英雄、骑士和王子"。

多重困境

作为企业家,虽然吴荪甫胸有大志,雄心勃勃,但无奈生不逢时,在当时的社会背景下,他面临多重困境,犹如蛟龙困泥潭,无论如何挣扎也无法腾飞。

一是民族资产阶级与买办资产阶级的矛盾

小说中吴荪甫与赵伯韬的矛盾实质是民族资产阶级与以帝国主义为靠山的买办资产阶级的矛盾。吴荪甫千方百计要独立发展自己民族的工业，这就必然触犯以赵伯韬为代表的外国资本家的利益，所以必然遭到他们的阻挠和破坏。赵伯韬是帝国主义在中国豢养的走狗，他阴险狡诈，挖空心思破坏吴荪甫的各种计划。他操纵着金融界，翻手为云，覆手为雨，调动资金，拉拢见钱眼开唯利是图的小资本家，玩弄他人于股掌之上，必欲置吴荪甫于死地而后快。

对于赵伯韬的阴险毒辣，吴荪甫开始时并无清醒认识，曾一度试图与他合作。但终于发现，他和赵之间的矛盾不可调和，最后不得不决裂。决裂后的吴荪甫，调动起全部力量奋起反击，但终因力量弱小而失败。

二是民族资产阶级与工人阶级的矛盾

与工人阶级的矛盾冲突是导致吴荪甫走向破产的又一原因。吴荪甫要发展民族工业必然要依靠工人。吴荪甫与赵伯韬竞争之时，为了积累资本，扩展实力，加紧了对工人的剥削，把遭受到的和可能遭受到的经济损失转嫁到工人头上。他命令延长工人劳动时间，一次次克扣工人工资，任意开除工人。当工人为维护自己权益举行罢工时，吴荪甫冷酷地用铁腕对付他们。他收买工贼分化瓦解工人，利用流氓胁迫工人运动的积极分子，同国民党军警暗探沆瀣一气，不惜用暴力进行赤裸裸的镇压。他声称要给“那些穷的只剩下一张要饭吃的嘴”的工人一点颜色看看。

工人是资本家办厂的依靠，与工人的矛盾如此尖锐，对付工人的态度如此凶暴，哪里还谈得上事业的发展？哪有不失败的道理？

三是民族资产阶级与农民的矛盾

吴荪甫出身农村土豪之家，农村是他事业发展的起步，他身在城市却在家乡办了诸多小型企业，以积累资金支持在上海办厂。双桥镇是他企图扩大生产的基地，他一心想以丝业的发展推动民族工业的发展。但受压迫和剥削日久的农民终于爆发了激烈的反抗，发动了武装起义，将他的钱庄、当铺、米厂、油坊抢的抢、烧的烧，使他几年来努力把家乡小镇建成工业发达城市的梦想毁于一旦。这样一来，割断了吴荪甫与农村经济的联系，影响了他的资金周转和事业扩张，打乱了他发展民族工商业的战略方案。农村的陷落对吴荪甫的事业是一个重创，虽不至于伤筋动骨，但毕竟断了他依靠农村积累资金的后路。

上述这些矛盾，都是社会的结构性矛盾，是吴荪甫个人所无法纾解、无法逃脱的困境。正是这些困境把吴荪甫给困死了。

奋斗历程

吴荪甫的事业涉及四个方面：一是故乡双桥镇的小企业；二是他亲手在上海创办的裕华丝厂，这是他实业的主体；三是与合伙人合办的益中信托公司；四是投资股市，希望从买卖公债中获利。但家乡的小企业在农民暴动中破坏殆尽，在银钱方面损失不少。他借以依靠的裕华丝厂，由于劳资冲突等多种原因，也没有达到他理想的结果。

虽然事业发展困难重重，举步维艰，但乐观自信性格顽强的吴荪甫并不气馁。为了生存，他拟订了一个庞大的计划，并以坚决的魄力艰险地付诸行动。为此，他和交通运输业资本家孙吉人、矿业资本家王和甫一起建立起了兼办金融和实业的益中信托公司。益中公司成立后，吞并了八个濒临倒闭的小厂，控制了朱吟秋的丝厂,并试图进一步把陈景宜的绸厂纳入公司麾下。以此为基础,吴荪甫雄心勃勃想组织一个工业托拉斯,把纺织业、长途汽车、轮船局、矿山、应用化学等联合起来,与外国资本家进行一番角逐。

吴荪甫的扩张计划受到了赵伯韬的阻挠。赵使用手段导致吴的丝厂急需原料短缺,逼吴等人与他合作,共同管理益中,从而接受他的控制。吴识破了赵的阴谋,拒绝了他的要求。赵气急败坏,暗中对益中实施“经济封锁”,试图逼他们就范。赵伯韬之所以这么阴毒地阻挠吴的计划,主要是想通过他的金融资本控制吴荪甫们的工业资本,勾结洋商为帝国主义经济侵略大开方便之门。这一切的背后,是美国金融资本家撑腰。

当时在上海滩,赵伯韬金融资本雄厚,可以支配资本市场的运作。吴荪甫深知得罪赵的利害,但为了事业的发展,往大了说为了中国民族工业的前途,他在强大的敌人面前不愿低头,宁可拼尽全力也要一搏。

吴荪甫本来是主张靠实业救国的,为什么又组织起兼做金融投资的益中公司呢?因为借助它可以在金融上实现独立,摆脱帝国主义财团的控制;可以吸收存款为己所用,还可以在香港招股扩充资本,进而通过公债买卖在股市上赚一笔。于是吴荪甫和同伴们辛苦拼凑各路资金到股市上冒险。但股市黑幕多多,波谲云诡,变幻莫测,在这里赵伯韬长袖善舞,善于操弄。结果,心力交瘁、冒险一搏的吴荪甫们最终还是失败了。

一个有理想有能力雄心勃勃的奋斗者竟然失败了,让读者感到遗憾,为之惋惜。作者茅盾说,“吴荪甫的悲剧中是带有某些悲壮性的”。可见,无论在作者还是读者心里,吴荪甫都是一个失败了的悲剧英雄。

吴荪甫的失败是偶然还是必然

就文本设计的具体情境而言，吴荪甫的失败有一定的偶然性。在决定胜败的关键时刻，双方势均力敌，赵伯韬也感到“有点兜不转”了。这时候谁胜谁负，很不好说。但是，在紧急关头，吴荪甫的姐夫杜竹斋倒戈，把钱投到了赵伯韬一边，所以赵胜利，吴失败了。杜竹斋之所以倒戈，完全出乎意料。因为当时吴赵双方势均力敌，在这种情况下，他投向哪一方，哪一方就会胜出，因此他没必要非拆吴荪甫的台不可。况且这之前吴专门做过他的工作，希望他能和自己站在同一战线。但关键时刻杜竹斋背叛了吴：“要是吴荪甫他们的友军杜竹斋赶这当儿加入火线，‘空头’们便是全胜了。然而恰在吴荪甫的汽车从交易所门前开走的时候，杜竹斋坐着汽车来了。两边的汽车夫捏喇叭打了个招呼，可是车里的主人都没觉到。竹斋的车咕的一声停住，荪甫的车飞也似的回公馆去了。”——就在这一瞬间吴和杜失之交臂，没有再叮嘱一下他们商量好的计划，导致胆小好利的杜竹斋因习惯性敬畏赵的实力而临时倒戈。从这一偶然错失看，吴荪甫们的失败确实有偶然性。

但是，换个角度，从更广大的社会历史背景看待吴荪甫的失败，则可以说是必然的——他这次不失败下次失败，暂时不失败最终会失败。因为无论谁都逃不脱大时代的限制。

《子夜》的故事背景是20世纪30年代，正是中国黎明前最黑暗的年代（“子夜”即黎明前最黑暗的时刻）。蒋介石继1927年叛变革命掀起内战之后，1930年4月又掀起南北大战加紧围剿。战争导致局势动荡，社会人心惶惶不安，严重影响民族资本的发展。还有，战争的胜败影响股市的起落涨跌。金融资本家为了控制股市，秘密贿赂政府和军界大员，人为操纵战争双方的胜败。这些是吴荪甫们所根本无法控制的，只能随波逐流，任人掌握命运。加之世界经济危机的波及，强大的外国资本输入中国市场捞金，直接影响到中国民族资本主义的发展。这也是力量弱小的民族资本家所无力抗衡的。还有，工人农民运动风起云涌，更让民族资本家焦头烂额，自顾不暇。总之，多方面原因决定了民族资本主义在当时的中国是没有出路的。换句话说，社会历史的大环境决定了吴荪甫们的失败是必然的。

人生启悟

首先，个人事业成败与时代潮流不无关系。

作品中的吴荪甫意志坚定，性格强悍，有理想，有能力，具备事业成功的所有个人条件，但他却无可奈何地失败了。他的失败，我们已经作过分析，原因不在他个人，而在于他生不逢时，时代没有为他提供成功的必要条件。我们可以设想，假如吴荪甫生在中国改革开放的新时代，他一定是一位改革的闯将，在事业方面一定会有辉煌的建树。

关于这一点，美籍华人评论家夏志清有过论述。他在他的著作《中国现代小说史》中讨论到吴荪甫时说："从一方面来看，吴荪甫是一个在无可抗拒的命运或环境下受到打击的一个传统的悲剧主角。但在另一方面来看，吴荪甫不啻是那个可怜的、瞎眼的俄狄浦斯的化身。他心怀大志、满腔热忱，一心要利用本国资源将中国工业化，但由于从未留心过马克思主义的启示，所以虽则一败涂地，仍没有觉悟过来。他没有认清历史动力之重要性。只有这种动力最后得以发挥出来，中国才有救。他没有看到这一点，这是他的悲剧。只要封建思想及帝国主义狂潮未灭，一切促进民族事业发展的努力都是枉然的。吴荪甫虽然抱负不凡，但他却未能认识到，中国的政治和经济制度，实在需要来一次大革新了。在达到此

一目标前，个人的奋斗是徒劳无功的。”（夏志清：《中国现代小说史》，浙江人民出版社 2016 年版，第 172 页）

这里提到的“马克思主义的启示”“历史动力”，指的应该就是工农解放和社会主义运动大潮。这种运动的兴起，是因为历史已经证明实业救国之路走不通，中国的政治经济制度需要来一次大变动。对此历史大趋势，吴荪甫一窍不通，阶级立场决定他们还在顽强抵制，他怎么可能不失败?!

由此我们想到常说的一句话，时势造英雄。但另一句话似乎也成立，即时势也可以毁灭逆潮流而动的个人英雄。时代大潮汹涌澎湃，顺我者昌，逆我者亡，所以，逢时是你的幸运，不逢时是你的悲哀。

其次，吴荪甫的爱国情怀值得点赞。

在国人的意识里，生意人都是见钱眼开、唯利是图之徒；在他们眼里，一切以利润为中心，其他的，什么国家、民族、社会、民众等宏大目标压根不在心上。“无利不早起”“无商不奸”就是对他们最经常最普遍的描述。一般来说，这样的判断有大量的事实为根据，因而是有道理的，但很明显，也过于简单化、绝对化、一棍打八家了。

天下事，有普遍就有特殊，具体到吴荪甫，他就是一个相对的特殊。在他身上，既有生意人一心逐利的一面（普遍），也有关心国家民族命运，愿为国家民族振兴而努力的一面（特殊）。在吴荪甫这里，个人利益、小团体利益和国家民族利益是统一的而不是分裂的。他的一切奋斗和努力，既是为了壮大自己的事业，同时也是为了民族工业的发展，为了抵抗帝国主义的侵略。

要知道，吴荪甫并不属于某个党派，也不属于政治性很强的某个团体，因而不受任何外在力量的支配；他只是独立的社会一员，一个独立的个体。作为个体资本家,能够想到国家和民族利益并为之而奋斗,有这种情怀、这种觉悟,值得点赞。爱国家爱民族,是我们中华民族的优秀传统,这一传统源远流长,也渗透进了吴苏甫的血脉里。吴苏甫的爱国精神,即使放到今日,也依然值得赞赏。

再次,吴苏甫顽强不屈的意志、积极进取的精神值得学习。

关于这一点,笔者在上文已经作过分析,兹不赘述。这里要补充的一点是,任何人的人生都不可能一帆风顺,困难挫折在所难免,在困难挫折面前想一想吴苏甫的奋斗精神,无形中会鼓舞起我们的力量。吴苏甫顽强不屈的意志、积极进取的精神在任何时代都不过时。名著的价值就在于,其中的思想精华具有超时空的永恒的现实意义。

赵惠明：误入歧途、良知尚在的自我救赎者

《腐蚀》插画

赵惠明是茅盾长篇小说《腐蚀》中的女主人公，政治身份是国民党女特务。

《腐蚀》创作于香港，1941年5月至9月连载于邹韬奋主编的《大众生活》（香港出版）周刊。作品以赵惠明日记的形式，披露了她1940年9月15日至1941年2月10日间在战时首都重庆的生活。作品发表后先后在香港和东南亚引起轰动，继而在国统区和解放区产生很大反响。1950年改编成同名电影，受到观众热烈欢迎；但很快被叫停，原因是当时国内正在进行“镇（压）反（革命）”运动，作品被批评为同情国民党特务，所以不合时宜。新时期思想解放以后，《腐蚀》恢复名誉，重新进入读者和批评家的视野，而且和《子夜》《蚀》《虹》一样被视为茅盾的代表作。茅盾自己也说过，他的长篇小说中《子夜》是国外版本最多的，《腐蚀》是国内版本最多的。1958年人民文学出版社出版《茅盾文集》时，茅盾亲自选编了体现自己创作水平的长篇小说，其中包括《腐蚀》。由此可见《腐蚀》在读者和作者心目中的地位和分量。

关于主人公的评价,中华人民共和国成立后相当长一段时间里,有人从赵惠明国民党特务身份出发,把她定性为替反动统治卖命效劳的走卒,充当了反革命的工具,说她手上沾满了无辜者的鲜血,对人民犯下了不可饶恕的罪行。形势所迫,茅盾在 1954 年为《腐蚀》再版所写的《后记》中,也不得不违心地说赵惠明不明大义,缺乏节操,成了满手血污的特务,她日记中的自讼、自我解嘲、自己辩护都不能作正面理解。这话与他初次发表时表达的创作初衷完全不同。

所有这些评价都与当时的政治思潮影响有关。但这些评价与文本实际相违背,与作者的创作初衷相违背,与作品的社会效果即读者的阅读感受相违背。如今,回归文本,从阅读感受出发,笔者把赵惠明解读为误入歧途、良知尚在的自我救赎者。

人物故事

据作品介绍推算,赵惠明出生于民国早期,父亲是国民政府内政部小官员,母亲早死,她从小在家里受尽姨娘的欺负,饱尝生活的酸甜苦辣。学生时代,她接受"五四"新思想的洗礼,参加过学生救国运动,曾组织人慰劳上京请愿的同学们;她曾大胆抗议学校的旧规则,发动"择师运动",激烈主张封闭教员预备室,后受到校方的压迫,校方勾通家长断绝了她的经济供给;抗日战争爆发后,她上过前线,有过一段"战地服务"的光荣历史。对于学生时代的表现,赵惠明感到很骄傲,曾在日记中自豪地说:"曾经有过一个时期,我的眼光向着正义和光明。"

进入社会后,最初与革命者小昭相爱同居,后来遇见国民党特务希强,——赵后来称他为"卑鄙无耻的家伙","懦夫,伪善者"。但当初她单纯天真,识别不了希强的真面目,经不住他花言巧语的诱惑，稀里糊涂地被卷入国民党特务组织，成为一名像棋子一样被人指使的女特务。

特务机构的神秘，人际关系的凶险，目标任务的阴毒，使用手段的残忍，出乎赵惠明的想象，与她早年接受的教育相悖，与她心中的良知相冲突，而特务机关只能进不能出的纪律又把她死死绑定在她所厌恶的职业上。她心里十分苦恼，但身不由己，又不得不隐忍着，苟且着，敷衍着，分裂着。

关于赵惠明的心理状态，她在第一篇日记（一九四〇年九月十五日，赵二十四岁生日）即整个作品的开头就作了详细的自我剖析：

> 近来感觉到最大的痛苦，是没有地方可以说话。我心里的话太多了，可是找不到一个人可以让我痛痛快快对他说一场。
>
> 近来使我十二万分痛苦的，便是我还有记忆，不能把过去的事，完全忘记。这些"回忆"的毒蛇，吮吸我的血液，把我弄成神经衰弱。
>
> 近来我更加看不起我自己，因为我还有所谓"希望"。有时我甚至于有梦想。我做了不少的白日梦：我又有知心的朋友了，又可以心口如一，真心的笑了，而且，天翻地覆一个大变动，把过去的我深深埋葬，一个新生的我在光天化日之下有说有笑，——并且也有适宜于我的工作。
>
> 我万分不解，为什么我还敢有这样非分之想，还敢有这样不怕羞的想望。难道我还能打破重重魔障，挽救自己吗？

这几段的心理内涵相当丰富。首先诉说自己有"最大的痛苦”，到底有多大？大到“十二万分”。为什么？因为“还有记忆，不能把过去的事，完全忘记”。什么意思？很明显，因为过去做了丑恶的违背她意志、与良知相冲突的事。这些事让她一想起就灵魂战栗、痛苦不堪，像毒蛇一样把她咬噬得神经衰弱。这说明赵惠明的心灵中有两个“我”：“主我”与“客我”。“主我”即自己的思想、意识、理性、良知、精神、灵魂，“客我”即现实生活中身陷魔窟的我。“主我”讨厌客我，否定“客我”，呼唤以“新生的我”埋葬“过去的我”。

这就是“近来我更加看不起我自己”的心理内涵。第一个“我”是“主我”，第二个“我（自己）”是“客我”。“客我”活得委屈憋闷，人不像人，无力自拔，但“主我”还有梦想，梦想来一个天翻地覆的大变动，从此走出阴暗魔窟，到光天化日之下有说有笑地生活。

但“过去的我”罪孽深重，还有新生的希望吗？她深深地自我怀疑——“我还能打破重重魔障，挽救自己吗？”

希望、盼望、渴望“挽救自己”，说明赵惠明有强烈的自我救赎的愿望。这种愿望贯穿于她的整个思想和行为中，换句话说，贯穿于整个日记的字里行间。

要想自我救赎，首先需要清理自己的思想，以便于除旧布新，吐故纳新，改过自新。从上述引文可以看出，日记一开始就定下了自我反省、自我否定、自我批判、自我忏悔的基调，这种调子贯穿于所有日记之中。赵惠明以真诚的自我反省、自我忏悔走上了自我救赎之途，证明着她自我救赎的愿望和努力。

例如，当她下狠心遗弃她和希强的孩子，而将来也不打算把他找回时，她的理由是：“我即使有力‘赎’他回来，我也没有法子抚育他。我有把握摆脱我这环境吗？我不能让我的孩子看见我一方面极端憎恶自己的环境而一方面又一天天鬼混着。”请注意这里的用词：对自己的环境“极端憎恶”，把自己的生活定性为“鬼混”。

类似的自我反思、自我批判随处可见，例如：“世上还有许多好人，我确信。但是他们能相信我也是个好人吗？我没有资格使他们置信。我的手上沾过纯洁无辜者的血。虽然我也是牺牲者，我不愿借此宽恕自己；我欲以罪恶者的黑血洗涤我手上的血迹；也许我能，也许我不能，不过我相信有一线之可能。”“疟疾是在一天一天好起来，但是我的精神疟疾毫无治愈的希望。也许还是精神上的疟疾引起生理的疟疾。”“我的眼光跟着他的手的动作，我仿佛看见这一双手染有无穷的血污，我的心跳了，我忍不住也看一下自己的手，突然意识到我自己的手也不是干净的，……我霍地站起来，恨声叫道，‘这简直不是人住的世界！我们比鬼都不如！’”

“我觉得我的疟疾又发作了，然而并不是；不过心里像有一团火，要先把自己烧掉，然后再烧掉这世界！”

……

平心而论，所有这些自我反省、自我否定、自我批判、自我忏悔，都表明赵惠明尚能直面自己的灵魂。她自我剖析的态度可以说坦率而真诚，有时还相当激烈，因而也相当感人。这些文字是她在日记中写给自己看的，而不是写给别人看的，所以不是装假，不是作秀，不是欺骗，而是内在真实的心声。这一切都表明她自我救赎的愿望和决心。设身处地想，如果没有对过去痛切的悔恨，没有对现在彻底的厌恶，没有对未来热烈的向往，能有这些发自内心的急切而激烈的文字吗？

赵惠明不但有强烈的自我救赎的愿望，而且也有自我救赎的行动。例如她曾努力设法搭救既是革命者又是前男友的小昭。

当年赵惠明因爱情和小昭同居，后来的分手不是因为感情破裂，而是赵接受了他人的诱惑。小昭是革命者，革命者的生活是清苦的，恰在这时国民党特务希强出现，答应给她更好的生活，于是赵被特务组织所俘虏。原以为是走进了新生活，没想到走进的是狐鬼横行的魔窟。在这里失去自由，失去人性，没有人可以说话；步步是陷阱，处处是“机关”，一不小心就有生命之虞，活得极为压抑。用她自己的话说，过的是“比鬼都不如”的生活，活得不像人，这才有日记开头所说的“十二万分痛苦”。

忽然有一天，上司命令她秘密寻找小昭。这时她心里想的不是执行命令把小昭抓住邀功，而是想让特务组织“赔了夫人又折兵”。就在她尽量拖延怠工之时，小昭已经被抓，且在严刑拷打之下不屈服，于是特务组织决定实施“美人计”，命令赵惠明去软化他，劝降他。当她在特别监牢里第一眼见到小昭时，忍不住惊呼了一声“呵”，其惊讶惊喜之情表露无遗。特定情境下再见旧情人，赵惠明百感交集，喜忧参半，但总摆不脱的感觉是：“一个私奔的女人又回到丈夫怀里。”思来想去，她决定尽自己的力量拯救他。

一边是小昭对她极度不信任，破口骂她甚至要打她，一边是特务组织的监视和催逼，赵惠明在夹缝中十分痛苦，万分为难。但即便如此，她不怨小昭，认为自己该被怀疑。她以极大的耐心、以真诚的爱意对待他，终于使小昭相信并接受了她的爱意。他们共同设计“两全其美”的计划——怎样让他既不投降又能活命，她既能救他又能复命。小昭认为这样的万全之策根本不可能，但赵惠明却一再强调“事在人为”，鼓励他不要灰心。

终于，各种办法都试过了，还是以失败而告终。特务组织看不到效果，不再相信赵的工作，秘密把小昭处死了。虽然计划失败了，但细读整个过程，我们不得不承认赵惠明救小昭的愿望是迫切的，对小昭的爱意是真诚的。她在日记中反复抒发对小昭的爱情：

"我为什么从来未有的满心痛快!""我的一颗心全给小昭占领了,不论谈到什么事,好像都离不了小昭似的。""过后我自想,真也自己都不解,为什么那样爱他?"

当然,我们也不否认赵惠明救小昭的行为中含有自私的成分。这一点她自己也承认:"我的'太极图'当然也有个中心,这便是我! 而小昭是属于我的。"她希望让小昭活下来重新和他在一起。她对小昭说:"我的志就是要保全你,就是要实现你我的'第二梦'。""你我都还年轻,只要咱们自己好好的,未必这一生就完了。"换句话说,赵惠明希望通过拯救小昭拯救自己,开始新的人生。由此看来,她的动机里虽然有自私的因素,但她逃脱魔窟、走向光明的愿望绝对是真实的、强烈的,她执着的坚持也是勇敢的。

如果说拯救小昭尚有自私自利的因素在,那么她把女学生 N 从特务组织的魔掌中拯救出来,则完全是冒险的无私利他的行为了。

由于对赵惠明的工作不力的不满,作为惩罚,上司把她调到最麻烦的大学区工作。当时大学里反对国民党黑暗统治的学生运动风起云涌,国民党特务对革命志士、共产党人跟踪盯梢、逮捕屠杀无所不用其极。对特务来说,工作量大且有危险。在那里,赵惠明遇见了一个和五六年前的自己处于差不多境地的女学生 N。N 单纯幼稚,对社会的复杂尤其是特务组织的黑社会性质完全没有认识,即将被特务组织拖入泥坑。赵惠明不忍心眼看着她和自己一样陷入魔窟,遭受无尽的磨难,凭着自己的勇敢、机警,把几个流氓小特务要得团团转,终于把 N 从险境中解救出来,送她进城,并准备转移到自己的家乡。

N 是一无所有的穷学生,赵惠明解救她,不但要冒政治风险,一不小心招来杀身之祸,而且要赔上金钱,N 的吃住和出逃的路费全要由赵来筹措。为此，赵倾囊相助，卖掉了自己的家当和细软。在做这些事的时候她一直瞒着N，因为她知道N没钱，一商量N怕她为难会拒绝她的好意。所以"决定一切由自己去解决，让N满心乐观，早点走"。处处为他人着想，照顾她人的感受和尊严，何等善良而细腻的女人！

赵惠明与N非亲非故，又不可能从N身上获得任何利益，那么她为什么一定要冒险救N呢？似乎没有别的解释，只能说是出于正义感，出于良知、良心，完全是无私利他的行为。正如她自己所说："我只要救出一个可爱的可怜的无告者，我只想从老虎的馋吻下抢出一只羔羊，我又打算拔出一个同样的无告者——我自己！"

能做出这种行为，说明赵惠明对特务身份和处境是何等的厌恶，对新生活是何等的向往。赵把N当作自己的替身，冒险救N说明她自救的愿望是何等的强烈。

果不其然，把N安置好后，下一步是如何筹划自己的出逃。她出逃的决心早在营救小昭失败之后就下定了——"小昭的不幸，曾使我精神上发生变动……因为有一个'理想'在我心里燃烧，我忽然觉得浑身轻松，无挂无牵；我更加鄙视周围的人们，我设想我就要有一番举动，就要到海天空处翱翔了。"作品就在主人公谋划和等待出逃时机中结束。

人生启悟

读完作品，掩卷反思赵惠明的几十篇日记，我们看到了她做特务工作的经历，看到了她真实细腻的心理活动。她的心理活动中充满了矛盾和痛苦，基本内容是自我反省、自我检讨、自我批判、自我忏悔。她渴望逃出魔窟获得自由，可以说，她的心理活动的过程就是“主我”与“客我”相互搏斗、相互对话的过程，一个误入歧途但良知尚在的人精神自救的过程。

赵惠明的政治身份是国民党特务，但身份只是她的外壳、形式和符号，而她的内心、她的实质还是一个有良知、有梦想、厌恶黑暗向往光明的人。对于她的政治身份，不但读者讨厌，她自己也讨厌，在这方面她和读者是一致的。读者理解她、同情她、接受她，不是因为她的特务身份，而是因为她是一个人。从人心、人道、人性的立场上，读者对赵惠明有批评有指责但没有愤怒和怨恨，只有怜悯和同情。

研究茅盾小说的人都说他是擅写女性的高手，读过《腐蚀》就知道此言不虚。能把一个误入歧途的女特务写得如此具有魅力，没有高深的思想水平和高超的艺术表现能力，是无论如何做不到的。

历史的车轮滚滚向前，如今已是 21 世纪，时过境迁，赵惠明这样的形象还有价值和意义吗？当然有！因为名著的意义是永恒的。那么意义何在呢？

笔者以为其永恒的意义在于启发青年人在选择人生道路时，要坚守正道，脚踏实地，目不斜视，谨慎识人，不要被不靠谱的金钱、物质、爱情、美好前途等五颜六色的诱惑迷住了眼。

学生时代的赵惠明积极热情，追求光明，充满活力，和同样积极热情的小昭相爱并同居。人生本来走在正道上，但忽然诱惑来了，她经受不住就走向邪路了。关于这段历史，赵惠明在日记中有过多次痛苦回忆：

“五六年前，我这人，不是比现在单纯得多么？那时我心安理得，走一个人所应该走的生活的路。然而这就妨碍了谁的利益了,种种的逼胁诱惑,都集中在我这不更事的少女身上,据说都是为了我的利益,——要我生活得舒服些。但现在,我真是'太舒服了'!"

(赵惠明对小昭说:)"当初我走错一步,而造成了我们不得不分手那局面的时候,你曾经使尽了心力,劝我救我。后来我们终于分手了,你并没有恨我;隔了多年,你还是想起这件事就难过,为的你那时没有能力劝醒我。"

(赵惠明对N说:)"我有过一个爱人,值得我牺牲了一切去爱他的一个人,……可是,那时我年轻,糊涂,……后来有一个机会让我赎罪,我比从前百倍千倍地爱他了,可是万恶的环境又不许……"

从上述赵的回忆可以看出,她对当初自己的决定是多么的悔恨,对当初诱惑她的人多么的仇恨。可是,过去的都已过去,世上没有后悔药;开弓没有回头箭,一步走错百步难回。

人生在世,无论什么时代,都难保不遇见各种各样的诱惑。面对诱惑怎样选择,决定着后来的人生走向。作家柳青说过,人生的道路是漫长的,但要紧处常常只有几步,尤其在人年轻的时候。让我们牢记柳青的嘱咐和赵惠明的教训吧,拒绝令人眼花缭乱、怦然心动的邪恶诱惑,谨慎走好人生的每一步。

骆驼祥子：从体面要强滑落到颓废堕落的个人主义者

《骆驼祥子》插图

骆驼祥子，是老舍《骆驼祥子》的同名主人公，本名祥子，骆驼是他的外号。

标题把骆驼祥子定位为“从体面要强滑落到颓废堕落的个人主义者”，不是笔者的主观论断，而是作者老舍对祥子的评价。作品结尾是这样一段话：“体面的，要强的，好梦想的，利己的，个人的，健壮的，伟大的，祥子，不知陪着人家送了多少回殡；不知道何时何地会埋起他自己来，埋起这堕落的，自私的，不幸的，社会病胎里的产儿，个人主义的末路鬼！”这段话相当于“卒章显志”，作者借助于叙述人之口对主人公作出了明确的理性评价。这个评价为祥子的形象作了总结，勾画出全书艺术安排的内在线索，是我们分析解读祥子形象的一把钥匙。

人物故事

祥子从体面要强滑落到颓废堕落，大致经历了三个阶段。

热情奋斗期

祥子生长在乡村，失去了父母与几亩薄田，十八岁时孤身一人到北京（当时叫北平）城里闯荡。祥子人高马大，以乡间小伙子的粗壮与诚实，凡是以卖力气就能吃饭的事几乎全做过了，后来发现只有拉车对他合适，拉车自由灵活，可以通过努力挣更多钱，于是先租赁车行的车积累经验，然后下决心买一辆属于自己的车，做一名高等车夫。

做高等车夫绝不是容易的事，但祥子自信可以做到。他不怕吃苦，从早到晚，东西南北，像被抽着的陀螺一样拉着车拼命奔跑。为节省每一个铜子，他坚决杜绝一切恶习，不抽烟不喝酒，不嫖也不赌，从风雨里咬牙，从茶饭里自苦，一点点地积攒。他决定至少每天省出一角钱，一百元就需要一千天。为了买车，别说一千天，就是一万天，他也能等。就这样，“一年，二年，至少有三四年；一滴汗，两滴汗，不知道多少万滴汗，才挣出那辆车”。“那辆车是他的一切挣扎与困苦的总结果与报酬，像身经百战的武士的一颗徽章”。

遗憾的是，买上新车不久，由于他过于自信和侥幸的心理，误入陷阱，在兵荒马乱中车被匪兵抢走了。失去用生命换来的新车，祥子痛不欲生，大病一场。所幸的是，他无意中得到三头无主的骆驼，贱卖了，得到三十五块钱。有这个钱垫底，祥子仍然不放弃买车的希望。无论如何，他还要买自己的车，“即使今天买上，明天就丢了，他也得去买，这是他的志愿，希望，甚至是他的宗教。不拉着自己的车，他简直像是白活。他想不到做官，发财，置买产业；他的能力只能拉车，他的最可靠的希望是买车，非买上车不能对得起自己”。

为了买新车，祥子一如既往地拼命奔跑：病还没好利落就又拉起来，虽疲乏也不休息，饭不敢吃好的，茶喝最差的。没有包月，他就拉整天，早出晚归，不拉够一定钱数不收车，不管时间，不管两腿，有时连续拉一天一夜。以前他不肯抢别人的买卖，特别是对于老弱病残；现在不管这个了，他只看见钱，多一个是一个。“他只管拉上买卖，不管别的，像一只饿疯的野兽。拉上就跑，他心中舒服一些，觉得只有老不站着脚，才能有买上车的希望。”为此，他在同行群里名声扫地，但他并不在意，他安慰自己：“我要不是为买车，决不能这么不要脸！”

总之，祥子为买车像入了魔，独坐在屋中的时候眼发直，一心一意盘算着如何省钱买车，嘴里不住地嘟囔着算账，像有心病似的。他一个劲地往存钱罐里存，有人劝他放高利贷他也不干，他相信这样一分一分地存下去，总有一天能实现自己的梦想。

痛苦挣扎期

在热烈追求梦想的过程中，决心坚定的祥子也曾产生过对目标的怀疑。例如，在小茶馆休息时遇见了老马小马爷孙俩，俩人拉一辆自己的破车，一天到晚忙碌，连口饭都吃不饱，始终挣扎在死亡的边沿上。看着他们，祥子感到一种从来没有过的难受。“在小马身上，他似乎看见了自己的过去；在老者身上，似乎看到了自己的将来！”“那一老一少似乎把他的最大希望给打破——老者的车是自己的呀！自从他头一天拉车，他就决定买上自己的车，现在还是为这个志愿整天的苦奔；有了自己的车，他以为，就有了一切。哼，看看那个老头子！”想到这里，祥子心中一片迷惘，开始怀疑自己目标的虚妄了。

老马小马让祥子认识到穷人的命就像枣核两头尖：幼小时能

不饿死算万幸,到老了能不饿死就很难。中间年轻力壮还能像个人,这一段该快活而不敢,岂不是傻子吗?这么一想,他就想放弃以前一味拼命的活法,而想随随便便得乐且乐地混日子了。但是及至看到他的存钱罐,"他的心思又转过来。不,不能随便;只差几十块钱就能买上车了,不能前功尽弃;至少也不能把罐里那点积蓄瞎扔了,那么不容易省下来的!还是得往正路走,一定!"

正当祥子提着心劲儿还要买车的时候,恶魔孙侦探以武力相威胁,把他辛辛苦苦积攒的几十块钱全部讹诈走了,这让他第二次买车的愿望彻底落空。他悲愤至极,想不通自己的命运为什么这么不幸。"买车,车丢了;省钱,钱丢了;自己的一切努力只为别人来欺侮!谁也不敢招惹,连条野狗都得躲着,临完还是被人欺侮得出不来气!"

下一步怎么办?万般无奈只得再回人和车厂去。车厂老板刘四的女儿虎妞,既老且丑又野,三十八岁还没嫁出去。她看祥子老实壮实又勤劳,处心积虑要嫁给他。她先是诱惑祥子发生了关系,后又谎称怀孕威逼他和她结婚。祥子一万个不情愿,但在一无所有生存无着的境况下只好接受了她的要求。"祥子想开了,既然回到这里,一切就都交给刘家父女吧;他们爱怎么调动他,都好,他认了命!"

刘四不能容忍女儿嫁给一个拉车的,把虎妞赶出了家门。虎妞和祥子结婚后,决心在祥子身上把自己浪费的青春找回来。她让祥子陪吃陪喝陪睡觉,还要整天陪着玩儿。祥子觉得自己就是虎妞口中的一块肉,他不能忍受囚在笼中被豢养的生活,要求出去拉车。虎妞不同意,他软缠硬磨最后以离家出走相威胁,虎妞没办法只得出钱买了车。祥子买车的愿望终于借助虎妞的力量实现了,心里很高兴。他想:"虽然是老婆给买的,可是慢慢的攒钱,自已还能再买车。”——祥子要强，最终目标还是要靠自己的力量买上车。

颓废堕落期

终于拉上自己车的祥子，又开始了拼命地奔跑。按说，此时的祥子已经不必再拼命奔跑，因为有虎妞的财力作支撑。但祥子要强，自尊，对家庭负责任，他知道虎妞好吃懒做好花钱，总有一天会花完，况且不久还有孩子要养活。于是，无论刮风下雨，酷暑严寒，他都拼命地拉。这样拼命是要付出代价的，终于一场大雨把祥子激成大病。

病中的祥子非常焦急，不但不能挣钱反而还要赔上治病的钱，这样下去怎么得了！越急越病，越病越急，他气得直想去跳河。一两个月起不来，他对以拉车为生产生了绝望；再看看同行的命运，他终于感到："拉车这条路是死路！不管你怎样卖力气，要强，你可就别成家，别生病，别出一点岔儿。……好也不行，歹也不行，这条路上只有死亡，而且说不定哪时就来到，自己一点也不晓得。”想到这里，由忧愁改为颓废，起不来就躺着，反正是那么回事！

不幸的事接踵而来，虎妞生孩子死于难产，为给虎妞请接生婆和办丧事，忍痛把车卖了。老婆没了，孩子没了，家没了，车没了，一眨眼祥子又一无所有了。邻居小福子爱他，他也爱她，但他养不起她一家，只能忍痛割爱，卷铺盖又进了可以租车拉的车厂。

此时的祥子已经今非昔比，他雄心不再，心劲散了，开始随波逐流了。他吸烟上瘾，开始喝酒，合群，随份子，以前看不上眼的事也觉得有意思了。甚至明知夏太太在勾引他，他也不拒绝。有了性病怕花钱，也不治了。“眼前的舒服驱逐了高尚的志愿，他愿意快乐一会儿，而后混天地黑的睡个大觉；谁不喜欢这样呢，生活既是那么无聊，痛苦，无望！”

越不肯努力越自怜。以前他不怕苦,现在他学会了自在和安闲。刮风下雨不出车,身上有点酸痛一歇就是好几天。人懒脾气大,他知道了怎样和人瞪眼。"对车座儿,对巡警,对任何人,他决定不再老老实实的敷衍。"他拉车,能少出一滴汗就少出一滴汗,无论谁要占他的便宜绝不可能。他随便在路上放车,巡警干涉也不怕。见了汽车故意不躲,对坐车的客人也不客气。他脸不洗,牙不刷,头发不理,一副破罐子破摔、"我是流氓我怕谁"的派头。

颓废之中,祥子曾去找过小福子试图自新,但得知她自杀身亡,更彻底死了心,失去了人生的一切念想。他"心中完全是块空白,不再想什么,不再希望什么,只为肚子才出来受罪,肚子饱了就去睡,还用想什么呢? 还用希望什么呢",他更加看重钱的用处,把凡是能换钱的东西都换成了现钱,转手就去吃喝。为了六十元钱,他出卖了在车夫中组织活动的阮明。

心死了的祥子变得不知廉耻,丧失了他一向珍视的道德,成了众人眼中的"刺儿头",骂人打架成了他痛快的乐事。吃喝嫖赌、变着法占别人的便宜——"多吸人家一支烟卷,买东西使出个假铜子去,喝豆汁多吃几块咸菜,拉车少卖点力气而多挣一两个铜子,都使他感到满意"。他到处借钱而不还,开始人们信任他,后来他信誉全失,连一个铜子也借不出了。借不到了就骗:"凡是以前他混过的宅门,他都去拜访,主人也好,仆人也好,见面他会编一套谎,骗几个钱;没有钱,他央求赏给点破衣服,衣服到手马上也变了钱,钱马上变了烟酒。"他甚至到他所尊敬的曹先生家行骗,拿到曹太太给的钱后,转身去天桥挥霍掉。最后,因为脏病拉不成车了,钱也没处骗了,他去替结婚的打旗伞,替出殡的举花圈挽联跟着吃喝。就是这点事,他也尽量偷懒耍滑,抢着拣最轻的举,即使"和老人,小孩,甚至妇女,他也会去争竞。他不肯吃一点亏"。

曾经自尊要强的祥子堕落得面目全非了。作者对此无比感慨，这就有了本文开头作者评价祥子那段话。

人生启悟

从体面要强滑落到颓废堕落，这个反差实在是太大了，大到令人不可思议，甚至怀疑作者是不是写得有点太过了。但是，如果把人物还原到文本给定的环境里，设身处地换位思考，感觉也是可能、可信，甚至是顺理成章的。因为，导致祥子变化的原因实在是太多而且太强大了，远远不是祥子个人所能抵抗得了的。

社会黑暗，经济贫困，导致祥子体面生存的愿望始终无法实现

祥子来自农村，身强力壮，品行端正，热爱城市，希望靠自己的能力在城里谋生。但黑暗的社会连这一点卑微的愿望也无法满足他。他拼命拉车攒钱，好不容易买了车却被逃跑的匪兵劫走了。车丢了就丢了，好在自己还年轻，继续攒钱再买，结果没等攒够就被社会黑恶势力孙侦探讹诈走了。无奈只好再到车厂接受车主的剥削。

祥子一生的美梦是拉上自己的车，可是，即使有了自己的车又能怎样？老马有自己的车，但到老来连口饱饭也吃不上，等待他的是病饿而死。祥子生活在一个弱肉强食的社会里，强者横行霸道作威作福，弱者任人欺凌永世不得翻身。正如叙述人所感慨的："一个拉车的吞的是粗粮，冒出来的是血；他要卖最大的力气，得最低的报酬；要立在人间的最低处，等着一切人一切法一切困苦的打击。"世事如此，一介草民祥子又能怎样？反抗无力，看不见一线微光，所以他的灰心、颓废是可以理解的。

善恶颠倒的生活处境摧毁了他做人的信仰

祥子本性善良（如看不得老马祖孙可怜，偷偷出去为他们买包子），自尊（拉曹先生出了事故，主动辞职且不要工钱），正派（曹先生一家逃离后，他想去偷点东西补偿自己的损失，但立马断了此念，发誓穷死也不偷）。这一切都说明祥子为人处世方面处处遵循道德规范，是有朴素的精神信仰的。

这样的好人，按理说应该得到好报。可是，好人又能怎样呢？得到好报了吗？没有，反倒是兵匪和孙侦探这种无恶不作、良心大坏的人活得痛快。他一滴血一滴汗好不容易积累的财富一眨眼就到了他们手里。这些不去说了，在车厂，他为人憨厚朴实，任劳任怨，不怕吃亏。稍有闲暇就主动扫地擦车，不为讨老板的好，而是他愿意干，闲不住。虎妞就冲这一点看上了他。因为老板父女对祥子有了好感，拉车同伴们的羡慕嫉妒恨就来了，他们合伙讽刺挖苦欺负他，把老实巴交的祥子气得七窍生烟。

这种好人难做的处境使他怀疑起自己的活法。他想："人家那三天两头打架闹饥荒的不也活得怪有趣吗？老实规矩一定有好处吗？"这么一想，他心中给自己另画出一条路来，在这条路上的祥子，与以前他所希望的完全不同了。这是个见人就交朋友，而处处占便宜，喝别人的茶，吸别人的烟，借了钱不还，见汽车不躲，是个地方就撒尿，成天际和巡警们耍滑头，拉到"区"里去住两三天不算什么。是的，这样的车夫也活着，也快乐，至少是比祥子快乐。"好吧，老实，规矩，要强，既然都没用，变成这样的无赖也不错。不但是不错，而且是有些英雄好汉的气概，天不怕，地不怕，绝对不低着头吃哑巴亏。对了！应当这么办！坏嘎嘎是好人削成的。"

这就是善良朴实的祥子从现实生活中获得的人生感悟，好人不得好报的生存环境把他的人生信仰摧毁了。

人情凉薄，道德沦丧使他感受不到人间的温暖

祥子只身在城市打拼，希望凭自己的劳动过上一种体面自尊

的生活，但地位的低下使他的愿望落空，无论什么人都可以歧视他，甚至侮辱他。他在杨先生家拉包月，杨家老婆孩子一大群，一天到晚对他呼来喝去，送这个接那个，累得他筋断骨头折。他们认为给了他工资，他就是奴隶，恨不得敲骨吸髓，把他身上每一滴血汗都榨出来。本来应给的赏钱也舍不得给，杨太太"慷慨"地给了一毛钱，但像给狗扔骨头一样扔给他，愤怒的祥子终于把钱摔在她脸上。

在车厂，老板刘四看他勤劳肯干活，等于不给钱的临时工，所以给个好脸看。但当他知道自己女儿看上了祥子，立马翻脸，口口声声决不会把女儿嫁给一个臭拉车的，冷酷地把祥子和虎妞赶出车厂。

虎妞倒是真心看上了祥子，但她并不把他当人看，而是当作宠物养，养肥了供自己取乐。她让祥子绝对服从自己，不给他一点自由。虎妞带给祥子的，没有温情，更多的是恐怖。祥子在结婚当天有这样一段心理活动："这个走兽，穿着红袄，已经捉到他，还预备着细细的收拾他。谁都能收拾他，这个走兽特别的厉害，要一刻不离地守着他，向他瞪眼，向他发笑，而且能紧紧地抱住他，把他所有的力量吸尽。他没法逃脱。"在祥子眼里，虎妞是"吸人精血的东西；他已不是人，而只是一块肉。他没了自己，只在她的牙中挣扎着，像被猫叼住的一个小鼠"。"他越来越觉得虎妞像个母老虎。"

祥子真心爱的是小福子，同病相怜的小福子能给他带来温暖。但他的一贫如洗让他不敢接受她，眼睁睁看着她挣扎于贫穷与耻辱之中却无力救她，直到她上吊自杀。他知道后精神崩溃，无可挽回地在堕落的道路上越走越远。

文本中唯一给他希望，能引他向上的是社会主义和人道主义者曹先生。但这个力量太微弱而且太晚了。

四面八方都是冷眼,铺天盖地都是污浊,人生一无可恋,这种境况下还要求他不灰心不颓废不堕落,实在有点难。

孤独的个人奋斗没有出路

老舍先生对北京车夫的了解实在是太透彻了,他写尽了车夫生活的悲惨:“他们整个的是在地狱里,比鬼多了一口活气,而没有鬼那样清闲自在;鬼没有他们这么多的吃累!像条狗似的死在街头,是他们最大的平安自在。”对此惨状,祥子看在眼里却视若无睹。他自恃年轻力壮,相信现在的优越可以保障将来的胜利;他自觉高人一等,和别的车夫不在一个层次上。“祥子不想别人,不管别人,他只想着自己的钱与将来的成功。”他不合群,甚至有时候撕开脸面和同行争生意。叙述人对此感慨道:“他们想不到大家须立在一块儿,而是各走各的路,个人的希望与努力蒙住了各人的眼,每个人都觉得赤手空拳可以成家立业,在黑暗中各自摸索个人的路。”

但事实又如何呢?祥子一生要强但始终没有混出个人样儿来,说明在贫富悬殊、阶层固化、下层人生活完全没有保障的社会制度下,光凭个人奋斗是没有出路的。关于这一点,拉了一辈子车的老马最有发言权。

当祥子极度委屈,向老马倾诉自己总想混好但总也混不好时,老马说:“你想独自混好?谁不是那么想呢?可是谁又混好了呢?当初,我的身子骨儿好,心眼好,一直混到如今了,我落到现在的样儿!身子好?铁打的人也逃不出去咱们这个天罗地网。……干苦活的打算独自一个人混好,比登天还难。一个人能有什么蹦儿?看见过蚂蚱吧?独自一个儿也蹦得怪远的,可是教小孩子逮住,用线儿拴上,连飞也飞不起来。赶到成了群,打成阵,一阵就把整顷的庄稼吃净，谁也没法儿治它们。”

这段话分量很重，既讲出了老马和祥子失败的一个重要原因，也指出了城市贫民改变自己命运的出路。这个话，既是人物老马讲的，也是作者老舍讲的。这里蕴含的大道理是，无产阶级要想改变自己的命运，必须团结起来改变社会。

祥子自身能力的局限

关于这一点，叙述人在介绍祥子的时候也指出了：“他不怕吃苦，也没有一般的洋车夫的可以原谅而不便效法的恶习，他的聪明和努力都足以使他的志愿成为事实。假若他的环境好一些，或多受着点教育，他一定不会落在‘胶皮团’里，而且无论是干什么，他总不会辜负了他的机会。不幸，他必须拉洋车。”因为没有文化，没有别的生存技能，所以只能干技术含量最低、全靠体力吃饭的活。这就注定了他只能在社会底层挣扎。

总之，促使祥子性格变化的原因是多方面的，归纳起来，无不与那个时代的社会环境有关。整个社会病了，当然会孕育出祥子这样“病胎里的产儿”。正如作者所分析的：“经验是生活的肥料，有什么样的经验便变成什么样的人，在沙漠里养不出牡丹来。祥子完全入了辙，他不比别的车夫好，也不比他们坏，就是那么个车夫样的车夫。”借助于祥子形象的塑造，老舍深刻揭露了旧社会的黑暗与罪恶，揭示了丑恶腐败的环境如何一步步腐蚀扭曲了美好的灵魂，暗示要想改变个人命运，必须团结起来进行革命，改造社会制度。

虎妞:强势霸道之爱无异于精神虐杀

虎妞是《骆驼祥子》中的女主人公,祥子的妻子。她虽非第一主人公,其故事在文本中也没有贯穿始终,但在作者笔下,在读者的感受中,她却是最有生活质感和艺术生气的艺术形象。

虎妞

人物故事

虎妞是人和车厂老板刘四爷的女儿。刘四属虎,以老虎自居,没有儿子,只有一个三十七八岁的女儿,长得虎头虎脑,性格大胆泼辣,因此吓住了男人,没人敢娶她做老婆。她虽然长得丑,但精明能干,无论什么都和男人一样,连骂人也有男人的爽快。虎妞从小跟着父亲历练,父亲打外她打内,把车厂治理得铁桶一般,成了洋车界的权威。

男大当娶,女大当嫁。虎妞的妙龄时代眼看着已经过去,当下已是大龄剩女。既然父亲不肯为她张罗婚事,无奈之下逼出了她的"我的婚姻我做主"。她一眼看上了祥子,因为他憨厚、老实、体壮、要强。既然没有找"高富帅"和"小鲜肉"的命,那就扔掉虚荣,

刘四爷

找一个没文化的“凤凰男”也不错。由此演绎出了她和祥子饱含酸甜苦辣、恩怨情仇的恋爱婚姻史。

在虎妞和祥子的婚恋生活中，虎妞是主动者，祥子是被动者；虎妞是主宰者，祥子是服从者；虎妞表现得强势霸道，祥子表现得懦弱可怜。虎妞的强势霸道表现于多个方面。

一是精心设局，钓鱼上钩。看上祥子后怎样把他“钓”到手呢？祥子在外拉包月，她日思夜想盼他再回车厂。她用骨牌打了一卦，料定这天他准回来。于是提前涂脂抹粉，穿上时髦性感的衣服，把自己打扮得媚气十足，像换了个人似的，夜里十一点了还在痴心等着他。果不其然，祥子辞了杨家包月回到车厂，虎妞热情迎进自己闺房，以酒招待。祥子从不喝酒，虎妞以特有的亲昵口气呵斥他：“不喝就滚出去；好心好意，不领情是怎着？”然后命令：“你喝！要不我揪耳朵灌你！”这种阵势，让从来没人关心疼爱的单身狗祥子心旌摇曳，招架不住。虽然觉出哪儿似乎有些不对的地方，但又舍不得出去。“她的脸离他那么近，她的衣服是那么干净光滑，她的唇是那么红，都使他觉到一种新的刺激。”就这样，迷迷糊糊的祥子半推半就上了虎妞的床。

二是编造谎言，威胁恐吓。祥子又拉上包月了，一去不回。虎妞急了，四处打听，终于打听出祥子的下落。她急匆匆打上门去，高声大嗓地和祥子开着恶意的玩笑，然后悄悄告诉他自己怀孕了，你看怎么办吧！祥子一听就吓傻了，完全不知道该怎么办。虎妞安排他怎样回去向她爸爸讨好，怎样一步步诱爸爸同意他们结婚。

祥子感到为难，她的威胁立马就来："说翻了的话，我会堵着你的宅门骂三天三夜！你上哪儿我也找得着。"看祥子吓蒙了，她又温言相劝："我真疼你，你也别不知好歹！跟我犯牛脖子，没你的好儿。"就这样，威胁利诱，软硬兼施，打一巴掌揉三揉，逼得祥子只好乖乖按她说的办。

三是关入囚笼，观赏享用。虎妞继承遗产的计划失败，与父亲决裂，自己把自己给嫁了。她亲自租房，布置新房，安排花轿等一系列结婚仪式需要的东西，很快就在父亲的诅咒下和祥子结婚，住进了贫民大杂院。居住环境虽差，但虎妞仍然很高兴。她终于摆脱老姑娘的尴尬，决定好好享受她的美好人生，找回曾经耽误的青春。她要求祥子陪吃陪喝陪睡，还要陪着玩儿。"她要充分享受新婚的快乐。……在娘家，她不缺吃，不缺穿，不缺零钱；只是没有个知心的男子。现在，她要捞回这点缺欠，要大摇大摆地在街上，在庙会上，同着祥子去玩。"祥子过不惯游手好闲的生活，坚持要拉车，虎妞坚决不允许。这让老实的祥子感到自己只是虎妞养在笼中的一只鸟，"自己去打食，便会落到网里。吃人家的粮米，便得老老实实地在笼儿里，给人家啼唱，而随时可以被人卖掉"。

四是居高临下，唯我独尊。在虎妞与祥子的关系中，虎妞始终没忘记自己是小姐，是主子，是有钱人，而祥子是车夫，是劳力，是穷人；她和祥子结婚是不得已的俯就，是公主下嫁；所以在生活中她常常陶醉于身份的优越感。例如，当祥子发现虎妞怀孕的骗局后，虎妞不但没愧意，反而得意地笑出眼泪来。她说："你个傻东西！甭提了，反正我对得起你；你是怎样个人，我是怎个人？我愣和爸爸吵了，跟着你来，你还不谢天谢地？"这种居高临下的身份优越感使她觉得自己对祥子具有绝对的支配权。婚后祥子还想拉车，虎妞不让。她决绝地说："告诉你吧，就是不许你拉车！你有你的主意，我有我的主意，看吧，看谁别扭得过谁！你娶老婆，可是我花的钱，你没往外掏一个小钱。想想吧，咱俩是谁该听谁的？”

纵观虎妞和祥子的关系，处处可以发现虎妞的强势和霸道。这种强势和霸道之爱对祥子是极大的伤害，无异于精神折磨甚至是精神虐杀。

首先是把祥子最初的人格自信毁掉了。祥子来自农村，有着朴素正派的人生观和价值观。他本来打算生活好点的时候娶一个和自己一样年轻力壮、能吃苦、一清二白的姑娘，所以他洁身自爱，从不偷偷往“白房子”（暗娼）里跑。他发誓要对得起自己也对得起将来的老婆。可是，上了虎妞的床后，他丧失了基本的人格自信。他感觉“她把他由乡间带来的那点清凉劲儿毁尽了，他现在成了个偷娘们的人！”，他感到“不但身上粘上了点什么，心中也仿佛多了一个黑点儿，永远不能再洗去”。

这点感受让他对虎妞又愤恨又讨厌，他后悔未能识破她的骗诱，后悔自己没能拒绝。他想把这件事忘掉却偏偏忘不掉，它在他心里盘绕生根，使他不知如何是好。“他对她，对自己，对现在与将来，都没办法，仿佛是碰在蛛网上的一个小虫，想挣扎已来不及了。”一句话，她把他纯洁的人格自信毁掉了。

其次是摧毁了祥子的体面和自尊。祥子和虎妞结婚后还想拉车，但又买不起，他和她商量，问她手里有多少钱。一句话惹恼了她：“我就知道你要问这个嘛！你不是娶媳妇呢，是娶那点钱，对不对？”这话一下子伤到了祥子心上：“祥子像被一口风噎住，往下连咽了好几口气。刘老头子，和人和厂的车夫，都以为他是贪财，才勾搭上虎妞；现在，她自己这么说出来了！自己的车，自己的钱，无缘无故地丢掉，而今被压在老婆的几块钱底下；吃饭都得顺脊梁下去！他恨不能双手掐住她的脖子，掐！掐！掐！一直到她翻了白眼！把一切都掐死，而后自己抹了脖子。他们不是人，得死；他自己不是人，也死；大家不用想活着！”

祥子为什么如此愤怒？因为太伤他的自尊了。他本来想凭自己的力量体面自尊地活着，结果被老婆、被岳父和同行看扁了他，他怎能不气?！何况，由于虎妞的身份优越感，平时说话时口口声声是她花钱建了这个家，言外之意是她在养着他，这让体面自尊的祥子情何以堪?！

再次是剥夺了祥子的人格独立和自由。虎妞喜欢祥子不假，结婚后周到地从生活上照顾他也不假，可是，她这么做的目的却不是为祥子，而是为自己，她把祥子养肥了好为自己服务，供自己享乐。祥子也意识到了这一点：“她不许他去拉车，而每天好菜好饭地养着他，正好像养肥了牛好往外挤奶！他完全变成了她的玩意儿。他看见过：街上的一条瘦老的母狗，当跑腿的时候，也选个肥壮的男狗。”想到这里，祥子厌恶极了，不但厌恶这种生活，而且担心自己的身体有一天会被掏空了——结果正如他的担心。

自己是虎妞手里的“玩意儿”这种感觉，自打结婚之初祥子就有了。在他们的新家里，祥子感到“一切任人摆布，他自己既像个旧的，又像是个新的，一个什么摆设，什么奇怪的东西；他不认识了自己。他想不起哭，他想不起笑，他的大手大脚在这小而暖的屋中活动着，像小木笼里一只大兔子，眼睛红红的看着外边，看着里边，空有能飞跑的腿，跑不出去”。而虎妞呢，在他眼里像人又像凶恶的走兽。这个走兽穿着红袄把他捉在手里，预备着细细地收拾他，这个走兽特别厉害，一刻不离地守着他，紧紧地抱住他，要把他所有精血都吸尽。

就这样，婚后虎妞把祥子圈在家里陪着她，祥子没这么“享受”过，憋得浑身骨头疼。忍无可忍终于偷偷跑出去赁车拉了一大天，累得要死而没勇气回家。因为他“准知道家里有个雷等着他呢”，“家里的不是个老婆，而是个吸人血的妖精”。

人生启悟

平心而论，虎妞喜欢祥子是真的（为和祥子在一起不惜和父亲闹翻），她愿意像一个妻子那样尽心照顾他也是真的（不用仆人，亲自包揽各种家务），她真心离不开祥子也是真的（她告诉祥子要是一天看不见他心里就发慌），可是为什么祥子总是感受不到她的好（唯一的一次感受到是她出钱买了车），而总是感到恐惧、厌恶，甚至怨恨呢？愿望与效果如此分裂与悖谬，问题出在哪里？

通过上述讨论可以发现，问题出在，她对祥子所有的“好”，动机是自私的，性格是强势的，心理是傲慢的，态度是豪横的。

虎妞之所以喜欢上祥子，是因为人们都知道她是又丑又老嫁不出去的老姑娘，门第相当的人家看不上她，眼看着就要“兔子跑过岭”，所以审时度势，聪明的她赶紧抓住祥子是最明智的选择。她编造怀孕的谎言欺骗祥子，手段恶劣，直接把祥子吓傻了。结婚后她不许祥子出去拉车，只能在家陪着她，是要借祥子找补已经失去的青春，加倍享受夫妻之乐，尽情满足旺盛的情欲；还有，她不许他拉车是她压根瞧不上拉车的，她不许他一身臭汗上她的床。总之，虎妞的一切出发点都是她自己，而不是祥子；她没考虑过祥子的需要和感受，她不许他有自己的想法，她要求他必须绝对服从她。

实事求是地说，虎妞不是恶人。她的出身经历养成了她那样粗野豪横的性格，她的所思所想，从她的角度看都可以理解。这一切其实都可以和祥子平等地商量，但她何尝商量过？！她永远居高临下，我行我素，蛮横霸道，说一不二，没有任何商量的余地，直接就是强加给你。你敢不接受？不接受“我就上吊给你看看，我说得出来，就行得出来”，这样子谁能受得了？祥子虽然地位低下但也是人，你既然选他做了丈夫就要尊重他理解他，平等地对待他，然而虎妞能做到吗？当然不能。他们各有各的性格，谁也改变不了谁，于是夫妻之间就有了不可调和的矛盾与冲突。冲突了，强势的一方又不会妥协和退让，只知道一味地霸王硬上弓，结果折磨了对方，自己也过不好。

虎妞和祥子的婚姻悲剧告诉我们，夫妻之间人格平等，双方要互相理解，互相尊重，而不能逞强霸道，以势压人，任性妄为。夫妻之间不能自私，考虑自身利益可以理解，但也要多为对方考虑，尊重对方利益，不能凡事以自我为中心。既然结婚了就是命运共同体，但共同体中的双方都是相对独立的精神体，要充分尊重对方的独立和自由，而不是把对方当作自己的附属物。夫妻之间为对方付出爱，既是感情需求也是道义基础，是美好的人生体验，但不能以爱的名义强加于人，也不能以爱的名义要求对方绝对服从自己。

虎妞和祥子的婚姻悲剧，当然有诸多社会的历史的原因，把这些变动的外在因素过滤掉，单从夫妻关系、恋爱婚姻家庭角度看，其诸多教训对后人具有永恒的借鉴价值。

高觉慧:旧家庭走出的新青年

《家》剧照

高觉慧是巴金长篇小说《家》中的第一主人公,是作者花费笔墨最多的核心人物。

《家》是巴金系列长篇小说《激流三部曲》(《家》《春》《秋》)的第一部,最早于1931年在《时报》开始连载,最初题名为《激流》,后来以单行本出版时改名为《家》。《家》是巴金小说中成就最高、影响最大、发行量最多的小说之一,在中国现代文学史上具有崇高地位,至今仍是读者喜欢的现代小说,入选20世纪华文小说一百强(第八位)。

《家》以几组青年人的爱情故事为情节梗概,暴露了20世纪20年代初期四川成都高家这一有代表性的封建大家庭腐烂、溃败的历史,控诉了封建礼教对生命的摧残,展现了青年一代觉醒与反抗的悲壮历程,号召青年投入时代洪流,以自己的青春热血推动社会变革。

《家》中描写的人物有六七十个之多,中心人物是高家第三代一母同胞三兄弟:觉新、觉民、觉慧。三兄弟性格各不相同,本文先讨论老三觉慧。

人物故事

作品中的高公馆，是整个封建专制社会的全息微缩。在这个封建大家庭中，觉慧是思想最活跃、感情最激烈、行为最勇敢的叛逆者，是最能体现"五四"精神，因而也最能激动读者、鼓舞人心的激进青年形象。在他身上，体现着作者巴金的艺术观念，折射着巴金自己的人生经历及人格理想。

觉慧的性格是单纯的，也是复杂的，其最鲜明的特色是对封建专制主义大胆的反叛与抗争。这种叛逆精神贯穿于整个作品的故事情节中，体现于诸多方面。

不顾家庭阻拦，热情投入社会活动

"五四"新文化运动在中国掀起的时代大潮，一直冲击到四川成都，冲击到觉慧所在的学校，激发起青年人的爱国热情。觉慧和当时所有的热血青年一样，参与了所有爱国救国运动。如排练演出宣传新思想的戏剧，和同学们一起到大街上游行示威，发传单，作讲演，罢课，一起到督军署请愿。在督军署不能满足学生要求的时候，参加"保持学生尊严的自卫运动"。觉慧对所有学生运动都保持积极主动的态度，由于经常在学生联合会开会，常常要很晚才回家。

觉慧参与这些活动，被家里得知后，爷爷怒斥他的行为是"胡闹"，担心再闹下去会把小命闹掉，后悔不该送他进学堂，一怒之下宣布对他关了禁闭，不许再出门。禁闭中的觉慧烦躁不安，时时想着外面的一切，他在日记中写道："我不能这样屈服，我一定要反抗，反抗祖父底命令，我一定要出去。"

解除禁闭再次回到学校的觉慧，以更加饱满的热情投入社会活动中。他和同学们一起创刊了《黎明周报》，刊载新文化运动的消息，介绍新思想，批评和攻击不合理的旧制度和旧思想。觉慧还经常在周报上发表文章。他对这种新的生活方式深感兴趣，在行动上越来越热心，在很短的时间内他们的报社发展成了一个研究和传播新文化的团体。“这一群还不到二十岁的新的播种者已经感染到人道主义和社会主义的精神。甚至在这些集会聚谈中，他们就已经夸大地把改革社会、解放人群的责任放在自己的肩头了。”小小年纪就有了改革社会的理想，就有了迫切的社会责任感，虽然幼稚，却难能可贵。

破除尊卑观念，把下人当人看

新旧文化的重大区别之一就是对人的态度。旧文化观念中，天有十日，人分十等，人与人之间尊卑贵贱截然分明，礼仪规矩森严，不得逾越。几千年来，逐步积淀为民族集体无意识。例如，觉慧的亲妹妹淑华年仅十四岁，就会装出大人的样子责骂婢女，而且态度很自然。至于成人就更不用说了。而作为下人，即使年纪很大，被小姐或少爷斥骂也觉得很自然。原因无他，就因为一个是主子，一个是下人。下人是主子的奴隶，可以被随意指使甚至可以随意送人、随意买卖。而新文化认为人与人之间没有上下尊卑贵贱之分，所有人一律平等，应该把所有人都当人看。觉慧接受了这种人道主义思想，因而听到淑华斥责鸣凤的话极度反感，他感觉像鞭子一样打着自己的头，脸突然发起热来，他为妹妹的态度感到羞愧。

人人平等的新观念，决定他尊重下层人，同情下层人；在他眼里，下层人也是人，是和自己一样的人。由于有这种观念，所以他无论到哪儿从来不坐轿子，被人伺候心里不安。除夕之夜他把衣袋里的钱掏给讨饭的小女孩，然后赶紧大步走回家去，“他好像做了什么不可告诉人的事一样，连忙逃走了”。——这是揭示人物性格、人物心理的神来之笔。他不但没有居高临下施舍的优越感，反而为自己、自己家的“富贵”和小女孩的“贫穷”对比而羞愧。过年时高家请人到家玩龙灯，高家人把燃烧的火炮向着玩龙灯的人猛射，把人烧得焦头烂额，痛苦不堪，但主子们却以此为乐。这幕惨剧，所有人包括有新思想的琴都视之自然，唯有觉慧看出其中的残忍。他批评琴：“你以为一个人应该把自己的快乐建筑在别人的痛苦上面吗？你以为只要出了钱就可以把别人的身体用花炮乱烧吗？”

觉慧的人道主义观念表现得最突出最明显的是，和丫鬟鸣凤的恋爱。鸣凤是他们家的丫头，勤劳、善良、温柔、顺受，从不诉苦，任劳任怨。觉慧拿她和琴作比较，为她的命运鸣不平，他认为像她这样的年纪应该像琴一样进学堂读书，而不应该在他家里做下人。觉慧不知不觉爱上了她，并向她表示将来要娶她为妻。他真诚地对鸣凤说：“你在我们家受了多少苦，连我也没有好好待过你，我真对不起你。”“我想起你，总觉得很惭愧，我一天过得舒舒服服，你却在我家里受罪。”虽然觉慧娶鸣凤为妻的愿望最后没有实现，但他的一颗心却是真诚感人的。

顶着巨大压力，帮助觉民抗婚

高老太爷的朋友、所谓的孔教会长冯乐山看上了高家二公子觉民，想把自己的侄孙女嫁给他。高老太爷一口答应，他通过觉新通知觉民，觉民的反应是坚决拒绝。因为觉民已经有了热恋的对象，即姑表妹琴。怎么办？说服爷爷收回成命是绝不可能的，因为爷爷是家里的最高权威，对于小辈的婚姻大事具有绝对的决策权，任何人都撼动不了他的意志。无奈之下，觉民和觉慧商量的办法是：反抗，反抗失败就逃走，总之决不屈服。

在觉慧的帮助下，觉民真的逃走了，躲藏在觉慧的朋友家。觉民的行为激怒了爷爷，他严厉训斥觉新，命令他把觉民找回来。觉民在哪儿，只有觉慧知道，于是家人轮番开始劝说他。首先是大哥觉新，但毫无用处，不但无用，还被觉慧斥为太懦弱。接下来是他们这一房的所有家庭成员，继母、哥嫂和妹妹都劝他说出觉民的地址，要求他把觉民找回来，但他坚决拒绝了。没办法搬出来父辈权威三叔克明。“克明把觉慧唤到他的书斋里正言教训了一番，没有用；温和地开导了一番，没有用；又雄辩地劝诱了一番，也没有用。”最后继母和大哥软磨硬泡出面再次央求他，说一切条件都可以答应，只要觉民先回家，然后慢慢商量。但“觉慧却拿定了主意，在不曾得到可靠的保证之前，他决不把觉民找回家来”。

觉慧如此决绝的实质是向爷爷的权威挑战，他说：“我正要叫爷爷知道！我要叫他知道我们是‘人’，我们并不是任人宰割的猪羊。”

在觉民觉慧的决绝抗争之下，爷爷终于在临死之前态度软化，答应冯家的婚事不提了。兄弟联盟首次打破“父母之命，媒妁之言”的铁律，在高家取得了前所未有的胜利。

单枪匹马战胜全家愚昧势力的围剿

高老太爷病了，吃药延医无效，家人开始求神。先是陈姨太在天井里煞有介事地拜菩萨，无效；接着是儿子辈仪式隆重地祭天，还是无效；然后请巫师到家里来捉鬼。巫师披头散发做出种种惊人的姿势，发出凄惨的怪叫，在病人房间跳着叫着，向着病人做出威吓的动作，把病人吓得惊恐不安、痛苦不堪，依然无效。巫师没有办法，宣布公馆里到处都有鬼，每个房间都要捉。于是挨个到各个房间胡闹，把全家人弄得大哭小叫，女人叹息，男人摇头，但没一个人敢出来阻拦，因为怕落下不孝的恶名，只得违心地配合着、纵容着巫师的骚扰。

对这场恶劣的闹剧，觉慧骂陈姨太和叔叔们为“见鬼”；对巫师到房间捉鬼，唯有他坚决拒绝。他紧闭房间，任谁劝也没用。三叔和陈姨太以长辈的身份压他，当众斥责他为“不孝顺”，这更激起了他的愤怒。他打开房门怒斥他们没人为病人考虑，揭露他们骨子里的自私——“你们不是要捉鬼，你们是要爷爷早一点死，你们怕他不会病死，你们要把他活活地气死，吓死！”觉慧怒发冲冠的气势和义正词严的痛斥一下子把所有人镇住了，让一群伪君子无地自容，一个个羞惭而去。觉慧单枪匹马向全家愚昧势力挑战，结果大获全胜。这勇气，在当时只有掌握了新思想的“五四”青年才能具备。

与旧家庭决裂，远走上海闯世界

觉慧叛逆家庭最典型的表现，或者说最勇敢的行为，无过于终于忍无可忍与旧家庭决裂，远走上海闯世界。这个行为，不是他一时的意气用事、偶然的冲动，而是由来已久。

这是一个漫长的发展和积累过程。顺着文本给出的线索，我们可以理出这一过程的大致脉络。

早在学校和觉民一起排练外国进步戏剧的时候，对照剧中情节，他就厌倦了自己的绅士家庭，不甘心将来也做绅士。他说：“这种生活我过得够了……我们这个大家庭，还不曾到五世同堂，不过四代人，就弄成了这个样子。明明是一家人，然而没有一天不在明争暗斗。其实不过是争点家产！”他觉得绅士之家里人与人之间“立着一堵无形的高墙，就是这个绅士的家庭，它使他不能够得到他所要的东西，所以他更恨它”。

觉慧热心参与社会活动，爷爷加以阻挠。觉慧意识到爷爷不只是爷爷，而是整整一代人的一个代表。他知道他们祖孙两代永远不能够互相了解，他和爷爷之间不像祖父和孙儿，而像两个敌人。他对此不能忍受，他想对一切表示反抗。他无意中用手捏碎了一朵花，“他不知道自己在做什么。可是他满足了，因为他毁坏了什么东西。他想有一天如果这只手变大起来，能够把旧的制度像这样地毁掉，那是多么痛快的事”。

人的身体可以被囚禁，人的心却不可以。被囚禁的生活越发使觉慧认识到，所谓甜蜜的家，就像是一个沙漠，又像是一个“狭的笼”，他说：“我要出去，我一定要出去，看他们把我怎样！”他在日记中还写道：“我想到外面的一切。这种生活我不能过下去了。我觉得在家里到处都是压迫，我应该反抗到底。”

觉慧深爱着的鸣凤因不甘被送给老朽冯乐山做“小”投湖自杀，觉慧受到深深的刺激。鸣凤那么信任他，而他却不能救她，他觉得是自己杀了她。但深一层想，不单是自己，他所在的家庭乃至整个社会都是凶手，自己没有胆量是家庭压迫的结果。认识到这一点，他表示：“这个家，我不能够再住下去！”“我对这种生活根本就厌倦了。”

觉民被逼婚躲藏在外，家人轮番围攻觉慧，逼他把觉民叫回来。觉慧无比厌烦，对“家”越来越憎恨。这时候“家”在他眼里已经不只是沙漠，而是“旧势力的根据地，他的敌人的大本营”。无论觉民觉慧如何坚决，家庭没有丝毫松动的余地，这让他对“家”彻底失望，他想，这个家一点希望也没有了，索性脱离了也好。“在这一刻他不仅对觉民的事情不悲观，而且他自己也有了另外的一种思想，这个思想现在才开始发芽，不过也许会生长得很快。”——“另外的思想”是什么意思？很明显，这里是暗示觉慧离家出走已经不仅仅是一般的意念、想法，而是打算行动了。

家里的老顽固们硬逼大嫂瑞珏到城外生孩子，大哥不敢抗争，觉慧无力阻止，愤懑至极，进一步坚定了出走的决心：“无论如何，我不跟他们一样，我要走自己的路，甚至于踏着他们的尸首，我也要向前去。”

大嫂难产死在城外，觉慧的忍耐已达极限，终于公开向大哥宣布一定要走了——“到上海，到北京，到任何地方去。总之要离开我们的家！”“我一定要走，不管他们怎样说，我一定要走！”在全家一致的反对声中，觉慧高傲地宣示：我要做一个旧礼教的叛徒！

作品结尾，觉慧在觉新的帮助下终于与旧家庭彻底决裂，乘船奔向上海，奔向未知的城市和未知的人群中去。

人生启悟

作为封建专制的叛逆者，从旧家庭走出的新青年觉慧，是一个充满朝气与希望的新人典型。他对旧家庭的叛逆，以至最终的“出走”，是“五四”新思潮的招牌性“动作”，从中可以见到一代青年领受了民主意识之后的姿态与力量。巴金在觉慧身上寄托着对青春的赞美和生活的信念，自然也有他自己的影子与感情。觉慧是《家》的主角，是前所未有的最能拨动青年心弦的“新人”形象。（参见钱理群等著《中国现代文学三十年》，北京大学出版社 1998 年版，第 225 页）

毫无疑问，觉慧是巴金倾心塑造的理想人物，但他并没有因为对他的偏爱而回避他的缺点和弱点，而是如实地写出了十七八岁那个年龄的觉慧思想性格中难以避免的缺憾。

如他的幼稚。觉慧从小在绅士家庭里长大，亲眼看见了下层人穷困辛苦的生活，对他们的命运十分同情，于是梦想长大后做一个劫富济贫的剑侠，没有家庭，一个人一把剑，到处飘游。上学后在学校和同学们聚会交谈，动不动就是社会改革、人类解放。觉慧的少年梦想和青年雄心一般人常有，幼稚而可爱。关于觉慧的幼稚，巴金也不止一次地说，我禁不住要爱觉慧，他不是一个英雄，他很幼稚，是一个幼稚而大胆的叛徒。

如他的偏激。长大后因积极参加学生运动被祖父囚禁，激情之火被压抑，他烦躁地痛骂："这种生活真该诅咒！"他的哥哥和朋友剑云没有回应他的激愤，他忍不住又把火气喷射在他们身上："你们，你们都该诅咒！"这种偏激，只有胸怀理想、不满现实，而又激情冲动的青年人才有。

再如他的软弱。因爱鸣凤而口口声声表示长大后要娶她为妻，但"理想很丰满，现实很骨感"，到头来他却不能保护她。不能保护的原因是他意识到专制力量的强大，他心里胆怯了。他痛悔地对二哥觉民说："她平日总相信我可以救她，可是我终于把她抛弃了。我害了她。我的确没有胆量。……我从前责备大哥同你没有胆量，现在我才晓得我也跟你们一样。"

还有他的虚荣心。觉慧抛弃鸣凤，除了外在力量强大之外，另一重要原因是他的虚荣心作怪。论感情，他确实爱鸣凤；在新思想里，人格平等，他娶她也没有问题。但是，流行于世的尊卑观念和身份门第意识还深深地植根于他的思想中。当初他因鸣凤命运悲苦和性情可爱而"脑子里浮现了一个奇怪的思想"（娶她为妻）的时候，他"想象中会有的那种种的后果，他的勇气马上消失了"。但是如果鸣凤处在琴姐的位置上，那就不成问题。鸣凤死后觉慧心里一直纠结，觉得对不起她。但他立马又以鸣凤的身份问题安慰自己："我的确爱她。可是在我们这样的环境里我同她怎么能够结婚呢？"

作品中用很大篇幅写了觉慧一个长长的梦，梦中鸣凤不再是丫头，而是跟琴一样的小姐，而且是富家女。由于女方父亲反对他们的婚姻，他果断带她不顾生命危险在滔天大浪中冒着枪弹逃走。具有讽刺意味的是，当鸣凤是丫鬟时，他没想过带她走，而鸣凤是富家小姐了他才有勇气。作者安排这一情节,意在说明真正阻碍他们爱情的是他心中的门第观念。这就是新旧过渡时期觉慧的心理矛盾,大家子弟一时还摆脱不了旧东西的羁绊。

正是有上述种种缺点和弱点,觉慧的形象才显得真实、丰满、立体、全面。真实才可信,才动人,才具有永恒的魅力。觉慧形象的成功,是巴金为新文学做出的一个卓越贡献。

高觉新：一味懦弱的习惯性违心害人又害己

《家》剧照

高觉新是巴金长篇小说《家》中的主人公之一。

在讨论高觉慧的文章中我们说过，《家》中描写的人物有六七十个之多，中心人物是高家第三代一母同胞三兄弟：觉新、觉民、觉慧。觉慧的形象我们已经作过讨论，接下来讨论老大觉新。

人物故事

觉新是高公馆长房的长子，在大家庭里是长孙，这一特殊地位决定了他从小就是父母和整个高家的宠儿。他相貌清秀，自小聪慧，上中学时喜欢化学，成绩优良，打算毕业后到上海或北京有名的大学继续深造，然后出国留学。母亲在他上中学时死去了，父亲娶了继母。失去母爱固然痛苦，但由于他对自己的前程有着美丽的幻想，同时还在和青梅竹马的钱梅芬暗中恋爱着，他的生活安宁而幸福。

然而，他的幻梦忽然被打破了。中学毕业后当天晚上父亲告诉他，爷爷希望有重孙，他自己也想早抱孙子，已经为他定好了一门亲事，决定年内结婚。婚姻大事突然而至，但对象却不是自己的心上人，而是一个陌生人。这意味着美妙的幻梦破灭了，怎么办？觉新的反应是："他绝望地痛哭，他关上门，他用铺盖蒙着头痛哭。他不反抗，也想不到反抗。他忍受了。他顺从了父亲的意志，没有怨言。可是在心里他却为着自己痛哭，为他所爱的少女痛哭。"总之，虽然心里老大不情愿，但他毫无反抗地违心顺从了。

结了婚的觉新只有十九岁，毫无疑问他还想上学，但管账的父亲为避嫌疑，不允许他继续上学，而是为他在西蜀实业公司找了一份工作，要求他挣钱自己花。眼看着事业上的美梦也要破灭，怎么办？觉新的反应是："他听着，他应着。他并不说他愿意或是不愿意。一个念头在他的脑子里打转：'一切都完了。'他的心里藏着不少的话，可是他一句话也不说。"总之，在事关一生前途命运的大事上，他又一次违心地顺从了。

觉新对待自己的人生大事违心迎合长辈也就罢了，遗憾的是，在他人，包括自己至亲的同胞兄弟觉民的婚姻大事，妻子瑞珏生孩子这类人命关天的重大问题上，他也不敢坚持自己的主张，一味地违心顺从荒唐无稽的长辈。

顽固专制的爷爷荒唐地把丫鬟鸣凤送给孔教会的头面人物冯乐山做小老婆（此举害得鸣凤投河自尽，另一丫鬟婉儿被迫嫁给他），冯后来向老太爷提亲，想把自己的侄孙女嫁给觉民。但觉民已经有了热恋的对象，即他的姑表妹琴。如果冯的提亲得逞，觉民就会重蹈觉新的覆辙，重演一次棒打鸳鸯的悲剧。此悲剧之痛，没有人比当事人觉新感受更为深切。但当爷爷委派他向觉民征求意见——"其实这所谓征求意见并不是祖父的意思，祖父只是下命令"——时，觉新明白这事关乎觉民的幸福，一旦决定就等于又一个年轻的生命被断送了。性质如此严重，那么觉新怎么反应？他的反应是——“觉新也认为祖父的命令应当遵守，虽然他并不赞成祖父的决定。”“他觉得觉民的话并不错，但祖父的命令也是必须遵守的。”

觉民质问觉新“是不是要我把你的悲剧重演一次”，觉新无言以对，只是拿爷爷的话替自己辩护。觉新希望借助算卦推掉此事，结果失败后，他不敢在爷爷面前为觉民的利益做一句话的努力。觉民绝望，质问他自己该怎么办。觉新的回答是：“你应该怎么办？你的心事我也晓得。然而我实在没法帮忙。我劝你还是顺从爷爷罢。我们生在这个时代，就只有做牺牲者的资格。”觉民尚未退缩，觉新倒先违心地退缩了，不但自己退缩，还劝觉民也退缩。

觉民终于抗不过老太爷的决定，无奈之下选择了出逃这种激烈方式和命运对抗。觉民逃走，难坏了觉新。找不回觉民，无法应付祖父；找回觉民，又无以面对觉民。在他心里，他承认觉民的举动是正当的，他甚至羡慕他的勇敢，然而他无法帮忙觉民；他不但不能帮忙，反而违心地帮助祖父压迫觉民，以至于让觉慧也把他当作了敌人。

再来看看他如何处理妻子瑞珏生孩子的事。瑞珏该生孩子了，但是爷爷的姨太太等女人们以老太爷停灵在家，产妇的血光会冲犯死者为名，要求瑞珏搬到城外。这是典型的愚昧的恶举，是以死人压活人。生孩子对女人来说是性命攸关的大事，去城外居住及其他各种条件极差，稍有不慎就会有性命之忧。面对如此荒唐的安排，觉新感觉简直是一个晴天霹雳，但他是怎么应对的？叙述人的介绍是：“他平和地接受了。他没有说一句反抗的话。他一生就没有对谁说过一句反抗的话。无论他受到怎样不公道的待遇，他宁可哭在心里，气在心里，苦在心里，在人前他绝不反抗。他忍受一切。他甚至不去考虑这样的忍受是否会损害别人的幸福。”觉新违心接受荒唐安排的结果是，最亲爱的妻子丧失了年轻的生命。

每临大事必违心，成了觉新的习惯性选择，那么不临大事的日常生活中他又是怎样呢？因为违心已成习惯，所以平时也一样。例如，他毫无反抗地结婚后，觉得辜负了梅表姐的深情，心里总有歉疚感。他知道梅心里苦，希望见到她，安慰她，但真的见面了，无论在外面还是在自己家，他们互相躲避着不敢接近：他们只能远远地互相望着，交换一些无声的语言，他们连单独在一处多谈几句话的机会也要避开。后来梅病了，而且病势沉重，他明明知道她这时候很需要他，但却压抑着内心的情感不敢去。

《家》剧照中的高觉新

大家庭人员众多，矛盾也多。各房之间，老辈小辈之间，表面一团和气，暗中钩心斗角。觉新作为承重孙管理着大家庭的日常事务，虽心里厌烦却不得不耐着性子去认真处理；面对险恶复杂的人际关系，他不得不硬着头皮去协调。他的处世或者更可以说是处理家的方法是：“极力避免跟她们冲突，他在可能的范围内极力敷衍她们，他对她们非常恭敬，他陪她们打牌，他替她们买东西。……总之，他牺牲了一部分时间去讨她们的欢心，只是为了想过几天安静的生活。”

总之，纵观整个作品，我们看到无论大事小事，觉新不情愿时没有主动争取过（更别说反抗），没有自我坚持过，而每每选择违心地顺从。人常说习惯成自然，在觉新这里，违心成自然——违心地顺从成了他自然而然的习惯性选择。

对于觉新这种做派，两个弟弟称他奉行的是刘半农的"作揖主义"，他自嘲说自己喜欢托尔斯泰的"无抵抗主义"。对此，叙述人（隐形作者）评论说，这两个"主义"对他有很大用处，就是把《新青年》的理论和他们这个大家庭的现实毫不冲突地结合起来。它给他以安慰，使他一方面信服新的理论，一方面又顺着旧的环境生活下去，于是他变成了一个有两重人格的人：在旧社会旧家庭里他是一个暮气十足的少爷；他跟兄弟们在一起时又是一个新青年。

觉新为什么奉行两个"主义"？为什么违心？为什么懦弱？

原因多多，首先是社会氛围，即外在压力太大了。

觉新出生并成长于 20 世纪初，正是封建制度没落，新制度、新思潮崛起的社会转型期。封建制度及其与之匹配的意识形态，已经稳稳地统治中国几千年，根深蒂固，盘根错节，实力强大。时代虽然已经进入 20 世纪，社会也从清朝进入民国，新的文化改革在社会上已蔚然成风，但海上风急浪高，海底静流沉稳。在传统的绅士大家庭里旧秩序仍在，人们的思想意识依然故我。这一点，看看《家》中描述的高公馆就知道了。

觉新在新旧交替的夹缝中长大，所以两种思想、两种力量都对他起作用。但遗憾的是，他从小在旧的氛围中生活，耳濡目染，意识结构中早已积淀了封建时代礼仪纲常、忠孝节义那一套。虽然两种力量都有，但力量比较失衡，即旧的力量大而新的力量小。打个比喻，旧的力量就像海平面下的冰山，而新的力量就像海平面上露出的小岛。所以觉新每临事，新思想指示他这样做，而旧思想又强制他那样做。这就像内心里有两个"我"在博弈，"新我"抗不过

“旧我”，所以不得不违心，不得不妥协。

其次与觉新特殊的家庭地位有关。这就是——“觉新在这一房里是长子，在这个大家庭里又是长房的长孙。就因为这个缘故，在他出世的时候，他的命运便决定了”。

封建礼教在家族管理方面的一项重要规定是长子继承、长子负责制。觉新的父亲是高家长子，觉新是父亲的长子，“父亲去了，把这一房的责任放在他的肩上。……这时候他还只有二十岁”。他心里充满了悲哀，但在父亲入土以后他似乎把父亲完全忘记了。“他不仅忘记了父亲，同时他还忘记了过去的一切，他甚至忘记了自己的青春。他平静地把这个大家庭的担子放在他年轻的肩上。”

“忘记了……”是什么意思？很明显，他已经进入角色，在他的意识里自己已经是一个完全责任人，再不是过去大树底下好乘凉的孩子了。

在高家，觉新不仅是父亲这一房的继承人，还是整个大家族的承重孙。作为承重孙，他认为“活着只是为了挑起肩上的担子；他活着只是为了维持父亲遗留下来的这个家庭”。他三叔克明也对他说：“高家一家的希望都在你一个人的身上。”正是这种承重孙的责任意识，让他在处理任何事时，首先想到的是责任，是他人，是家庭，而不是自我。家庭、责任都是宏大的存在，在它们面前，自我算什么，所以为了家庭责任，压抑、委屈自我是自然而然的选择。在做这样选择的时候，他虽然有痛苦，但内心里升腾起的自我牺牲的庄严感往往压过了痛苦，所以我们看到他虽然痛苦，却不犹豫。因为，他把家族的名声看得重于一切，正如他自己所说：“我只担心爷爷的名声，我们高家的名声。”

再次，觉新的违心与他的个人性格有关。

中国有句俗语：一娘生九子，连娘十个性，说的是每个人的性格各有不同。具体到觉新兄弟，三人一母同胞，在一个家庭里长大，但性格却差异很大。觉民冷静有主见，意志坚定；觉慧热情易冲动，有叛逆性；觉新温和懦弱，逆来顺受，容易妥协。

关于觉新的性格，知子莫若父。父亲在临死之前流着泪握着他的手说："我的病恐怕不会好了，我把继母同弟妹交给你，你好好地替我看顾她们。你的性情我是知道的，你不会使我失望。"他的继母也曾拿他和觉慧作过对比，说他们一个太听话，一个不听话。

觉新的软弱妥协，有时候并不完全因为外界的压力，而是他自己性格使然。例如他的婚姻大事。在封建社会，由于青年人社交面狭窄，表兄妹结亲的情形很常见，《红楼梦》中宝玉与黛玉恋爱、与宝钗结婚就是例子。关于觉新的亲事，他事前也隐约听人说过，但他不好意思去打听。当父亲向他宣布定了李家姑娘时，他完全可以告诉父母他已经有心上人，这个人还是他们家熟悉的亲戚，争取父母的承认。这不是不可能，因为他的父亲向他宣布他的亲事时态度是"很温和的"，一点没有强迫的意思。但他顺从成习惯的性格，使他放弃任何主动争取的想法，"他不作声，只是点着头"，"他不说一句反抗的话，而且也没有反抗的思想"。就这样白白毁了他和梅表姐的爱情，也等于把梅送上了死路。

觉新是大家庭的承重孙，以他的地位站出来说话应该是有一定分量的，他如果主动争取什么，也不是完全不可能。但由于他软弱成性，竟完全放弃了自己的地位所具有的权力，也放弃了所有自我的权益，大小事务以祖父、以长辈、以传统的指令为自己的行为准则，从而活得窝囊、活得卑微、活得憋屈，像个被人支配的傀儡，害了他人也害了自己。

不过，比较吊诡的是，这样一个性格懦弱窝囊的角色，从审美角度看却是《家》中最成功最具有审美价值的艺术形象。读者一边恨他不争气，一边又同情他、可怜他、喜欢他。为什么会出现如此悖反的艺术效果？因为他有深度，有生活基础，因而具有典型性。

觉新的形象具有历史深度，具体表现在他的性格体现了特殊的时代内容。试想，如果觉新提前几十年出生，那么以他的地位发展下去可能就是和高老太爷或他的叔叔辈一样的人。但是他出生并成长于20世纪初，他接受的是新式教育而非私塾；正是世界观人生观形成的年代爆发了“五四”运动。报纸上如火如荼的记载唤醒了他被忘却了的青春。他和两个弟弟一起贪婪地阅读《新青年》等传达新思想新观念的书籍和刊物。新思想迅速征服了他，成了他认同的人生理念。但是，“头脑”变了，“身体”却没变，思想观念变化了的他还生存于旧家庭中，还背负着家庭赋予他的角色和重担。这就是觉新两重人格及懦弱妥协的时代原因。

觉新的形象具有社会深度，具体表现于他身上集中体现了诸多社会现象和社会矛盾，体现了社会生活某方面的本质。马克思说人是各种社会关系的总和。换句话说，社会关系是一张巨型网络，觉新就是这个巨型网络上一个典型的“结”。打开觉新这个网结，我们看到的是整个旧家庭的复杂结构和生存景象，看到了它的腐朽和必然崩溃的趋势。

觉新的形象具有人性深度，具体表现为其性格的丰富性与复杂性。作品中的觉新，内心生活一直是痛苦的、扭曲的、纠结的，原因在于他的心理结构中凝聚着多种思想因素，多种因素相互矛盾相互冲突，是他痛苦的根源。觉新的精神世界，让我们看到了人性、人心、人的内在心灵的丰富性和复杂性。

觉新的形象塑造成功原因很多,最主要的原因是有深厚的生活基础。对此,作者巴金作过多次说明。他说自己不是为了要当作家才拿起笔,而是在大家庭里的生活经历逼迫他把它写出来。他说他要写一部《家》来作为一代青年的呼吁,要为过去那无数无名的牺牲者“喊冤”！为要从恶魔的爪牙下救出那些失掉了青春的青年。在失掉青春的青年中就有他的大哥。觉新是以巴金本人的大哥为原型塑造的,他创作《激流》的一个主要目的就是为了挽救他大哥。他大哥不堪生活的重压自杀了,这让巴金十分伤心。他曾沉痛地告诉读者:“觉新是我大哥,他是我一生爱得最多的人。我常常这样想:要是我早把《家》写出来,他也许看见横在他面前的深渊,那么他可能不会落到那里面去。”所以作者在塑造觉新的形象时是倾注了全部感情和心血的。

因为有深厚的生活基础,人物形象就真实可信,就带有原生态生活的全部丰富性和复杂性,才有魅力,才经得起玩味。打个比方,觉新是从江河湖海里取出的一滴水,带有全部原生态的复杂性,而不是经过提纯的蒸馏水,透明纯净而失去了造物的奥秘。

人物启悟

《家》中描写的时代早已过去了,觉新面临的生存困境也已不存在,但觉新的形象依然具有魅力,读者依然喜欢他。原因何在?以笔者的感受看,过滤掉具体的时代生活内容,提取其永恒的哲理蕴含,似乎这样几点仍然给现代人以启示。

一、觉新放弃自我,处处妥协隐忍当然显得迂腐懦弱,但迂腐中也有可爱可敬的因素。这就是,他的无我利他、为责任甘愿牺牲自我的精神,具有崇高感和悲壮感。他不止一次地说:“我不反抗,因为我不愿意反抗,我自己愿意做一个牺牲者。”自我牺牲精神是他的心理支撑,也是他快乐的源泉;所以他一边承认自己是懦夫,一边坚持而不改。这种精神感动了他自己,感动了他两个弟弟,也感动了读者。

二、读者在生活中也许会遇到各种各样的生存困境,在复杂矛盾的无奈中也许有过类似觉新的懦弱和妥协,因而对他产生“人同此心,心同此理”的共鸣。在彼此交流和共鸣中,读者闷在心里的痛苦得以疏导,心灵得以升华。这是一种美妙的精神享受,是艺术作品最理想的自我实现。

三、从觉新的教训中得到怎样活得更好的启发。即,为人处世,不可能没有妥协和忍让,但妥协忍让不能不分是非,不能无原则。无原则的妥协忍让是奴才哲学,只能纵容恶势力的猖狂,只能处处失败受欺。作品安排觉慧的反抗哲学与觉新对比,就是要告诉读者,对不合理的事情,只有反抗斗争才能胜利。

现代生活没有了觉新时代的压抑,但具有习惯性违心、妥协、忍让性格的人依然存在。为了克服这种性格,现代人提醒人们必须克服的四大毛病:轻易的掏心掏肺;毫无底线的心软;一错再错的忍让;没有原则的善良。可见现代人聪明了,智慧了,活得通透活出自我了。

高老太爷：封建家长的典型形象

《家》剧照中的高老太爷

高老太爷是《家》中的重要人物，是觉新兄弟们的祖父。觉新辈是少爷，其父辈是老爷，祖辈就是老太爷，尽管他年龄只有六十多岁。

《家》中的高公馆是一个典型的封建大家庭。这个家庭四世同堂，几十个成员叠加出一个塔形结构，塔尖顶上是高老太爷。他是家族的家长，手中握有领导权、决策权、管理权、话语权和对家族成员及奴仆命运生杀予夺的处置权。这个家庭相当于封建专制社会的一个细胞，细胞的 DNA 中暗含着封建大家庭乃至封建制度的全部要素，是封建家庭及封建制度的全息缩影。

人物故事

作为高公馆的一家之长，高老太爷的性格特征体现着封建家长的典型形态，可以视为封建家长的一个代表。剖析高老太爷的形象，有助于了解封建制度，了解封建家庭生活的具体形态。

正统

老太爷的出身经历，作品没有专门介绍，只是利用他自己的回忆作了极简略的叙述。吃年饭的时候，全家人聚在一起庆祝新年。老太爷被众星捧月似的敬酒，他看着全家人的笑脸，高兴之时往事浮上心头：从前苦学出身，得到功名，做了多年的官，造就了这一份大家业，广置了田产，修造了房屋，又生了这些儿女和许多孙儿、孙女和重孙。一家人读书知礼，事事如意，兴盛发达。老太爷希望他一手创建的大家庭世世代代繁盛下去……

老太爷一瞬间的回忆告诉我们，他一生所走的是封建时代士子学人传统的经典之路。这条路他走得很顺利，很成功，他对自己的功业成就很得意，很满足。

正统的教育教给他系统的儒家思想，正统的仕途养成了他方正保守的性格，成家立业后他以一整套正统的传统理念治家。如他对孙子辈到新式学校读书十分反感，认为会把子弟教坏。觉慧在学校参加社会活动遭到他的极力反对，他粗暴地把觉慧关了禁闭。他让觉慧读的书是《刘芷唐先生教孝戒淫浅训》，里面的内容是"君要臣死，不死不忠，父要子亡，不亡不孝"，以及"万恶淫为首，百善孝为先"之类的旧话。对于年龄稍小一点、尚未进学堂的孙子孙女，老太爷让他们在家里读什么书呢？有一次觉慧从书房路过，他听到的内容是："为人子者居不主奥，坐不中席，行不中道，立不中门……""五刑之属三千，而罪莫大于不孝。要君者无上，非圣人者无法，非孝者无亲……""行莫回头，语莫掀唇，坐莫动膝，行莫摇裙……"

对于这些陈腐的教育内容，觉慧的评论一针见血：无非是教人怎样做一个奴隶罢了。但这就是那个时代的正统。

高老太爷以正统治家，对于偏离正统、违反正统的行为，他痛心疾首，严惩不贷。他的儿子老四克安写得一笔好字，平时一本正经，但品行龌龊，跟家里女佣发生不正当关系，和女优打得火热，公然把剧团旦角弄到家里化妆照相。老五克定在荒唐路上走得更远，躲着家人偷偷在外私娶妓女为姨太太，租小公寓和狐朋狗友整天喝酒打牌赌博胡闹，偷卖妻子财产，无恶不作。老太爷听说后怒不可遏，当众责骂他们，羞辱他们。在他的正统形象映照下，两个儿子无地自容。

虚伪

高老太爷一向以正人君子形象示人，但日常生活也并非总是一本正经，他也和他的儿子们一样喜欢吃喝玩乐，追求享受。旧历新年快来了，但他还是跟往常一样，白天很少在家。他不是到戏院看戏，就是到老朋友家里打牌。两三年前他和几位老朋友组织了一个九老会，轮流地宴客作乐，或者鉴赏彼此收藏的书画和古玩。

觉慧曾经从祖母的诗集里发现了青年时代祖父的面影，发现祖父从前原也是荒唐的人，他到后来才变为道貌岸然的。觉慧记起来：在祖父自己的诗集里也曾有不少赠校书（古代妓女的雅称）的诗句，而且受他赠诗的，又并不是某某校书一个人。觉慧想，这是三十岁以前的事，大概他上了年纪以后，才成了讲道德说仁义的顽固人物。

但是，觉慧发现事实并非如此，即使口口声声仁义道德的晚年，祖父仍有着并不正经的另一面：

> 近年来，祖父偶尔也跟唱小旦的戏子往来，还有过一次祖父和四叔把一个出名的小旦叫到家里来化妆照相，他曾亲眼看见那个小旦在客厅里梳头擦粉。这样的事在省城里并不奇怪。便是不久以前，几位主持孔教会以“拼此残年极力卫道”

的重责自任的遗老也曾在报纸上大吹大擂地发表了梨园榜，点了某某花旦做状元呢。据说这是风雅的事。……但是风雅的事又怎么能够同卫道的精神并存不悖呢？这就是他的年轻的心所不了解的了。

不仅如此，祖父还有一个姨太太。这个女人常常浓妆艳抹，一身香气，说话尖声尖气，扭扭捏捏，一点不讨人喜欢。但祖父很喜欢她，她是在祖母去世以后买来服侍祖父的，同她一起过了将近十年，还生过一个孩子（早夭了）。觉慧“想起祖父具着赏玩书画的心情同这个姨太太在一起生活的事，不觉哑然失笑了”。

觉慧发现了祖父身上的矛盾，对祖父的行为越想越想不通，越研究越不了解，在他眼里，祖父简直成了一个谜，一个解不透的谜。

十几岁的少年觉慧不能理解，读者能理解。问题很简单，这就是封建正统人物高老太爷的双面人生，两重人格，既正统又虚伪。这不是他一个人这样，而是这类人的共同特征。

专制

高老太爷是大家庭的太上皇，无论对于什么问题，他的话就是绝对命令，说一不二，其他人都必须绝对服从，这就是所谓家庭专制。

高老太爷的家庭专制表现于一切方面，这里仅说一说他对觉慧觉民的“专制”。

觉慧性格活跃，激情澎湃，充满活力，积极参加学校组织的所有社会活动，高老太爷对此极为反对。他认为学堂坏极了，警告觉慧再闹下去会把小命闹掉，一怒之下他宣布了对觉慧的禁闭，不许他踏出家庭半步。并交代觉新严加看管，若跑出去了唯他是问。觉慧想对此表示反抗，但在祖父铁打的权威之下也无能为力，只有乖乖服从。

高老太爷与孔教会头目冯乐山过从甚密，冯乐山看上了高家二公子觉民，想把自己的侄孙女嫁给他。高老太爷一口答应，接下来通过觉新向觉民下达命令。觉民是接受过新思想的新青年，他不愿像大哥觉新那样做他人的傀儡，他要自己主宰自己的命运；而且，他已经有了情投意合的心上人——他的姑表妹琴，所以坚决不接受祖父的决定。

但是，“在这个家里，祖父似乎就是一切”，此前还没有哪个人敢公然违抗他的意志。所以当觉新把觉民的意见向他反映之后，他立刻生气地驳斥道：“我说是对的，哪个敢说不对？我说要怎么样，就要怎样做！”祖父斩钉截铁地驳回了觉民的意见，觉民无奈，只有逃跑。老太爷听说后勃然大怒，当面给觉慧下命令：“反了！居然有这样的事情！你去把老二给我找回来！”“他敢不听我的话？他敢反对我？他不高兴我给他定亲？那不行！你一定把他给我找回来，让我责罚他！”接着又给觉新下命令：“从今以后，高家子弟，不准再进洋学堂！”

——听听这口气！完全是绝对权威任何人不得挑战的架势。这架势不是装的，而是自信十足，习惯成自然了。在这个家里，“他只知道他的命令应该遵守，他的面子应该顾全。至于别人的幸福，他是不会顾到的”。

残忍

高老太爷的残忍，主要表现于他对鸣凤和婉儿两个丫鬟的事件上。高老太爷的朋友冯乐山看上了高家丫头鸣凤，要她给自己做“小”（小老婆）。高老太爷连想都不用，一口答应。冯乐山是谁？号称孔教会会长，半截已经入土的老朽，而且脾气古怪，他老婆脾气也不好，家里还有儿孙一大群。鸣凤是什么人？一个十几岁的妙龄少女，在高家已经当了八年丫头。她本来对未来怀着美好的憧憬，偷偷地爱着觉慧，希望能一辈子服侍他。但是，即使这个卑微可怜的梦想也被毁灭，她的终身大事在两个老朽的谈笑间就被决定了。

“给人家做小”是平日丫头间骂人的咒语，是最可怕的命运，如今被鸣凤摊上了。想到未来挨打受气流眼泪，晚上还要把身子交给老头子蹂躏的前景，倔强的鸣凤无论如何不能接受，在求告无门的绝境中投湖自杀。一个鲜活的生命瞬间在高老太爷的手上被断送了。

鸣凤死了，但答应朋友的事情不能不兑现，于是硬把四房的丫头婉儿拉出来顶替，压根不问你愿意不愿意。觉慧觉民的朋友剑云说：“看见她（婉儿被塞进轿子时）挣扎的样子，不论哪个人也会流泪。我想她也许会走鸣凤的路。”但是，任由你哭死哭活主子也不会动心，一乘轿子抬走了事。

对这件事，新生代青年们想不通。觉民愤怒地说：“想不到爷爷这样狠心！一个死了，还要把另一个送出去。人家好好的女儿，为什么要这样地摧残？”然后他又想通了，因为“在爷爷的眼睛里，丫头都不是人，可以由他当作礼物送来送去”。

慈爱

祖父病入膏肓，有一天早上觉慧照例去看他的病。祖父已经消瘦得离形脱相，非常衰弱，再也不是那个威严可怕的老太爷了。觉慧以为祖父至少还要骂他几句，结果祖父不但没骂，反而表现出从未有过的亲切。他看见觉慧走近，睁大眼睛注视着他，脸上露出了笑容，凄惨而无力。他招呼觉慧给他倒茶，喝了两口不要了。然后有了以下场面：

“你很好，”祖父把觉慧望了半晌，又用他的微弱的声音断续地说，“他们说……你的脾气古怪……你要好好读书。”

觉慧不作声。

“我现在有些明白，”祖父吐了一口气，然后慢慢地说。“你看见你二哥吗？”

觉慧注意到祖父的声音改变了，他看见祖父的眼角嵌着两颗大的眼泪。为了这意料不到的慈祥和亲切（这是他从来不曾在祖父那里得到过的），他答应了一个“是”字。

“我……我的脾气……现在我不发气……我想看见他，你把他喊回来。……我不再……”祖父说，他从被里伸出右手来，揩了揩眼泪。（这时陈姨太指责觉慧惹爷爷伤心）

祖父连忙阻止她说：“你不要怪他。”陈姨太扫兴地噘着嘴，便也不作声了。祖父又催促觉慧道：“你快去把你二哥喊回来。……冯家的亲事……暂时不提。……我怕我活不长了……我想看看他，……看看你们大家。”

这是一个温馨感人的场面。平时高高在上、威风八面的老太爷，临终之前终于摘下面具，放下架子，主动与关系紧张的孙子辈和解。虽碍于尊严没有当众承认错误，但他收回成命事实上等于承认自己错了。临死之前，他想的不是别的，而是他的家族成员，哪怕是正在忤逆他的成员，他想看看他，看看大家。这等于是一个临终告别仪式。

人之将死，其言也善。高老太爷临终前恢复了人性中最本真最宝贵的一面，一个慈爱的家长形象清晰呈现。

人生启悟

在《家》中，作者对高老太爷着墨并不多，但他的形象却是鲜明的、立体的、真实的。他的性格很复杂，他的形象很矛盾。既有可爱的一面，更多的是让现代读者厌恶甚至愤恨的一面。不过，需要说明的是，他的让人厌恶和愤恨的一面，如他的虚伪、他的专制、他的残忍，在封建时代却是很正常、很平常的事。他的正统是封建礼教的要求，他的虚伪是人性弱点的流露，他的专制是家长的权利，他的残忍是制度的缺陷。总之，他的所作所为与封建意识形态相吻合，符合封建制度的礼仪与规范。可以说，他是封建制度的化身、楷模、典范、代表。所以，他身上的所有恶，都不仅仅是他个人的恶，而是封建制度的恶，他的腐朽代表着封建制度的腐朽，他的家庭衰败象征着封建制度的衰败。

关于这一点，敏感的觉慧早就意识到了。祖父为参加学潮事训斥他——“他觉得躺在他面前的并不是他的祖父，他只是整整一代人的一个代表”。看着眼前这个老人，觉慧明确意识到“爷爷的时代已经过去了”。在《家》中，没有哪个人比觉慧的代际意识更清醒更强烈了。长江后浪推前浪，前浪拍死在沙滩上——“他知道这个空虚的大家庭是一天一天地往衰落的路上走了。没有什么力量可以拉着它。祖父的努力没有用，任何人的努力也没有用。连祖父自己也已经走上这条灭亡的路了。……这一代青年的力量决不是那个腐败的、脆弱的，甚至包含着种种罪恶的旧家庭所能够抵抗的。胜利是确定的了，无论什么力量都不能够把胜利给他们夺去”。

听着这激动人心的憧憬和预言，直让读者心潮澎湃、激动不已。这就是巴金作品独有的情感力量、道德力量、青春力量、理想力量。在揭示封建大家庭、封建制度必然也必须灭亡的历史大趋势方面,没有比巴金的《激流三部曲》(尤其是《家》)更有说服力、更有力量的了。这也是巴金对新文学做出的一个杰出贡献。

汪文宣:是非不分没有原则的善良懦弱要不得

汪文宣是巴金长篇小说《寒夜》的男主人公。

《寒夜》电影海报

《寒夜》创作于抗战胜利前后,是巴金最后同时也是一生艺术成就最高的一部作品,被论者誉为几乎达到炉火纯青的无技巧境界,是最能代表巴金后期创作风格与艺术水平的长篇力作,中国现代文学史上不可多得的美文,等等。评价之高,超过巴金此前的所有作品,包括《家》。

《寒夜》以1944年至抗战胜利期间“陪都”重庆为背景,记叙了一个读书人之家在现实生活的重压下一步步走向破裂的悲剧,真实地揭示了抗战时期勤恳、忠厚、善良的小知识分子苦不堪言的生存状况,揭露了当时社会的腐朽与黑暗,为挣扎在社会底层的小人物发出了痛苦的呼声。

人物故事

作品围绕汪文宣、曾树生、汪母之间的矛盾展开故事情节。汪文宣和妻子曾树生在上海上大学时学的是教育学,具有“五四”新文化运动所培养出的独立自主精神。他不顾母亲的反对，和同学曾树生自由恋爱、相约同居。此时的他们，脑子里满是理想，是教育事业，立志创办乡村化、家庭化的学堂。然而，全面抗战爆发，他们颠沛流离，漂泊到重庆谋生。汪文宣在一家半官半商的图书公司做校对，贫病交加，最后死在抗战胜利的那一刻。

汪文宣的悲剧，首先是社会悲剧。当时全民抗战，兵荒马乱，人民流离失所；加上政治黑暗，物资匮乏，就业困难，导致汪家生活极度困难，家庭矛盾频发。换一个时期，也许不至于出现这样的悲剧。

除了社会原因之外，汪文宣的悲剧还与其自身性格有关。

关于汪文宣的性格，笔者用标题的话作了概括。“善良而懦弱”，是最了解他的妻子曾树生对他的评价，也是他留给熟悉他的人的印象；“老好人”，是他的自我评价，也是他的妻子、他的母亲以及所有与他共过事的人对他的评价。

汪文宣的善良体现在他与所有人的关系以及对待所有事情的态度上，作品中随处可见。

和妻子闲谈时汪问起有人往家里给她送信的事，不料惹怒了她，两人吵了起来，妻子一怒之下出走，住到朋友家。平心而论，错不在汪，而是妻子的反应有些过激了。但汪为此坐卧不宁，把一切责任揽在自己身上，认为是自己错了，应该亲自向她解释，向她道歉。他怀着歉疚的心情找到她向她认错，求她原谅，哀求着向她表态“以后决不再和你吵架”。

母亲和妻子关系不好，屡屡吵架，他夹在中间无力调解她们的矛盾，只能痛苦地责备自己：“我对不起每一个人。我应该受罚！”

妻子性格活泼，在银行做事，社交活动频繁，母亲对此极为反感，屡屡指责她不守妇道，是个坏女人。汪平时在母亲面前百依百顺,但他理解妻子、信任妻子,为她辩护,一再说妻子绝不是坏女人:“她对我并没有变心。她没有错。她应该有娱乐。这几年她跟着我过得太苦了。”妻子在外面有应酬,往往很晚才回家,汪总是不脱衣服等着她。妻子深受感动,说他对自己太好了。

作为一个男人,他心细如发,做事往往先考虑他人的感受。他等妻子回家,而妻子回家了他又不多讲话,妻子问他为什么,他说不是我不肯讲话,我怕你精神不好。而事实是他害怕讲多了会使她不高兴。妻子嗔怪他:“你真是‘老好人’!我一天精神好得很,比你好得多,你还担心我!你就是这样一个人,常常想到别人却忘了你自己。”妻子的追求者劝她离开重庆到兰州,他当然不情愿她离开他,但他却诚恳地劝她走。他说时局太坏,她应该先救出她自己,只要有机会就不能放弃;全家跟不上不要紧,至少她是救出来了。他的善意把妻子感动得眼泪直流,感叹地说为什么你总是不想到你自己啊?

汪工资微薄,不够养家,肺病严重却不去医院检查,为的是省钱。即使在这种情况下,妻子过生日他还不忘买蛋糕送她。钱不够怎么办?他低声下气地求刻薄的公司领导借支了半个月的薪水,而且提前不告诉妻子,怕的是她知道了不让他这样做。

公司同事怕汪的肺病传染给自己,写信下通牒要求他在家吃饭。汪的心灵很受伤,感觉同事的措辞过于刻薄,但从心里表示理解,接受了大家的意见。但母亲咽不下这口气,气愤地说:“你这个人真没有办法。自己到了这个地步,还去管他们做什么?要是我,我就叫他们都染到这个病。要苦,大家一齐苦。不让有一个人幸灾乐祸。”汪和母亲比较,二者的精神境界判若云泥。

汪文宣的善良可谓到了极致,不过,与他的善良相伴相随的是他的怯懦、软弱。

作为公司职员，他在上司面前懦弱。例如，有一天他没精打采去办公：“他走过吴科长的办公桌前，吴科长忽然抬起头把他打量了一下，看得他毛骨悚然。他胆战心惊地走到自己的位子前坐下，摊开那部永远校不完的长篇译稿，想把自己的脑子硬塞到那堆黑字中间去。‘真没出息啊，他们连文章都做不通，我还要怕他们！’他暗暗地责备自己。可是他仍然小心翼翼地做他的工作。”上司命令他写言不由衷、歌功颂德的文章，他内心极不情愿，但不敢推托。上司不合情理地催稿子，他明知不合理但不敢反抗。他累得要死，想闭上眼睛休息片刻，但害怕上司看见，吓得连头都不敢抬。他对自己的懦弱也很反感，他感叹道：“天啊，我怎么会变成这样一个人啊！我什么都忍受！什么人都欺负我！就为了那一点钱，我居然堕落到这个地步！”

作为公司一员，他在同事面前懦弱。同事们为巴结上司，挨个要大家签名凑份子为上司祝寿，他老大不情愿，却违心地把钱送出去。在祝寿宴席上，他看不惯大家对总经理和周主任巴结的样子，那些卑下的奉承话使他发呕。这个环境对他太不相宜了，他需要安静。“他们并不需要他，他也不需要他们。也没有人强迫他到这里来。可是他却把参加这个宴会看作自己的义务。他自动地来了，而来了以后他却没有一秒钟不后悔。他想走开，但是他连动也不曾动一下。”

作为儿子，他在母亲面前懦弱。汪父早死，汪母一手把他带大，小时候他和母亲相依为命，长大了对母亲百依百顺，不管母亲说什么难听的话，做什么错误的事，他都顺从忍受，从不表示反抗。作品中多次写道“他在母亲面前还是一个温顺的孩子”。母亲对儿媳看不惯，多次说恶毒的话攻击她，他听起来极为难受，但他的反应也只是哀求地唤一声“妈”，“眼里已经装满了泪水”，“声音里含着恳求和悲痛”。他和妻子发生矛盾,妻子负气出走,母亲暗中高兴。他很想写一封热情的信,恳切地要求妻子回来,可是,他害怕母亲不高兴而不敢写。这种情景在作品中反复出现,经常是他想对妻子表达爱意、善意,但想到母亲的态度而作罢。

作为丈夫,他在妻子面前懦弱。妻子负气离家后,他惶惶不可终日,一心想着赶紧向她道歉,求她回家。他大着胆子到单位去找她,心里很紧张:害怕她拒绝见他,害怕见到了她态度冷漠不给笑脸,害怕自己口舌笨拙不能表达感情,害怕她不能了解他的苦衷,害怕不能说服她……一连串儿的怕怕怕,终于决心动摇了,勇气消失了,他迟疑着不知怎么办,最后垂头走开了。回头正碰见妻子回来,他鼓起勇气叫了一声,心跳得很厉害。他声音发颤地问妻子:你可不可以给我一刻钟的时间和你谈谈。在她面前,“他红着脸,像一个挨了骂的小孩”。妻子终于答应他五点钟可以见面,他立马如逢大赦,差不多要流泪地感激说“好的”。

汪文宣在他人面前懦弱,甚至连自己内心的真实声音也害怕。有一次,他对自己无能调解家庭矛盾焦虑不安——“他在失望中,忍不住怨愤地叫道:‘我这是怎样的家呵!没有人真正关心到我!各人只顾自己。谁都不肯让步!’这只是他心里的叫声。只有他一个人听见。但是他自己并没有注意到这一点,他忽然以为他嚷出什么来,连忙掉头向四周看。”

作为一个人,懦弱卑微到如此程度,让人同情,让人怜悯,但无法让人尊敬和瞧得起。

汪文宣就是这样一个善良而懦弱的老好人。因为是老好人,所以他对任何人都抱有善意,遇事总想着他人而忘却自己;因为懦弱,他对任何人都没有威胁,他愿意与所有人和平相处。但这只是问题的一面,——人人都容易看到的一面;但隐蔽着的另一面是,

电影《寒夜》中的汪文宣与曾树生

老好人的主观动机当然没有任何害人之意，但客观效果却是无意中也在伤害人。正如最了解也最关心他的妻子曾树生所说："这个世界并不是为你这种人造的。你害了你自己，也害了别人……"

老好人怎么害了自己？这就像一首流行歌曲所唱的：你总是心太软，心太软，所有问题都自己扛。一心想着他人，却总是委屈自己。明明大病在身，为了养家还坚持去忍受超负荷的繁重工作；明明需要检查住院治疗，为了省钱却坚决拒绝去医院，仅靠吃点中药耗日子；明明在公司受小人欺负，但为了挣那点小钱宁愿忍气吞声……就这样，穷困潦倒，精神郁闷，疾病缠身，眼睁睁看着自己一天天走向死亡。正应了网友所调侃的：心软不是病，但软起来要人命！

老好人怎么就"害了别人"？这表现在老好人无是非、无原则，无意中伤害了不该伤害的人。例如，母亲和妻子尖锐对立，时常爆发激烈冲突，原因何在？原因并非柴米油盐鸡毛蒜皮的家庭琐事，而是事关原则，事关大是大非。妻子和他自由恋爱同居，两人相亲相爱，比翼双飞，有共同的理想和事业，但因为没有举行结婚仪式，不是明媒正娶，所以母亲看不起儿媳，一再辱骂儿媳不要脸，是儿子的"姘头"，"比娼妓还不如"，发誓宁肯死也不愿见她。这分明是腐朽的封建观念在作怪，分明是对妻子人格的粗暴凌辱，但汪对此不但不批评、不反驳、不阻止，反而讨好地说："妈，你不要难过，我不让她回来就是啰。"而且信誓旦旦地表态让母亲放心。——这算什么话?!这是什么态度?!每当母亲辱骂妻子，两人激烈争吵的时候，他要么用棉被蒙着头，要么干脆躲出去，眼不见为净。这样不分是非的一味迁就、纵容、退让、和稀泥，无疑是对妻子的最大伤害。

还有比这更过分的。妻子离家到兰州后，为了讨好母亲，汪文宣竟然要求妻子立刻给母亲写一封表示歉意和好感的长信。妻子回信说："她把我看作是奴使她的主人，所以她那样恨我，甚至不惜破坏我们的爱情生活与家庭幸福。我至今还记得她骂我为你的'姘头'时那种得意而残忍的表情。……你还要我写长信向她道歉。你太伤了我的心。你希望我顶着'姘头'的招牌，当一个任她辱骂的奴隶媳妇，好给你换来甜蜜的家庭生活。你真是在做梦!"

当然，所有这些对妻子的伤害，汪文宣都不是故意的。但无意的伤害，其程度可能比有意的伤害更严重。因为，有意之后知道错了可能还会忏悔，还会道歉，还有机会抚平对方的伤痕；但无意的伤害者却没有，他们永远意识不到自己的行为对他人造成的是伤害，因而永远自以为是而没有忏悔。

人生启悟

吊诡的结果出现了：老好人本来无意伤人，结果却造成了对他人的伤害；本来想你好我好大家都好，公平公正地处世待人，结果却失去了公平公正。

本来想进这一个房间，结果却走进另一个房间。事与愿违，动机与效果出现了分裂，这可能是老好人没有想到的。那么问题出在哪儿了？汪文宣的处世为人能给我们带来什么样的启示呢？

通过对汪文宣性格的分析可知，为人善良当然没错，但不能"善"成懦弱；一旦懦弱，善良就变了味儿。处世当然要善待他人，一心想着他人，但最好也别忘了自己，因为自己也是人。时时照顾他人感受很高尚，但太顾及他人感受往往弄得自己很难受。选择做好人而不做坏人是做人的底线，但不要做老好人，因为老好人往往没有原则，没有是非，遇事常常和稀泥，容易失去公平和公正，结果是纵容了不该纵容的而伤害了不该伤害的。

两千多年前，孔子说过："乡愿，德之贼也。"杨伯峻先生的译文是：没有真是非的好好先生是足以败坏道德的小人。这里孔子所说的"乡愿"指的就是是非不分的老好人。孟子继承了孔子这一思想，也反对"乡愿"。孟子说，八面玲珑、四方讨好的人就是老好人；这种人，要指摘他却举不出什么大错误，要责骂他却也无可责骂的，他只是同流合污，为人好像忠诚老实，行为好像方正清介，大家也都喜欢他，他自己也以为正确，但是与尧舜之道完全违背，所以说他是"德之贼"。看来中国文化根子里也是反对好好先生或者说老好人的。

这里举出孔孟的话并不是要给汪文宣扣一顶"乡愿"的帽子——帽子太大，不适合他，而且也太残忍了。但是他的性格中确实有"乡愿"倾向，这是需要我们注意的。

汪文宣性格的形成，有个人因素，也有文化因素。他饱受传统文化的教育，传统文化中阴柔软弱的成分对他影响甚大。这不是他一个人的事，而是他那一代（以及此前多少代）许多人的共性。巴金在 1980 年写的《创作回忆录》中，追忆了创作《寒夜》时的情绪体验和人物原型的一些情况。他说写《寒夜》就像自己在作品中生活，汪文宣的思想以及看事物的眼光，自己并不陌生；这里有他好几位亲友，也有他自己。由于对汪这类小人物特别熟悉而且心灵相通，所以写起来得心应手，文思泉涌，一不小心创造出一个特别真实可信、特别真诚感人的艺术形象。

许多读者喜欢汪文宣这样的人物，也因为自己心灵深处某些方面与他相通，读他等于读自己。正因为如此，剖析汪文宣的形象，分析他的性格，从他的经验教训中受到启发，可以提炼出“应该怎样活”的人生智慧。

曾树生：悲苦处境中挣扎自救的新女性

《寒夜》剧照

曾树生是巴金长篇小说《寒夜》的女主人公，是作家精心刻画，其真实和深刻程度与男主人公汪文宣比，有过之而无不及的艺术典型。

人物素描

曾树生和丈夫汪文宣一起在上海上大学，专业为教育学。在大学里，两人接受过民主、自由等“五四”新文化观念的洗礼，由相恋相爱到勇敢打破旧俗，不举行结婚仪式而自由同居。两人有共同的理想，那就是从事他们所热爱的教育事业，办乡村化、家庭化的学堂。遗憾的是，全面抗日战争爆发，他们不得不漂泊流浪到重庆生活。

曾树生的形象和汪文宣完全不一样。她健康活泼，聪慧美丽，喜欢交际。她在丈夫眼里是这样的：“他看她的背影，今天她的身子似乎比任何时候都动人，她丰腴并且显得年轻而富于生命力。虽然她和他同岁（三十四岁），可是他看看自己单薄瘦弱的身子，和一颠一跛的走路姿势，还有他那疲乏的精神，他觉得她同他相差的地方太多，他们不像是同一个时代的人。”他曾在母亲面前忍不住说：“她是天使啊。我不配她！”

战时就业困难，她凭自己的优越条件在银行找了一份工作。由于专业不对口，她只能做秘书，被汪母刻薄地称为“花瓶”。她对于自己的工作并不满意，但生活所迫，只能忍耐。她对丈夫推心置腹地说：“你以为我高兴在银行里做那种事吗？现在也是没有办法。将来我还是要跟你一块儿做理想的工作，帮忙你办教育。”

她性格要强，即使经济条件困难，也要把儿子送到学费高昂的贵族学校，坚持让儿子接受她认为最好的教育。作为女人，她爱家庭、爱丈夫，有担当。丈夫有病不去治，因为怕花钱，她反复劝她去医院，说钱的问题由她来管。丈夫懦弱，在单位受欺负，她看不下去，一再表示自己如果有办法一定不让他再干下去；她看他受苦的样子心疼，劝他辞职，说“你不做事我也可以养活你”。

她为人坦荡豪爽、不拘小节。她的上司银行陈经理真心爱慕她，追求她，两人平时交往频繁，对此，她对丈夫毫不隐瞒，有啥说啥。面对陈经理的热烈追求，她冷静理智，恪守道德底线，自始至终没有越轨之事。

悲苦处境

由上述素描可知，曾树生不是传统的守旧的弱女子，而是“五四”之后新一代女性形象。然而，一只充满活力的小鸟却被困在了悲苦的囚笼里。她生存的处境沉闷压抑，令人绝望。

首先是抗战的大环境打乱了她的生活轨迹，社会的黑暗把她抛到了生活最底层；家庭贫困，经济拮据，迫使她不得不做自己不喜欢的工作。这个且不去说它，因为大家都面对，个人无法改变它。

这里主要说说她的家庭环境。她一家四口，儿子上学不说了，余下的三个成人矛盾重重。婆婆思想守旧，看不惯她，屡屡拿极恶毒的话攻击她。如因为没有结婚仪式，所以常骂她是儿子的"姘头"，说她每天打扮得花枝招展招蜂引蝶，比娼妓还不如，是个不要脸的坏女人。这种话对她无疑是极大的伤害，她为此争过吵过，但谁也改变不了谁，日子依然故我。丈夫懦弱无能，虽知母亲思想陈旧但依然对其百依百顺，不敢出面替她说话，只会一味地迁就退让和稀泥，劝她忍耐忍耐再忍耐。她感觉自己快被闷死了，问丈夫：你要我忍耐到几时？跟着你吃苦我不怕，可是要我天天挨你母亲的骂，那不行。

处在这样的环境，她感到沉闷压抑，烦恼不堪。她真诚地对丈夫说："我在外面，常常想到家里。可是回到家里来，我总觉得冷，觉得寂寞，觉得心里空虚。"

有一次，陈经理劝她跟他到外地工作，她拒绝了。他说："你在这里不会过得好。"一句话触动了她的心事，一肚子辛酸涌上心头："她想哭，却竭力忍住。没有温暖的家，善良而懦弱的丈夫，极端自私而又顽固、保守的婆母，争吵和仇恨，寂寞和贫穷，在战争中消失了的青春，自己追求幸福的白白的努力，灰色的前途……"

何去何从

对于这样的环境，她没有办法，一直在忍耐。实在忍耐不了的时候曾出走暂住同学家。丈夫好心劝说，她看丈夫懦弱而可怜，又跟他回家。她问丈夫："你说我们要等到什么时候，才可以不过这种生活？到什么时候才可以过得好一点？"丈夫说等抗战胜利吧！她打断他的话："我不要再听抗战胜利的话。要等到抗战胜利恐怕我已经老了，死了。现在我再没有什么理想，我活着的时候我只想活得痛快一点，过得舒服一点。"

"只想活得痛快一点，过得舒服一点"，要求既不高尚也不卑下，是一个普通人再正常不过的世俗愿望。这一愿望有人能够满足她，那就是追求她的陈经理。陈要到大后方兰州工作，动员她跟着去，而且公开表白他爱她。这是一个巨大的诱惑，一个极好的摆脱家庭的机会，但她并没感到快乐。她的反应是心慌意乱，不知所措："她又害羞，又兴奋，可是又痛苦；而且还有一种惶惑的感觉：她仿佛站在十字路口，打不定主意要往什么地方去。""她并没有感到爱与被爱的幸福。她一直在歧途中彷徨，想决定一条路。可是她一直决定不了。"

为什么？说到底她不忍心抛下善良有病的丈夫。丈夫得知她有到兰州的机会，真诚地劝她别放弃："你一个人先走吧。能带小宣就带小宣去；不能带，你自己先走。你不要太委屈了你自己。"她表示不愿意自己一人走，他发急地说："你应该先救你自己，万一大家跟不上，至少你是救出来了。"面对丈夫真诚的关心、无私的善良，她感动得热泪盈眶，决定："我不走。要走大家一起走！"然后拒绝了陈的盛情邀请，告诉他"我不能丢开他们一个人走"。

陈对她的拒绝表现得失望和痛苦。面对他的失望和痛苦，她又开始同情他，开始怀疑自己的决定是否合理。她在心里问自己："我决定了没有？我为什么不能够决定？我应该怎样办？"

她的心就像钟摆一样摇来晃去。走，还是不走，她犹豫不决；何去何从，她不知怎样选择。

救出自己

犹豫不决就继续在这个家里待下去，待下去就需要继续忍受悲苦绝望的生活。终于，汪母又一次骂曾树生是儿子的"姘头"，骂她不配跟自己比——自己是花轿抬进汪家的，而且咬牙切齿地命令她："你给我滚！"这样的侮辱对有尊严有个性的曾树生来说，刺激实在是太大了！于是，一个疑问在她脑子里回响起来：

“这种生活究竟给了我什么呢？我得到什么满足吗？”

她想找出一个明确的答复，可是她的思想好像被困在一个荆棘中间，挣扎了许久，才找到一条出路：

“没有！不论是精神上，物质上，我没有得到一点满足。”

“那么我牺牲了我的理想，换到了什么代价呢？”

“那么以后呢？以后，还能有什么希望吗？”她问自己。

她不由自主地摇摇头。她的脑子里装满了近几年生活中的艰辛与不和谐。她的耳边还隐隐约约地响着他的疲乏的、悲叹的声音和他母亲的仇恨的冷嘲、热骂，这样渐渐地她的思想又走进一条极窄的巷子里去了。在那里她听见一个声音：“滚！”就只有这一个字。

她轻轻地咳了一声嗽。她回头向床上看了一眼。他的脸带一种不干净的淡黄色，两颊陷入很深，呼吸声重而急促。在他的身上她看不出任何力量和生命的痕迹。“一个垂死的人！”她恐怖地想道。她连忙掉回眼睛看窗外。

“为什么还要守着他？为什么还要跟那个女人抢夺他？‘滚！’好！让你拿去！我才不要他！陈主任说得好，我应该早点打定主意。……现在还来得及，不会太迟！”她想道。她的心跳得厉害。她的脸开始发红。

“我怎样办？……‘滚！’你说得好！我走我的路！你管不着！为什么还要迟疑？我不应该太软弱。我不能再犹豫不决。我应该硬起心肠，为了自己，为了幸福。”

“我还能有幸福吗？为什么不能？而且我需要幸福，我应该得到幸福。……”

她的眼前忽然闪过一张孩子的脸，一张带着成人表情的小孩脸。“小宣！”她快要叫出声来。

“为了小宣……”她想。

“他没有我，也可以活得很好。他对我好像并没有多大的感情，我以后仍旧可以帮助他。他不能够阻止我走我自己的路。连宣也不能够。”

她又掉转头去看床上睡着的人。他仍旧睡得昏昏沉沉。他不会知道她这种思想，这个可怜的人！

“我真的必须离开他吗？——那么我应该牺牲自己的幸福来陪伴他吗？——他不肯治病，他完结了。我能够救他，能够使他母亲不恨我，能够跟他母亲和睦地过日子吗？”

她想了一会儿，她低声说出来：“不能。”接着她想：没有用，我必须救出自己。……

笔者录下长长一大段引文，是想让读者看看曾树生之所以决定离开家庭救出自己的心理活动过程，看看支撑她做出人生选择的原因。她对丈夫、对婆婆已经彻底绝望，丈夫不听她的劝告已病入膏肓，她不想陪着做无谓的牺牲。她还年轻，生命力还很旺盛，她要追求幸福和自由，所以万般犹豫之后终于决定救出自己。

对于曾树生的愿望，善良的汪文宣是理解的、支持的，是他主动提出她至少要救出她自己。曾树生自己也不认为有错，关于这一点，前面引文可以证明。她到兰州后给丈夫的信中再次重申：“我并非自私，我只是想活，想活得痛快。我要自由。可怜我一辈子就没有痛快过。我为什么不该痛快地好好活一次呢？人一生就只能活一次，一旦错过了机会，什么都完了。”如果谁要说我有错的话，那么“我的错处只有一个：我追求自由与幸福”。

平心而论，曾树生救出自己的理由是充分的、合情合理的，因而读者也是认可的。“救出自己”，在传统眼光看来是自私，但设身处地换位思考就不得不承认，如果说曾的行为是自私的话，也是可以理解的自私，而不是通常意义上的自私，其实质是自保——保护自我权利。试想，如果让她留下来结果会怎样？结果是，继续忍受婆婆的侮辱，看婆婆的冷脸，“垂死的丈夫”无可挽留地会死去，而“救出自己”的机会也没了，这种结果对她来说岂不是太不公平太不人道太残忍了吗?!

曾树生“救出自己”的理由如此充分，读者想过没有，是她在为自己辩护吗？是，又不是。实质上这一切都是作家巴金的安排，是巴金在为她辩护。通过作品的叙述，我们感到巴金对曾树生的行为是肯定的，在他的笔下，曾的形象不仅是正面的，而且是勇敢的。巴金在她的形象中注入了自己对“五四”文化精神的理解，对于新道德的理解，反映了新的时代特色。这是一种与旧道德完全不同的人生观和价值观。

路在何方

经过反反复复的犹豫和彷徨，曾树生终于下定决心离开丈夫、离开这个悲苦绝望让她感到痛苦不堪的家，跟随陈经理到兰州谋生。可是，人虽走了，但心对丈夫依然牵挂。她经常给他写信报告自己的情况，免得他担心。即使写长信倾吐衷肠，向他宣布从此分手时，心里还依然有他，关心的还是他的生活和病情。她说：“我不向你讨赡养费，也不向你要什么字据。我更不要求把小宣带走。我什么都不要，我只要求你让我继续帮忙你养病。”

她履行诺言，按月给汪文宣寄钱。后来，汪断绝了和她的联系，她心里放不下，将近两个月的时候利用假期回到重庆看望文宣。这时候,文宣已死亡,汪母带小宣离开租屋不知所往。她向邻居打听:“你知道我们文宣临死的情形吗?”注意她的称呼是“我们文宣”。当得知文宣已经病逝,而且不知葬于何处时,她的反应是:“感到一阵剧烈的心痛,她后悔,她真想立刻就到他的墓地去。”“她的鼻头酸痛,悔恨的情感扭绞着她的心。眼泪顺着脸颊流下来。”她一边回忆着临走时和文宣吻别的情景,一边想:为什么病到那样还不让我知道呢?只要对你有好处,我可以回来,我并没有做对不起你的事情。

但是,死的死了,走的走了,一切都已经太迟了。“就是到了明天,她至多也不过找到一个人的坟墓。可是她能够找回她的小宣吗?她能够改变眼前的一切吗?她应该怎样办呢?走遍天涯地角去做那明知无益的找寻吗?还是回到兰州去答应另一个人的要求呢?”未来的路在何方?曾树生心里一片茫然。

本来想离开家、离了婚就可以自由和幸福了,结果对这个家依然留恋,对前夫还是满心牵挂,身自由了而心仍不自由。没分离时想分离,分离了却又是悔恨,又是歉疚,批评自己为了个人的幸福毁了别人的幸福。

明天怎么办呢?大概率是答应陈经理的求婚,可这又能怎样呢?从此就可以过着幸福的生活了吗?她能够抹掉过去的阴影吗?天知道!

人生启悟

掩卷反思曾树生的人生,反思她的心路历程,发现真正是处处矛盾,时时彷徨,一路两难。她的心理是复杂的,灵魂是分裂的——她的每一个念头背后,都有另一个念头在掣肘。两种念头不停地博弈,在寻找平衡。

她的思想和行为既不高尚也不低下，既不伟大也不卑鄙；本质上她是善良的，富有爱心和担当精神的，她一心想保护他人，但也不愿白白牺牲了自己；她对丈夫一往情深，甚至表示愿意染上和丈夫同样的病，这样她就不会离开他了，但最后终究还是离开了；已经向他宣布不再担"妻"的虚名了，但还恳切地要求他允许她像以前那样照顾他……

所有这一切作者都写得惊人的真实，直让人怀疑现实生活中确有汪文宣这个家，有一个姓曾名树生的人存在。由此惊叹巴金对世故人心、对人性、人的灵魂的洞察如此深入、如此细腻、如此敏锐。人性人心，在小孩子看来只有一面，非白即黑，非对即错，非此即彼；而只有在巴金这样成熟的作家笔下，才能洞悉其全部奥秘，写出其本真的丰富与复杂。

文学是什么？文学是关乎灵魂的学问，文学使看不见的东西被看见。巴金做到了这一点。巴金的成熟最完美地体现在《寒夜》的创作里，由此学界把《寒夜》视为最能代表巴金后期创作风格与水平的力作，现代文学史上不可多得的杰作，是巴金一生艺术成就最高的作品。细读《寒夜》可知，上述评价绝非言不由衷的溢美之词，而是实至名归、恰如其分的。

翠翠:精神生态平衡不可或缺的艺术精灵

沈从文的代表作《边城》写了十几个人物,但第一主人公当属翠翠。翠翠因《边城》而出名,《边城》因翠翠而被人记住;人以文传,文以人传,相得益彰。沈从文一生写下几百万字的小说,塑造人物无数,最有名的是翠翠,翠翠是沈从文文学世界里最著名的艺术精灵。

剧照中的翠翠

打开《边城》,一阵原始、朴素、自然、清新的风味扑面而来,直使人恍然如入桃花源。这里的山水田园、风物人情无不散发出悠然、恬静、淳朴、和谐之美。

人物故事

“边城”指的是远离城市中心的湘西边境小城——茶峒。小城边有一条小溪,溪边有座白色小塔,塔下住着一户人家。这户人家的家庭组成非常简单,一个十二三岁的女孩儿叫翠翠,翠翠的爷爷(按中国传统应叫姥爷),还有一只黄狗。

爷爷是撑了一辈子摆渡船的老船夫,十五年前独生女爱上一个军人，她怀孕后，军人不忍逃走，因处境尴尬无奈之下服毒自杀，她生下女儿后也殉情而去。小女孩一出生就是孤儿，钟爱她的爷爷看着住处两山多篁竹，翠色逼人而来，遂取名为翠翠。

“翠翠在风日里长养着，故把皮肤变得黑黑的，触目为青山绿水，故眸子清明如水晶。自然既长养她且教育她，故天真活泼，处处俨然一只小兽物。人又那么乖，如山头黄麂一样，从不想到残忍事情，从不发愁，从不动气。”（沈从文：《边城》，商务印书馆 2016 年版，第 10 页，下引此书只注页码）一方水土养一方人，青山绿水清风明月养育出来的翠翠，让我们想起中国古人常说的一句套语：钟天地之精灵，日月之造化，阴阳二气化育之结晶。

翠翠和爷爷相依为命，她是爷爷心中的“天”（“自然神”）。爷爷活了七十年，“本来应当休息了，但天不许他休息，他仿佛便不能够同这一分生活离开。他从不思索自己的职务对于本人的意义，只是静静的很忠实的在那里活下去。代替了天，使他在日头升起时，感到生活的力量，当日头落下时，又不至于思量与日头同时死去的，是那个伴在他身旁的女孩子”。（第 9 页）

爷爷唯一的朋友是一只渡船与一只黄狗，唯一的亲人便是翠翠。翠翠在爷爷的精心呵护下一天天长大，到了情窦初开，朦胧中萌生怀春之思的时候，爷爷把此事放在心上。爷爷虽是老男人，却心细如丝，为了照顾女孩子的羞怯，他每每含蓄地征求她的意见，从来不直来直去，更从不以家长身份包办。在那个“父母之命，媒妁之言”的年代里，能如此细腻地体察女孩心理，尊重小辈意见，以这种天然自发的民主情怀呵护着翠翠的心灵，让人肃然起敬。

在这里，翠翠不用背“四书五经”，没听过“饿死事小，失节事大”的道德训诫，因而避开了腐朽文化的侵蚀，自由自在地疯长。不仅翠翠，爷爷对封建伦理那一套也看得很淡。女儿偷偷爱上军人并怀孕，这在那个时代会被认为是奇耻大辱，但“这些事从老船夫说来谁也无罪过，只应‘天’去负责”，因而对女儿一点也不怪罪，视有若无，日子照常平平静静过下去。相反，倒是对女儿为此事轻生不以为然：“翠翠的祖父心中不怨天，心却不能完全同意这种不幸的安排。”（第 39 页）

以青山绿水为伴，翠翠和爷爷每日里过着田园牧歌式的诗意生活：“风日清和的天气，无人过渡，镇日长闲，祖父同翠翠便坐在门前大岩石上晒太阳，或把一段木头从高处向水中抛去，嗾，身边黄狗自岩石高处跃下，把木头衔回来。或翠翠与黄狗皆张着耳朵，听祖父说些城中多年以前的战争故事。或祖父同翠翠两人，各把小竹做成的竖笛，逗在嘴边吹着迎亲送女的曲子……”（第 10—11 页）

翠翠生活的天地里，山美水美人也美。美在风俗人情、人际关系——人与人之间互相关心，互相照顾，互相谦让，和谐友善。

爷爷管理的渡头为公家所有，故过渡人不必出钱。有人心中不安，抓一把钱掷到船板上，爷爷必一一拾起，仍然塞到那人手心里去，俨然吵嘴时的认真神气：“我有了口量，三斗米，七百钱，够了！谁要这个！”虽然如此，还是有人把钱撒给他。“管船人也为了心安起见，便把这些钱托人到茶峒去买茶叶和草烟，将茶峒出产的上等草烟，挂在自己腰带边，过渡的谁需要这东西皆慷慨奉赠。……茶叶则在六月里放进大缸里去，用开水泡好，给过路人解渴。”（第 9 页）

渡船人看爷爷辛苦非要给钱，爷爷无论如何坚决不要，为此常常发生争执。有的渡船人在下船时突然把铜钱撒进船舱，爷爷就让翠翠赶紧追上还回去。爷爷只要职务之内应得的报酬，除此之外分文不取。爷爷和渡船人一样，都把“心安”看得很重，“给”和

“不要”都为心安。心安是此地为人处世的良知，是集体无意识恪守的道德底线。

是爷爷富裕而不稀罕钱吗？不是！爷爷仅靠公家发的一份工资，所得有限。叙述人在介绍船总时曾顺便说道，“祖孙二人所过的日子，十分拮据”，节日里甚至自己不能包粽子，还需要船总包了送给他们。

《边城》版画

人心都是肉长的，你敬我一尺我敬你一丈。爷爷对所有人好，所有人也对爷爷好。每当爷爷上街赶集的时候，大家争着给他送东西。卖肉的把肉给他却不肯收他的钱，他宁可到另一家去。他认为这是血汗钱，不比别的事情，所以决不占人家便宜。肉铺老板知道他的脾气，挑最好的肉给他，他坚决不要，说要把好的留给城里人，自己只要普通的。

《边城》里看不出贫富差距形成的阶级分野。那里最富的人大概要数船总顺顺了，因为他家有八只船，自家用不完的租出去。在现实生活和艺术作品中我们常常看到“为富”者常“不仁”，但顺顺却是个“大方洒脱的人”，因为喜欢交朋友，喜欢慷慨地济人之急，所以无法大发起来。“自己既在粮子里混过日子，明白出门人的甘苦，理解失意人的心情，故凡因船失事破产的船家，过路的退伍兵士，游学文人，凡到了这个地方，闻名求助的莫不尽力帮助。一面从水上赚来钱，一面就这样洒脱散去。”（第 17 页）因为顺顺大公无私，为人正直和平，又不爱财，所以人人敬佩，他被乡亲们公推为主持正义、调解民事纠纷的中心人物。

众所周知,人世间最激烈最重大的感情莫过于男女之间的爱情。在爱情问题上最容易发生激烈冲突甚至是械斗仇杀,正所谓恩爱情仇。但在《边城》里,爱情冲突也表现为君子之风。船总的两个儿子(大老天保,二老傩送)同时爱上了翠翠,拱手相让太虚假,互不相让又不忍,怎么办?两人决定公平竞争。具体办法是按当地风俗,通过唱山歌看谁能赢得姑娘的芳心。唱歌是大老的弱项,但二老愿为他代唱。大老不愿欺骗姑娘,更不愿以这种方式与弟弟竞争,于是决定自己唱。比赛时大老让弟弟先唱,弟弟一开口,大老自知不是对手,当即决定退出竞争,驾船外出以便忘掉不快。大老不幸死于非命,二老心怀愧疚,出走他乡避开亲事不回家。兄弟两人在事关命运的重大事情上,都很坦荡和诚恳,没有任何心机,叙述人两次用"极其自然"来描述他们的态度,所以都称得上是高贵的君子。

还有一人叫杨马兵,爷爷的朋友,年轻时曾追求过翠翠的妈妈,但没有成功。失败后他不但不嫉恨,反而穿针引线为翠翠的婚事热心帮忙。爷爷死后他第一时间出现帮助处理后事,愿意留下来代替爷爷照顾孤苦伶仃的翠翠。

人生启悟

进入《边城》的艺术世界,感觉好像是进入一个如诗如画的桃花源,一个人人道德高尚的君子国。这里没有战争,没有黑恶,没有剥削,没有压迫,所有人心地单纯干净,待人以诚,与人为善。在这里,人们的物质生活简单,却追求灵魂安宁。在爱情问题上,人们不以金钱为标准,而是把感情因素看得至高无上。团总家愿以碾坊作为陪嫁嫁女儿,但大老二老没有一个愿意接受,而都愿意接受翠翠,甘愿做一辈子摆渡人。总之,世俗的现实生活中流行的乌七八糟在这里一概没有，这里是和世俗社会完全对立的另一个世界。

现实生活中有这样的地方吗？根据常识，依据现实，肯定没有！也许，地处偏远、远离现代文明的边境小镇民风淳朴、生活单纯肯定是有的，但淳朴干净到《边城》中的程度，应该是绝对没有的。这就是说，《边城》中的世界是作者沈从文创造的艺术化的诗性世界，他选择性地排除了生活中的杂质与黑暗面，以浪漫主义笔法描绘出的一个审美世界，或者说一个理想主义的乌托邦。

据沈从文的生平资料我们知道，他十四岁小学毕业后即按照当地习俗进入地方部队当兵，先后当过卫兵、班长、司书、文件收发员、书记等，看惯了湘兵的雄武，目睹过各种迫害和杀戮的黑暗（在芷江的乡下四个月看杀人一千，在怀化镇一年多看杀人七百），以及地痞流氓无赖恶霸对乡民的欺压，他也知道底层百姓淳朴老实也不乏庸常凡俗的争斗。二十出头进城后，更是亲身体验了现代都市生活的喧嚣与浮华、堕落与沉沦、黑暗与丑恶。所有这些生活中的阴暗面都让沈从文感到沉重，感到压抑，感到厌烦。怎样摆脱这种情绪？作为作家，他把它转移到艺术作品当中去发泄，于是创造出一个单独属于他的“湘西文学世界”，并以此与世界的阴暗相抗衡。

换句话说，沈从文为什么要创造这样一个独特的湘西世界？从创作心理角度分析，他是想以艺术的理想世界抵抗现实的世俗世界，以审美世界的美好否定现实世界的污浊。现实世界中的黑暗、丑恶、肮脏太多了，压得人喘不过气，他想借助艺术世界的纯净美好与现实生活拉开一点距离，让自己和读者暂时摆脱生活的压力，缓释郁闷的心情，从而达到某种程度的心理平衡，活得稍微轻松点、从容点。

用美好世界给读者以精神上的“安慰”，这个意思，沈从文在《边城》“题记”中明确说到了。他说，对于《边城》的读者来说，“我所写到的世界，即或在他们全然是一个陌生的世界，然而他们的宽容，他们向本书去求取安慰与知识的热忱，却一定使他们能够把这本书很从容读下去的。我并不即此而止，还预备给他们一种对照的机会，将在另外一个作品里，来提到二十年来的内战，使一些首当其冲的农民，性格灵魂被大力所压，失去了原来的朴质，勤俭，和平，正直的型范，成了一个什么样子的新东西；他们受横征暴敛以及鸦片烟的毒害，变成了如何穷困与懒惰！”（第6—7页）作者这里说得很明白，这本书专门写农民性格灵魂中的光明面，预备将来在另外的作品中写阴暗面。也就是说，这个作品是给人以“安慰”的，另外的作品是面对现实的；这个作品是写“这个民族的过去伟大处”，另外的作品写“目前堕落处”。（第7页）

借助艺术的美好平衡现实的缺憾，暂时脱离现实的压力，从而获取精神上的安慰，这不仅是当时读者的精神需求，更应该说是超越时空的普遍的人性需求。丰子恺在其散文《暂时脱离尘世》中就列举了种种类似的例证：

> 陶渊明的《桃花源记》，大家知道是虚幻的，是乌托邦，但是大家喜欢一读，就为了它能使人暂时脱离人世。《山海经》是荒唐的，然而颇有人爱读。陶渊明读后还咏了许多诗。这仿佛白日做梦，也可暂时脱离人世。
>
> 铁工厂的技师放工回家，晚酌一杯，以慰尘劳。举头看见墙上挂着一副《冶金图》，此人如果不是机器，一定感到刺目。军人出征回来，看见家中挂着战争的画图。此人如果不是机器，也一定感到厌烦。从前有一科技师向我索画，指定要画儿

> 童游戏。有一律师向我索画，指定要画西湖风景。此种些微小事，也竟有人萦心注目。二十世纪的人爱看表演千百年前故事的古装戏剧，也是这种心理。人生真乃意味深长！（《缘缘堂随笔》，浙江人民出版社 1983 年版，第 454—455 页）

由此我们又联想到武侠、言情、推理、穿越、玄幻等文学艺术类型为什么流行不衰，其内在心理机制也无非是与上述心理相近、相通。

看来，人（个人、人类）的精神世界和自然界一样，也是一个自组织自协调的生态系统，也需要多种因素的相互制约与综合平衡。人们看到的黑暗多了，需要光明来平衡；看的肮脏多了，需要干净来平衡；看的虚伪多了，需要真诚来平衡；看的心机多了，需要天真来平衡；看的痛苦多了，需要快乐来平衡……总之，看的假恶丑多了，需要真善美来平衡；感觉沉重抑郁了，需要放松来平衡。回到《边城》的艺术世界来，翠翠就是沈从文创造的精神生态平衡不可或缺的艺术精灵。

莎菲:理智控制不了情欲,凡一个人的仇敌就是他自己

丁玲

莎菲是丁玲名作《莎菲女士的日记》的主人公。作品写于1927年,发表于1928年2月的《小说月报》。《莎菲》是日记体中篇小说,内容为20岁的女大学生莎菲大约三个月的日记。因为是日记,描写重心不在故事而在心理,披露了莎菲恋爱过程中的心理感受。和莎菲的恋爱相关的有两个人,苇弟和凌吉士。由于莎菲不爱苇弟而只爱凌吉士,所以所谓莎菲的恋爱心理,主要是她热恋凌吉士的情感体验。在这个过程中,莎菲充满了矛盾和迷惘,经过艰难而痛苦的挣扎,最后终于驱散迷惘自救成功。

以下我们对这一过程作以简单梳理并略加评析。

反传统的爱情观

莎菲本是外省人,但倔强独立的个性促使她离开家乡到京城读书。故事开始时正是寒假,莎菲一个人孤独寂寞,百无聊赖,渴盼朋友们的关爱。好不容易大她几岁然而却叫她“姊姊”的苇弟

来了。苇弟的自我定位是和莎菲恋爱的男朋友，一心一意爱着她。莎菲也知道苇弟在热烈地爱着她，但她对他却爱不起来，只把他当普通意义上的男朋友亲近地交往着。

为什么？因为莎菲觉得苇弟太忠厚老实了，老实得心里不开窍，只知一味地爱她、宠她，对她百依百顺，却并不真正了解她、懂她，这让莎菲很失望。莎菲一边可怜他，一边捉弄他，“竟有时忍不住想指点他：‘苇弟，你不可以换个方法吗？这样只能反使我不高兴的……’对的，假使苇弟能够再聪明一点，我是可以比较喜欢他些，但他却只能如此忠实地去表现他的真挚！”（《丁玲精选集》，北京燕山出版社 2015 年版，第 4 页，下引此书只注页码）

莎菲对待苇弟的态度，与中国历来的传统观念不一样。传统观念认为，女性择偶要看门第，看人品，人只要忠厚老实，女人就烧高香了，其他就别再强求，赶紧嫁了吧！但莎菲不看门第，也不把人品的忠厚老实视为唯一，而是追求心灵相通相应，看重的是对方是否懂自己：“我总愿意有那么一个人能了解得我清清楚楚的，如若不懂得我，我要那些爱，那些体贴做什么？”而苇弟，“为什么他不可以再多的懂得我些呢？”“我真愿意在这种时候会有人懂得我，便骂我，我也可以快乐而骄傲了。”（第 5 页）

把懂得自己作为恋爱的重要条件，把精神、心灵相通看得至高无上，这种反传统的爱情观，一看就知道是接受过“五四”新文化思潮洗礼的新观念。此时的莎菲，择偶标准体现了时代特色，说明她的人格已经独立，已经有明确的自我意识。传统女性被男人挑选，地位在男人之下，自己没有自主权；而莎菲却是独立自主地挑选男性，把命运牢牢掌握在自己手中。莎菲身上没有一点传统女性的自卑感，相反倒有某种程度居高临下的优越感。

灵与肉的分裂

在莎菲温馨但平庸的朋友圈里，突然出现一个让莎菲眼睛一亮的另类人物凌吉士。凌是新加坡华人，高个儿，长相漂亮，莎菲说"这是我第一次感觉到男人的美"。怎么美呢？请看她的描述："颀长的身躯，白嫩的面庞，薄薄的小嘴唇，柔软的头发，都足以闪耀人的眼睛，但他还另外有一种说不出，捉不到的丰仪来煽动你的心。……我抬起头去，呀，我看见那两个鲜红的，嫩腻的，深深凹进的嘴角了。"（第 8 页）

头一次看见颜值高的大男孩儿，结果不难想象——正处怀春年龄的莎菲对凌吉士一见钟情。"我能告诉人吗，我是用一种小儿要糖果的心情在望着那惹人的两个小东西（鲜红嫩腻的嘴角——引者注）。但我知道在这个社会里面是不准许任我去取得我所要的来满足我的冲动，我的欲望，无论这于人并没有损害的事，我只得忍耐着"。（第 8 页）

凌吉士的美貌一下子点燃了莎菲的情欲，以至于她急切地想去吻他，但起码的礼仪尊严让她不得不忍耐。由于突然间爱上了他，所以不知不觉在他面前拘束起来。莎菲在任何男人面前从来都是胆大自如的，但在美男子面前胆小了、矜持了。"为要强迫地拒绝引诱"，莎菲竟不敢把眼光抬平去看他。莎菲平时不注意穿衣打扮，此时为自己穿着"破烂拖鞋"而害羞，不敢走到灯光处，害怕被他发现了。莎菲生气地责备自己：怎么会那样拘束，不会调皮地应对？平日看不起别人的交际，今天才知道自己是显得又呆又傻气。她悲伤地叹息："唉，他一定以为我是一个乡下才出来的姑娘了！"（第 8—9 页）

莎菲为什么一反常态？因为她太在乎他了，她想在他面前表现完美，从而给他留下好印象。

一见钟情之后，莎菲无时无刻不想他："这几天几夜我无时不神往到那些足以诱惑我的。为什么他不在这几天中单独来会我呢？他应当知道他不该让我如此地去思慕他。他应当来看我，说他也想念我才对。假使他来，我不会拒绝去听他所说的一些爱慕我的话，我还将令他知道我所要的是些什么。"（第10页）他不来，莎菲不好意思直接去找他，没办法，急得忍不住出去打听他住哪儿，以便搬到离他近的地方。找房时偶然碰着了凌吉士，莎菲说："我真高兴，高兴使我胆大了，我狠狠的望了他几次"，（第10页）"我把他什么细小处都审视遍了，我觉得都有我嘴唇放上去的需要"。（第11页）

总之，莎菲从来没有遇到过这样让她着迷的人，也从来没有过如此痴迷的状态。莎菲陷入单相思不能自拔了。

他们不是刚刚见面吗？她对他真的了解吗？莎菲不是把"懂自己"、把心灵相通放在至高无上的位置上吗？凌吉士懂她吗？不知道！他们能够心灵相通吗？说不上！事实上他们之间还没有过深入接触，更没有过深入交谈。那么仅凭"一见"就"钟情"，感情就投入如此痴迷的程度，是不是有点太过分了？

回答应该是肯定的。莎菲在这里暴露了她心理中的矛盾——灵与肉的分裂：思想上注重"灵"，但事实上主宰她的竟是"肉"；口口声声呼唤"情"，但支配她的仍是"欲"。要不怎么能一见长得漂亮就想"去取得我想要的来满足我的冲动，我的欲望"，而且被勾魂摄魄，日思夜想念念不忘！

恋爱过程中出现灵与肉的分裂，很反常很不可思议吗？不！事实上很普遍很正常。为什么？人性使然。平时冷静时谁都知道应该注重"灵"（看"三观"，重人品），但正如人们常说的进入恋爱的人是傻子，人一进入恋爱，大脑中多巴胺分泌过多，于是激情澎湃身不由己,灵与肉出现分裂了。想一想自己,想一想身边的人,这样的人还少吗?!

心与脑的博弈

如此匆忙地陷入情感旋涡,是不是过于轻浮草率欠考虑了,这样的疑问聪明的莎菲也意识到了。就在她“狂热更炎炽”直想上前亲他一口的时候,她及时控制住了自己:“我不愿让人懂得我,看得我太容易,所以我驱遣我自己,很早就回来了。”(第 11 页)

回来后静下心来反思自己对凌的狂热,发现有些不对劲了:“现在仔细一想,我唯恐我的任性,将把我送到更坏的地方去,暂时且住在这有洋炉的房里吧,难道我能说得上是爱上了那南洋人吗? 我还一丝一毫都不知道他呢。什么那嘴唇,那眉梢,那眼角,那指尖……多无意识,这并不是一个人所应需的,我着魔了,会想到那上面。我决计不搬,一心一意来养病。”“我决定了,我懊悔,懊悔我白天所做的一些不是,一个正经女人所做不出来的。”(第 11 页)

这是什么意思? 这是感情与理智的矛盾,或者说心与脑在博弈。“心”狂热地想这样,“脑”却冷静地阻止它,两种力量形成一个心理张力场,此消彼长在博弈。上述反思说明莎菲的理智尚在,“脑”还清醒。

心与脑的博弈不是一次性完成,从此一劳永逸的,而是反复不停进行的。冷静时莎菲觉得自己不该对凌那么狂热,但一转眼她又忍不住想诱惑他,想引诱他主动送上门来:“我把所有的心计都放在这上面,好像同什么东西搏斗一样。我要那样东西,我还不愿去取得,我务必想方设计让他自己送来。”(第 12 页)她为自己这样做找理由:“是的,我了解我自己,不过是一个女性十足的女人,女人只把心思放到她要征服的男人们身上。我要占有他，我要他无条件的献上他的心，跪着求我赐给他的吻呢。我简直癫了，反反复复的只想着我所要施行的手段的步骤，我简直癫了！”（第 12 页）

莎菲癫狂地想让凌吉士跪着求她赐给他的吻，但当她与他独处一室有机会实施她的步骤的时候，她又矜持地与他保持距离。他离开了，她又懊悔：“然而当他走后，我却懊悔了。那不是明明安放着许多机会吗？我只要在他按住我手的当儿，另做出一种眼色，让他懂得他是不会遭拒绝，那他一定可以做出一些比较大胆的事。这种两性间的大胆，我想只要不厌烦那人，会像把肉体融化了的感到快乐无疑。但我为什么要给人一些严厉，一些端庄呢？唉，我搬到这破房子里来，到底为的是什么呢？”（第 14—15 页）

总之，美男子凌吉士把莎菲骚扰得心乱如麻。她虽然已经朦胧地意识到自己“忽略了蔑视了那可贵的真诚而把自己陷到那不可自拔的渺茫的悲境里”，但依然“剪不断，理还乱”，“教我如何不想他”。

内我与外我的悖反

由于深度陷入灵与肉、心与脑的分裂与博弈中，莎菲的生活状态因此常常处于内我与外我的悖反中。其表现是，口是心非，表里不一，掩饰做假，小瞎话张口就来，“好像扯谎也是本能一样”。关于这一点，作品描写中随处可以见到。

例如，她对凌吉士一见钟情，为了能时时接触他，忽然提出要找房子搬家，名义上却说是为了和好朋友云霖和毓芳更近些。忠厚老实的他们俩信以为真，一点都不怀疑，热心帮她找房子，致使莎菲私下里感到心里很不安。她无时无刻不在思念凌吉士，但当独自和他在一起时心里却又是羞惭又是害怕。

莎菲给凌吉士写字条："我有病，请不要再来扰我。"而她的真实意思是暗示他去找她。她自知自己不会打扮，不会应酬，不会治事理家，还有肺病，而且无钱，凌吉士本无须去看望她，但他真的不来她又十分伤心。她急于看见凌吉士，一天三遍去找他，但当朋友邀请她去参加凌吉士当组长的辩论会有机会见到他时，她又推辞了这善意的邀请，推辞后又后悔："我这无用的弱者，我没有胆量去承受那激动，我还是希望我能不见着他。"（第 25 页）

凌吉士敲门来找莎菲，莎菲激动得想跳过去开门，但另一种情感支使她一动不动等他自己走进来。他柔嫩的问候让她高兴得想哭，但她一句话也不回答。她内心在呼唤："来呀，抱我，我要吻你咧！"她迫切想让他知道他在她心中的地位，急得恨不得用脚尖去踢他，"不过我又为另一种情绪所支配，我向他摇头，表示不厌烦他的来到"。（第 26 页）她明知他的情意浅薄，但又很柔顺地接受了。她表面上装作听他津津有味地回味卑劣的享乐以及赚钱花钱之类浅薄无聊的说教，但内心里却看不起他，暗骂他，嘲笑他。"但当他扬扬地走出我房时，我受逼得又想哭了。因为我压制住我那狂热的欲念，未曾请求他多留一会儿。"（第 26 页）

类似的自我剖析俯拾即是："当他单独在我面前时，我觑着那脸庞，聆着那音乐般的声音，心便在忍受那感情的鞭打！为什么不扑过去吻他的嘴唇，他的眉梢，他的……无论什么地方？真的，有时话都到口边了：'我的王！准许我亲一下吧！'但又受理智，不，我就从没有过理智，是受另一种自尊的情感所制止而又咽住了。"（第 30 页）"我本想放松他，而我把他捏得更紧了。"（第 31 页）

这类描写，深挚而细腻，真实而动人，足显艺术功力，可以说是心理描写最成功的地方，深刻揭示了恋爱中女性心理的微妙性和复杂性。这样精彩的艺术笔致，仅凭想象是不济事的，非作家本人有类似的情感体验方能写得出。由此读者和评论家们推测，《莎菲》带有丁玲的自叙传性质。当然这并不是说莎菲就是丁玲，但二者之间在心理上肯定有相同、相通之处。

这样悖论性的心理，只是莎菲才有吗？当然不是，这可能是恋爱中聪明女性的共同心理。恋爱中的女人既热情又矜持，既敏感又自尊，既想……又想，既要……又怕，犹抱琵琶半遮面，患得患失，遮遮掩掩。这里有文化原因、性格原因，更有女性特有的心理原因。聪明敏感的丁玲写出了所有聪明敏感女人恋爱中的共同感受。

迷惘中艰难自救

就因为凌吉士长着一副迷人的"丰仪"，莎菲就被媚惑得迷三道四、神魂颠倒，反复说自己癫了。但她的意识深处对自己的表现又存有疑虑："我岂肯为了这些无意识的引诱而迷恋一个十足的南洋人！"

为什么癫狂中又有所保留了呢？因为她发现，在灵魂深处他和她并不是一路人："在他最近的谈话中，我懂得了他的可怜的思想；他需要的是什么？是金钱，是在客厅中能应酬买卖中朋友们的年轻太太，是几个穿得很标致的白胖儿子。他的爱情是什么？是拿金钱在妓院中，去挥霍而得来的一时肉感的享受，和坐在软软的沙发上，拥着香喷喷的肉体，抽着烟卷，同朋友们任意谈笑，还把左腿叠压着右膝上；不高兴时，便拉倒，回到家里老婆那里去。热心于演讲辩论会，网球比赛，留学哈佛，做外交官，公使大臣，或继承父亲的职业，做橡树生意，成资本家……这便是他的志趣！"（第22页）

这些所谓的“志趣”，看起来很新，实质很旧，无非还是功名利禄老婆孩子那一套。这些东西，在接受过“五四”新文化熏陶的莎菲看来，简直是陈腐不堪、俗不可耐。她看透了凌吉士的本质：高贵的美形里，安置着一个卑劣的灵魂。这样的人配不上她的爱，不值得爱，她为自己无缘无故地接受过他的许多亲密感到后悔——“唉！我应该怎样来诅咒我自己了！”（第23页）

既然明白了他“金玉其外败絮其内”的实质，那就离开他不就完了！但莎菲做不到这一点。她是一会儿清楚一会儿糊涂，“脑”清楚而“心”糊涂，依然抗不过“爱”的魔力，身不由己地继续沉沦于对凌吉士的迷恋中——“这是爱吗？也许爱才具有如此的魔力，要不，为什么一个人的思想会变得如此不可测？当我睡去的时候，我看不起美人，但刚从梦里醒来，一揉开睡眼，便又思念那市侩了。”心情焦灼地盼他来，“什么时候呢，早晨，过午，晚上？”（第23页）

为了保存自己感觉中的所爱，使自己美梦不至于破灭，同时，更重要的，用莎菲的话说即“我为拯救我自己被一种色的诱惑而堕落”（第30页），莎菲决定躲开他到西山去。

理智上这样决定了，但感情上还是舍不了他：“我既不能把他从心里压根儿拔去，我为什么要躲避着不见他呢？”恰在这时凌吉士来见莎菲，莎菲快乐极了，立马忘了他是怎样可鄙的人格和美的相貌，把他视为传奇中的情人，而且得意于自己有这样一个情人了。他们相约当天晚上见面，凌吉士迟迟不到，莎菲心急火燎抓耳挠腮：“今夜我简直狂了。语言，文字是怎样在这时显得无用！我心像被许多小老鼠啃着一样，又像一盆火在心里燃烧。我想把什么东西都摔破，又想冒着夜气在外面乱跑，我无法制止我狂热的感情的激荡，我躺在这热情的针毡上，反过去也刺着，翻过来也刺着，

似乎我又是在油锅里听到那油沸点响声，感到浑身的灼热……想到红唇，我又癫了！”（第33页）

十点钟，凌吉士挑选夜深人静的时候来找莎菲了。他柔情蜜意地向莎菲表白他如何想念她，这正是莎菲想听到的，因而她“心动过好几次”。但不久，莎菲忽然“害怕了”。为什么？因为她看到了他的被情欲燃烧得可怕的眼睛，听到了“从他那卑劣的思想中发出的更丑的誓语”。什么家庭、金钱、地位，他一一都许诺给她，而且带着哭声发誓：“莎菲，你信我，我是不会负你的！”这一切的一切，就像在表演，把莎菲恶心死了。她本来想要的是“情”，而他要求于她的却是火一样燃烧的“欲”；她渴望的本来是“醉我灵魂的幸福”，结果他许诺给她的却是陈腐不堪的金钱、家庭、地位之类。

深夜来访的凌吉士再一次暴露了自己的真面目，让一直沉沦于幻想中的莎菲大失所望，在心里直接把他判为“人类中最劣种的人”，希望他赶紧“滚出去”（第35页）。但当他大胆拥抱和亲吻她时，她又忘了他的“卑劣”，立马失掉了自尊和骄傲，愉快地接受了，而且希望他抱得更紧些，多抱一会儿，明早自己就要走了。

莎菲所希望得到的都得到了，与此同时她也把他看透了——他们本来不是一路人。她为自己竟如此痴迷如此沉沦而痛悔，她鄙夷她自己。她忽然伤心地哭了，她把他用力地推开了。她再也不想听他肉麻的情话，她决绝地把他赶走了。

把凌吉士赶走后，莎菲对自己内心投入过的这场癫狂恋爱作了如下总结性的反思：“为什么呢，给一个如此我看不起的男人接吻？既不爱他，还嘲笑他，又让他来拥抱？真的，单凭了一种骑士般的风度，就能使我堕落到如此地步吗？”“总之，我是给我自己糟蹋了，凡一个人的仇敌就是自己。”这之后，莎菲决心与过去的一切诀别，遂告别北京搭车南下。

人生启悟

读完《莎菲女士的日记》掩卷反思，觉得自己正阅读的是一部现代文学史上难得一见的奇书。奇就奇在，在中国文学史上，它似乎是第一次如此细腻入微、生动逼真、大胆坦率地披露了恋爱中女性隐曲微妙的复杂心理。这种心理，女性不说没人知道；退一步，即使女性想说敢说，大多数当事人也未必说得出。因为她们可能并不真正了解自己，她们的感受是朦胧模糊、即生即灭、随风飘逝、无意识的。不是她们不想说，而是压根没有，或者虽有却没有进入意识层面，因而看不见、抓不住、说不出，有等于无，所以如此美妙动人的心理奥秘在文学作品中一直处于缺席状态。

偶然地，20世纪20年代中国文坛横空出世了一个聪明、敏感而又恰恰能拿笔写作的丁玲。借助她的一支笔，恋爱中女性的某些心理奥秘才被缉拿捕捉变成文字，从暗影中显了形。由此读者有幸了解到人的复杂、人性的复杂，尤其是恋爱中女性心理的复杂。德国人说，文学让看不见的东西被看见。《莎菲》的功能就是这句话最好的注脚。

除了文学价值外，《莎菲》蕴含的价值观仍然能给现代人尤其是恋爱中的青年人留下宝贵的启示。

差不多一百年前的莎菲，在恋爱对象的选择上，重精神品质，重心灵相通，把感情因素看得至高无上，而不是金钱地位和物质，这显出灵魂的高贵。这点品质，难道不值得“宁愿在宝马里哭而不愿在自行车上笑”的当下某些人学习吗?!

年轻人选择恋爱对象，注重颜值可以理解，但千万不可仅仅被漂亮外表所迷惑，还要注重考察其内在的精神品格如何。因为外表是会变化的，而且很快会产生“审美疲劳”，如果没有坚实的精神因素作支撑，爱情婚姻关系随时都会消亡的，到时候后悔晚矣！

网上流传一句话，可以作为上述意思的补充：始于颜值，敬于才华，合于性格，久于善良，终于人品。

恋爱中的莎菲被灵与肉的分裂、心与脑的博弈折磨得死去活来，此时很容易被更本能更原始的心理力量（原欲）所绑架。但令人赞赏的是，莎菲经过艰苦的精神挣扎，最后理智终于战胜了诱惑人的情欲，把自己从泥淖中救赎出来。这一点对于只有二十岁的女孩子莎菲来说相当不容易，值得赞赏。

经过这场心灵激战的莎菲最深刻的人生感悟就是：凡一个人的仇敌就是自己。这句上升到哲理层面的警句是莎菲付出代价后的宝贵收获，至今对我们仍有警示意义。

刘贞贞:饱受苦难折磨但内心强大独立的小女子

刘贞贞是丁玲著名短篇小说《我在霞村的时候》的主人公,叙述人一直称其贞贞。

《我在霞村的时候》写于1941年初,发表于同年6月的《中国文化》第3卷第1期,后收入1944年桂林远方书店出版的同名小说集。作品自发表之初就引起广泛关注与争议,甚至后来为此遭受大批判。原因无他,因为选材特殊,主要人物贞贞很“另类”——一个被侵华日军抓去当了军妓而又平安回归家乡的女孩子。这样的人物,这样的经历,世俗眼光是无法容忍的,但在作者的笔下,贞贞很圣洁。为了赞赏她的圣洁,作者特意为之取名——贞贞。

那么贞贞到底是个什么样的形象?作者的创造有没有道理?细读作品,我们被作品的艺术魅力所征服,我们真诚接受作者对人物的深切同情和赞赏。在作者的笔下,贞贞是一个饱受苦难折磨但内心坚强独立、让人同情让人喜欢让人尊敬的小女子。

追求独立自主,勇敢反抗包办婚姻

贞贞出身于北方某贫穷闭塞的小山村,父母都是老实巴交的农民,她是他们的独生女。因为穷怕了,父亲坚持要把她嫁给一家米铺的小老板当填房。父亲看中的是人家家道厚实,但贞贞坚决不同意。因为她有自己的意中人，即和自己同过一年学的磨坊伙计夏大宝。贞贞看中的是大宝的忠厚老实人可靠。贞贞父亲本来很宠她，平时什么事都依着她，唯独婚姻大事认死理，决不妥协。

父女俩激烈冲突，绝望之下贞贞跑到天主教堂要求出家当“姑姑”。就因为这一冲动的赌气，在教堂里被日本鬼子抓去当了“慰安妇”。

贞贞的刚烈行为凸显了她的性格：独立自主，希望自己掌握自己的命运。为了掌握自己的命运，她一反在爱情婚姻上女性消极被动的旧传统，积极主动去追求心上人（“偏偏咱们贞贞痴心痴意，总要去缠着他”）。即使男方怯懦畏缩，她也不放弃。而且，更勇敢的是，对宠爱自己的父母的好心安排，因为不合己意，所以决不接受，直至不惜以离家出走为代价，表示了破釜沉舟的决绝态度。

设身处地想一想，贞贞还只是一个十六七岁的小姑娘啊！而且还是在落后闭塞的小山村?！一边是孤独无依的小女子，一边是铺天盖地、深入人心的旧传统。一弱一强，力量对比悬殊，但贞贞义无反顾地反抗了。这一笔，写出了贞贞个性之独立、内心之强大。这种特立独行，在当时当地堪称奇人、奇事、奇迹。

忍辱负重为抗日

一个十六七岁的小姑娘被日本鬼子抓去当慰安妇，在肉体和精神上所遭受的蹂躏和摧残可想而知。对此惨状，作者没有正面描写，留给读者去想象。作者只写了贞贞为了反抗，也曾冒险偷偷跑回来过。但是后来又回去了。好不容易逃出魔掌，怎么又回去了？什么原因？贞贞给出的解释是：

不是老跟着一个队伍跑的，人家总以为我做了鬼子官太太，享受富贵荣华，实际我跑回来过两次，连现在这回是第三次了。后来我是被派去的，也是没有办法，我在那里熟，工作重要，一时又找不到别的人。（《丁玲精选集》，燕山出版社2015年版，第136页，下引此书只注页码）

这下我们明白了，贞贞又回到日本鬼子那里是因为“工作重要”。这“工作”不是别的，是为抗日队伍收集并传送情报。因为“工作”性质特殊，一时找不到合适的人去做，既然她在那里熟，所以只好派她去。

为了传递情报，贞贞全力以赴，不怕吃苦受累，甚至不怕把命搭进去。她回忆说，今年秋天的时候病得厉害，人家说她肚子里面烂了。恰恰在这个时候，有一个重要的情报要立刻送回来，找不到一个能代替的人，“那晚上摸黑我一个人来回走了三十里，走一步，痛一步，只想坐着不走了。要是别的不关紧要的事，我一定不走回去了，可是这不行哪，唉，又怕鬼子认出来，又怕误了时间，后来整整睡了一个星期，才又拖着起了身”。（第137页）

通过贞贞的叙述，读者知道她不是没有机会逃出来，而是逃出来又自愿进去的。为了抗日，她接受了只有她才能完成的特殊任务。想一想，一边是个人肉体和精神的屈辱，一边是抗日军民的需要，孰大孰小孰轻孰重？小小的贞贞心里明白，国家民族事大，个人荣辱事小。为大我而舍小我，值得！有这样的机会为国家为民族做事是自己的光荣！

由此我们看到，小小的贞贞身躯里竟然蕴藏着伟大的灵魂。这样的灵魂来自中华民族自古以来根深蒂固的爱国情怀，这样的信仰来自朴素伟大的民族精神。

心平气和抗歧视

因为在日本军营里被鬼子糟蹋过，十里八乡包括自己的家人，都认为这是奇耻大辱，认为她做过日本官太太，是破铜烂铁，是缺德的婆娘，比破鞋还不如，应该没脸再回来。换句话说，回来就是不要脸。就连贞贞本家婶婶也认为她身子已经不干净，“莫说有病，名声就实在够受了”，已经没人要她了……

面对四面八方的冷眼冷箭，面对铺天盖地的蔑视和歧视，贞贞什么反应呢？她的反应是不辩解、不理睬、不计较，我行我素，该干吗干吗。对此，对她有偏见的婶婶的描述是：“昨天回来哭了一场，今天又欢天喜地到会上去了”，“她说起鬼子来就像说到家常便饭似的，才十八岁呢，已经一点也不害臊了”。（第134页）

贞贞的遭遇深深地吸引了作家身份的“我”（叙述人），那么“我”眼中的贞贞是什么样子呢？在“我”面前，贞贞讲自己遭遇的态度和语调是“坦然的”，“像回忆着一件辽远的事一样”，她“一点有病的样子也没有，她的脸色红润，声音清晰，不显得拘束，也不觉得粗野。她并不含一点夸张，也使人感觉不到她有什么牢骚，或是悲凉的意味”。（第136—137页）

总之一句话，贞贞讲自己过去的遭遇心平气和，对人们待自己的态度也心地坦然、处之泰然。她既不认为自己是肮脏耻辱之人，也不认为自己是光荣有功之人，而认为自己只是做了应该做的事，自己还是原来那样的人。正如她自己所说，人们都以为我变了，没有人把我当原来的贞贞看了，但是“我变了么，想来想去，我一点也没有变，要说，也就心变硬一点罢了。人在那种地方住过，不硬一点心肠还行么，也是因为没有办法，逼得那么做的哪！”。（第137页）

在歧视自己的人面前不自卑，在理解她的人面前不自傲，而只保持一颗平常心。能做到这一点，需要多么大的精神力量，需要多么纯洁高尚的灵魂！而能做到这一点，不是刻意装出来的，也不是理智、理性、教养教出来的，而实在是本来如此。这就是她朴素的自然、原始的本真。

不接受同情和怜悯，毅然走向新生活

贞贞被日军抓走前和忠厚老实的小伙子夏大宝相爱，被父亲逼婚时曾要求和大宝私奔。但大宝因为自己是穷小子，拒绝了贞贞的要求。性情刚烈的贞贞，一怒之下跑进教堂要求当“姑姑”。贞贞遭难后，大宝后悔自责，经常到贞贞家安慰她父母。贞贞回来后，在全村人风刀霜剑的冷眼之下，大宝一如既往地爱着贞贞。他不嫌弃她，他愿以自己的诚心温暖她、呵护她，他向贞贞父母求婚。

贞贞父母希望贞贞答应和大宝成婚。父母和村里人都认为大宝能宽宏大量地接受贞贞这样一个有耻辱历史的人，已经是相当不错了，是贞贞烧了高香了。她应该感到庆幸，应该对大宝感恩戴德，应该立马接受大宝的求婚。

贞贞当然知道大宝对她的好，知道父母想让她好，但她却拒绝接受这份好意。因为“贞贞早已表示不要任何人可怜她，她也不可怜任何人。她说早已决定，没有转弯的”。(第140页)

对于贞贞的决定，“我”也有些不解，曾经问她，你真的和他们赌气、真的恨夏大宝吗？贞贞半天没有答话，后来说了，说得更为平静：

恨他，我也说不上。我觉得自己已经是一个有病的人了，我的确被很多鬼子糟蹋过，到底是多少，我也记不清了，总之，

是一个不干净的人了。既然已经有了缺憾，就不想再有福气，我觉得活在不认识的人面前，忙忙碌碌的，比活在家里，比活在有亲人的地方好些。这次他们既然答应送我到延安去治病，那我就想留在那里学习，听说那里是大地方，学校多；什么人都可以学习的。我这样打算是为了我自己；也为了旁人，所以我并不觉得有什么对不住人的地方，也没有什么高兴的地方。而且我想，到了延安，还另有一番新的气象。我还可以再重新做一个人，人也不一定就只是爹娘的，或自己的。（第143页）

从贞贞这段真诚的内心剖白，可知贞贞拒绝大宝求婚，决定离开家乡到延安的动机是复杂的，多方面的。其中有不接受他人怜悯的自尊；有躲开偏见歧视之地、与过去告别的决心；更有渴望延安新生活、重新做一个人的热烈向往。这时候的贞贞，支配她的已经不是单纯的本真性格，更有时代、社会、革命的新因素了。所以叙述人说，“我觉得非常惊诧，新的东西又在她身上表现出来了”（第143页）。

读完作品掩卷沉思，一个既复杂又单纯，既有“缺憾”又相当贞洁，饱受苦难折磨但内心强大独立的小女子形象，清晰地浮现在读者心上。她的形象进入现代文学史的人物画廊，任人褒贬评说，再也忘不掉。

蔡大嫂:心高气傲特立独行的女强人

蔡大嫂是李劼人代表作《死水微澜》的女主人公,出嫁前叫邓幺姑,出嫁后叫蔡大嫂,再嫁后叫顾三奶奶。三种称呼代表了她的三段历史。作品主要写她出嫁后在蔡家时的生活,所以文学史谈到她时一般称其为蔡大嫂。

李劼人

在现代文学史上,李劼人的名字虽不如雷贯耳,但他却以精致、完美、成熟的作品征服了读者和评论家,其艺术成就被论者誉为不在著名的新文学标杆性作家(鲁迅、郭沫若、茅盾、巴金、老舍、曹禺)之下,在某些方面也许还要高于他们。就连以酷评著称的作家王朔,也说四川写《死水微澜》的李劼人在小说方面的成就,和鲁迅有一拼。

20世纪30年代,李劼人排除杂务潜心创作,写出《死水微澜》等三部长篇小说,深入细致地描绘出甲午战争到辛亥革命期间以成都及其近郊天回镇为中心的政治风云和社会变迁。《死水微澜》的故事主要发生在天回镇，主要人物有十多个，最引人注目的是女主角蔡大嫂和男主角罗歪嘴。

人物故事

蔡大嫂之所以引人注目，在于她鲜明突出的性格——她是一个心高气傲特立独行的女强人。这一性格贯穿于她的所有言行事迹，亦即所有关于她的故事情节中。

蔡大嫂出身农家，半岁时死了父亲，一岁半时随母亲到邓家。继父爱之如己出，不忍让她干粗活而只让她做针线之类的细活。那时节女孩子是要缠脚的，而缠脚非常痛苦，所以往往遭到激烈的反抗。但邓幺姑却在十二岁时就已缠了一双好小脚。她母亲常听见她半夜里疼得呻吟着哭，心中不忍，说乡下女孩不比城里太太小姐们，不必缠得那么小来苦自己，劝她把裹脚松一松。如果是其他女孩听见这话肯定乐得自在，顺坡下驴，但邓幺姑却以一个“不”字回绝。劝得狠了，她会生气地说：“你管得我的！为啥子乡下人的脚，就不该缠小？我偏要缠，偏要缠，偏要缠！痛死了是我嘛！”（李劼人：《死水微澜》，天津人民出版社 2016 年版，第 26 页，下引此书只注页码）

听听这话！小小女孩子竟心甘情愿咬牙坚持苦自己，倔强、要强的性格一下子就凸显出来了。

邓幺姑为什么自觉自愿苦自己？因为她心高气傲，她要和城里的上等人比——你们怎么样我也要怎么样，你们能做到的我也要做到，乡下人也不比你们差。她心里的潜意识是向往城市生活，羡慕城里上等人的。

这种心理，在接触到邻居韩二奶奶后进一步得到强化。韩二奶奶是成都大户人家的姑娘，“邓幺姑顶喜欢听二奶奶讲成都。

讲成都的街，讲成都的房屋，讲成都的庙宇花园，讲成都的零碎吃食，讲成都一年四季都有新鲜出奇的小菜”；“尤其令邓幺姑神往的，就是讲到成都一般大户人家的生活，以及妇女们争奇斗艳的打扮。”（第27页）就这样听来听去，成都的幻影在邓幺姑心里扎下了根，她把成都视为自己将来最好的归宿地，幻想将来嫁到成都去，嫁在大户人家，尝尝韩二奶奶所描画的滋味，也算不枉一生。

韩二奶奶临死前，打算把邓幺姑介绍给一个五十多岁的成都老头子当小老婆，她竟然表示同意。可惜韩二奶奶早死，她的愿望落空，伤心失望得性情大变，简直痛不欲生。终于，成都有人来要买她去给某老太爷做小老婆，而且是一次性买断，此后连父母都不能见。父母坚决不同意，而躲在一边偷听的幺姑却巴不得父母立马答应了。当得知父母断然拒绝，她感觉像浸在冰水里一样，伤心地哭了好一阵。

李劼人在工作中

好好一个聪明漂亮的黄花闺女，情愿去当小老婆，现代读者会感到不可思议，但此时的幺姑还年轻不懂事，一心一意攀高枝，支配她的正是她心高气傲的天性。

阴差阳错，二十岁上幺姑嫁给了天回镇的杂货铺老板蔡兴顺，从此成了蔡大嫂和掌柜娘。蔡兴顺上无父母，下无兄弟姐妹，人又老实，没一点毛病，做丈夫再合适不过。可惜，蔡老实得过了头，除了吃饭睡觉做生意，一无所知，一无所长；人长得又丑，平时一句话没有，活活一个闷葫芦，绰号傻子。蔡大嫂却聪明漂亮活泼能干，在门面上一坐就是小镇一道靓丽的风景，简直就是一个八面玲珑的“阿庆嫂”。

夫妻对比太悬殊了，这让蔡大嫂面临了爱玛（《包法利夫人》女主角）、安娜（《安娜·卡列尼娜》女主角）、弗朗西斯卡（《廊桥遗梦》女主角）同样的生存困境：丈夫虽是好人，但老实过分，性格迂腐，不懂情趣，导致生活沉闷无聊，感情处于饥荒状态。以蔡大嫂的性格，自然对这种状态极为不满。为此她甚至羡慕妓女刘三金的生活，她说：“我觉得，就像你这样的人，也比我强！……你们总走了些地方，见了些世面，虽说是人不合意，总算快活过来，总也得过别一些人的情爱……”（第76页）

刘三金啥人？一个游走江湖阅人无数的妓女，对女人心理需求有透彻的了解，于是推波助澜，继续煽惑，趁机把自己的情人罗歪嘴推介给蔡大嫂。蔡本来就对罗有意，罗也一样，只是碍于亲戚关系都没敢捅破那层纸。现在刘三金暗中为他们扯篷拉纤，于是蔡罗一拍即合，立马发展成为情人关系。

罗歪嘴是江湖上有名的袍哥，能说会道有能量，在江湖上能呼风唤雨，和蔡兴顺是姑表兄弟。按传统的伦理道德，他和表弟媳妇偷情，是无论如何说不过去的。但依他们二人的性格，这些约束是不在话下的。他们轻易地就逾越了这道坎，迅速而疯狂地腻在了一起。起初罗还小有顾忌，有意隐秘一些，但是，“偏蔡大嫂好像着了魔似的，一定要在人跟前格外表示出来。于是他们两个的勾扯，在不久之间，已是尽人皆知。蔡大嫂自然更无顾忌，她竟敢于当着张占魁等人而与罗歪嘴打情骂俏，甚至坐在他的怀中”。（第130页）

论感情，蔡大嫂和罗歪嘴两人之间倒是真正的爱。罗公开承认爱上了蔡大嫂，并且甚为得意地说，枉自嫖了二十年，到如今才算真正尝着了妇人的情爱。蔡大嫂对罗这个人也佩服得五体投地，曾向刘三金表白，她不图罗歪嘴啥子，就是心里顶爱这个人。

两个人你有情我有意，彼此相见恨晚，一旦勾扯在一起，迅速进入四川人所说的“酽”的状态：在蔡大嫂眼里，罗歪嘴完全被美化了，似乎所有的男子再没一个比他对人更武勇豪侠，对自己更殷勤体贴。似乎天地之大，男子之多，只有他一个是完人，只有他一个对自己的爱才是真的，也才是最可靠的！而蔡大嫂在罗歪嘴眼里，更不必说了。他不仅觉得她是自己有生以来所未见过乃至未想象过的可爱，如此看了就会令人心紧，如此与之在一起时竟会把自己忘掉，而心情意态整个都会变成她的附属品，不能由自己做主，而只听她的喜怒支配；她这个人，从头到脚，从外至内，无一不是至高无上的，无一不是刚刚合适的！想在她身上找一星星瑕疵也不可能……（第 226—227 页）

总之，两人在对方心里，是十全十美的男神或女神，两人走到一起是天作地合，合当疯狂。蔡大嫂说：“人生一辈子，这样狂荡欢喜下子，死了也值得！”罗歪嘴说：“人生能有几个三十几岁？以前已是恍恍惚惚地把好时光辜负了，如今既然懂得消受，彼此又有同样的想头，为啥子还有作假？为啥子不老实吃一个饱？晓得这种情味能过多久？”（第 228 页）

然而，物极必反，乐极生悲，正当他们尽情享受人生的时候，灾祸从天而降。被罗歪嘴欺负过的地主顾天成借助洋人力量，让官府缉拿罗及其一伙。罗仓皇出逃，受连累的蔡兴顺家产被抄，人被捉走，蔡大嫂出面阻止被官兵打了个半死，被救活后只得住到娘家去。此时的顾天成没找到罗歪嘴，却看上了蔡大嫂。顾被蔡的美色和气势迷得神魂颠倒，低三下四向她求婚。顾是罗和蔡家的仇人，大仇未报，反被求婚，此事荒谬又反常。

决定前途命运的人生选择又一次摆在面前，怎么办？按照常情常理毫无疑问当然是拒绝，所以蔡大嫂的父母异口同声喊道：那怎么使得？我们的女婿还在呀！但他们没想到的是，当事人蔡大嫂猛地站起来，脸上露出一种又惊、又疑、又欣喜、又焦急的样子，尖声叫道："怎么使不得？只要把话说好了，可以商量的！"

怎么商量？蔡大嫂提出了相当苛刻的条件：放回丈夫，出资帮他重整家业；和蔡兴顺继续来往，儿子不改蔡姓；顾家产业交她执管，顾家亲戚本家，她喜欢认才认；案子松时罗歪嘴回来不许记仇，允许她和他继续来往；顾断绝勾扯的所有女人，从此后干净做人，不许嫖赌不许胡闹……她只答应所有条件满足后嫁给他。顾全部答应并白纸黑字写在契约上。待一切落实后，蔡大嫂改嫁，变成了顾三奶奶，从此在顾家过着富裕体面的生活。作品第一章"序幕"中写"我"家到乡下祭祖，就是邓家二老和顾三奶奶接待的。

人生启悟

回顾蔡大嫂的人生历程，一个生动、鲜活、真实、立体，充满生命活力的艺术形象清晰地耸立在读者面前。怎么评价她呢？因其复杂，一言难尽。

出嫁前还是幺姑的时候，她心高气傲，一心向往过城市里高门贵族家的生活，即使当不了太太奶奶，哪怕当小老婆也心甘情愿。这一方面反映了她争强好胜，不甘命运安排，主动向命运挑战，力求过更好生活的愿望；另一方面也说明她幼稚、简单、追慕虚荣，被社会上流行的传统价值观绑架了，她还活在盲目的幻想中。小小年纪的幼稚行为，早早透露出自我做主、特立独行的性格特征。

出嫁后变成蔡大嫂，当上了生意兴隆商铺的掌柜，初步实现了出人头地的小愿望。可惜丈夫不如意，情感郁闷，活得没味道。后来越轨与彪悍豪爽、深谙男女之情的罗歪嘴黏在一起，感情上进入疯狂极乐境界，感到死了也值了。那么，是她对丈夫没有一点感情吗？也不是！你看，眼看丈夫要被抓走，她不顾一切发疯一样扑上去和总督的兵厮打，结果被打得昏死过去；被逼无奈改嫁时开出的条件中第一就是释放丈夫，并帮他重整家业。所以准确地说，她对丈夫是没有爱情有亲情。

那么怎么评价她的婚外情？一方面，她蔑视传统礼法，敢于叛逆，勇于追求个人幸福，追求情欲自由，活出了自我，从自然人性角度看可以理解，应予同情。这么一个聪明美丽生命力旺盛的女人，让她一辈子和一个近乎呆傻的人绑在一起，泯灭自己的情感需求，毕竟是一件很残酷很不公平的事。（作者把她的丈夫写得超乎常情的呆傻、窝囊，就是在为蔡大嫂的婚外情提供理由，暗示可以理解和同情）

但是，她公然无视丈夫的存在，一点不顾他的尊严，甚至当着他的面肆无忌惮地和情人寻欢作乐，毕竟亵渎了公认的社会道德，违反了民风良俗，伤害了不该伤害的老实人。换句话说，她的行为满足了自我，伤害了他人；顺应了自然，悖逆了社会；符合了人性，违反了道德。看来，自我和他人，自然和社会，人性和道德，存在着永恒的冲突，蔡大嫂面临的困境也许是人类生存的永恒困境。

放下仇恨答应嫁给仇人，让人感到不可思议。她的父母质问她为什么答应嫁给顾天成。她解释说："你两位老人家真老糊涂了！难道你们愿意眼睁睁地看着蔡傻子遭官刑拷打死吗？难道愿意你们的女儿受穷受困，拖衣落薄吗？难道愿意你们的外孙儿一辈子当放牛娃儿，当长年吗？放着一个大粮户，又是吃洋教的，有钱有势的人，为啥子不嫁？"（第256页）但是，不能轻易改嫁，不能白白便宜了仇家，于是她开出了一大溜改嫁的条件。这些条件保护了丈夫，保护了情人，保护了孩子，也保护了自己，可以说考虑周全，姿态强硬，既赢了面子又赢了里子。

不从观念出发，不从情感出发，而从实际出发，蔡大嫂的做法超越世俗常情，完全出于现实功利考虑，满足了各方面利益，不高尚也不卑鄙，应该说是一种理性成熟的大智慧。不过，她这么做又一次背离了流行的世俗观念（有仇不报，停夫再嫁，气节至上）。她的父母提醒她："就不怕旁的人背后议论吗?"她潇洒地回答："哈哈！只要我顾三奶奶有钱，一肥遮百丑！……怕哪个?"她的坚定和自信，惹得她的继父邓大爷摇头感叹："世道不同了！……世道不同了！……"（第257页）

站在世俗立场看，蔡大嫂是人生大赢家，是个主宰自己命运的女强人。她改变了、刷新了中外小说中女性胆小怕事、懦弱被欺、忍气吞声、凄惨可怜的传统形象。

蔡大嫂的形象，从精神素质上看，让人联想起美国小说《飘》中的女主角郝思嘉（又译斯嘉丽）。郝思嘉也聪明漂亮，年轻时任性虚荣，性格倔强独立，处事果断有主见，蔑视传统观念，注重现实利益而不被虚幻的东西所迷惑。郝思嘉也是女辈中的强人，是一朵艳丽夺目的玫瑰花。

总之，邓幺姑——蔡大嫂——顾三奶奶的一生心高气傲，争强好胜，活得有声有色，不枉活了一世。她蔑视传统，我行我素，特立独行，自然在诸多地方违反了传统的社会道德；她人格有某种缺陷，是一个性格复杂、内涵丰富的典型人物。

为什么复杂丰富？因为作者尊重现实，忠于生活，而不是主观臆造，图解理念。蔡大嫂是自然江河里的水，蕴涵着大自然的全部奥秘，而不是过滤过的蒸馏水，纯净简单。生活本身是丰富复杂的，所以真正高明的艺术形象也是丰富复杂的。从这样的艺术形象中，可以洞察真实的人性人心、世情世相，观察时代和社会的变迁。

周朴园:多重身份多面人

《雷雨》剧照

周朴园是曹禺名剧《雷雨》中最主要的人物形象，历来被认为是“最有戏”同时也是争议最大的人物。其实撇开各种先验的理论框子，扔掉刻度混乱的尺子，回归文本自身，他的性格内涵并不是难以解读的。

在剧作中，周朴园和现实生活中的每个人一样有着多重身份，每种身份都表现为一种特定的社会角色，意味着特定的人际关系。特定关系中特定人物的特定表现，展现出的就是人物性格。多重关系就像多面镜子，从不同角度映照出人物形象的多个侧面。诸多侧面的有机统一，就是一个完整、立体、多面、真实的人物形象。

作为资本家，周朴园对工人残忍而狡诈

周朴园是20世纪20年代中国民族资本家的一个代表人物。作为资本家，他在资本原始积累过程中沾满了工人阶级的鲜血，其发家史贯穿着对工人阶级的剥削和压榨。周朴园这方面的罪恶，主要表现于以下方面。

一、从前在哈尔滨包修江桥的时候，故意叫江堤出险，活活淹死二千二百个小工，每死一个小工扣下三百块钱。为此，鲁大海当面骂周：“你发的是绝子绝孙的昧心财！”

二、经营的矿上工人罢工，周指使警察开枪打死三十多人，受伤多人。如此严重的人命事件没有得到妥善处理，死亡的工人没有得到抚恤金，受伤的工人没有得到应有的赔偿，在周软硬兼施的欺骗下，工人们就匆匆忙忙复工了。

三、对组织罢工的工人领袖，周采用分化瓦解的计谋，瞒着反抗最激烈的主要负责人鲁大海，用金钱收买了其他几名工头，诱使他们在复工合同上签了字。

四、在和鲁大海激烈对抗时，周从鲁妈那里已经知道大海是自己的亲生儿子。但他们当下正处于尖锐的阶级对立状态，所以周一点也没有因为对方是自己三十年前抛弃的儿子而流露半点亲情，没有因从来没有尽过父亲责任而对大海有一丝愧疚，而是端着大老板的架子，居高临下地嘲笑、挖苦、戏耍鲁大海，最后冷酷地宣布将他开除，剥夺了他赖以生存的饭碗。

资本家毕竟是资本家，资本家的角色注定了他对工人阶级的冷酷与残忍。资本家的角色把周朴园的性格异化了，他年轻时也曾像周冲一样同情过工人，但成为资本家后资本人格化、人格资本化，为了资本的扩张不顾一切，对工人的态度开始冷酷残忍起来。

作为家长，周朴园对家人既威严专制又慈爱关心

在周公馆，周朴园是大家庭的家长，绝对权威。在家人面前，他表现得既威严又专制。如，周家客厅里的布置和摆设，按周朴园的吩咐，始终保持三十年前的老样子。他不在家的时候，蘩漪按自己的心愿添置了新家具。周回来看见就下令把新家具搬出去，恢复老样子，把自己喜欢的老家具再搬回来。蘩漪无奈，自嘲说：

“什么事自然要依着他，他说什么都不肯将就的。”

再如，周朴园从矿上一回到家就通知家人马上要搬到新房去住。蘩漪喜欢老房子，不愿搬走，问周冲：“你知道父亲为什么要搬房子？”周冲回答：“您想父亲哪一次做事先告诉过我们！”这说明，周朴园在家从来都是独断专行，说一不二，没有讨论商量征求意见这回事。

周萍对父亲的性格了解很深，四凤对老爷大发脾气不理解，周萍解释说：“父亲就是这个样，他的话，向来不能改的。他的意见就是法律。”

周朴园在家里的威严专制，最典型地体现在命令蘩漪喝药的情节中。周从矿上回来，受到蘩漪的冷遇（老躲在楼上作诗写字不下来，锁住楼上的门不让他进），周判断她犯了肝郁的老病，命令按老方子煎药让蘩漪喝。蘩漪其实本来没病拒绝喝，但周的命令不许违抗，坚持要蘩漪当即必须喝下去。不喝就命令儿子劝，小儿子周冲劝不成再命令大儿子周萍劝，而且是厉声呵斥必须跪下劝。这让周萍和蘩漪极其难堪，倔强的蘩漪“气得眼泪又涌出来，她望一望朴园的峻厉的眼和苦恼着的周萍，咽下愤恨，一气喝下”。

这场面，对于揭示周朴园的性格非常精彩。一滴水见太阳，说明周朴园是这个大家庭至高无上的暴君，家庭成员都是他属下的臣民，对他的所作所为，只有绝对服从的份儿，没有半点商量的余地。他命令不愿喝药的蘩漪必须喝下去的理由是：“当了母亲的人，处处应当替孩子着想，就是自己不保重身体，也应当替孩子做个服从的榜样。”

在周家，凡事都有规矩，一举一动必须按规矩行事。周朴园命令蘩漪喝药的情景把周冲吓住了，吓得把已经说了半句的话（想把自己的教育费分一半给四凤）又咽回去了，只想赶紧溜走，没和父亲打招呼就跑了。周朴园不许他如此无礼，命令他回来，问："就这么跑了吗？"周冲只好回来规规矩矩地请示还有什么事吩咐，被恩准之后才能离开。对仆人更严厉，他告诉四凤，没有事是不许进客厅的。

这种威严，这种专制，目的是要建设一个他认为最圆满、最有秩序的家庭，他的儿子也必须是健全的子弟，绝对不愿叫任何人说他们一点闲话。但是，如此的严厉和专制导致家庭气氛极为紧张，只要他在家，所有人大气不敢出。所以蘩漪向周萍诉苦说，周公馆像监狱一样囚禁了她十八年。

周朴园如此威严专制，难道对家人就没有一点亲情吗？当然不是。其实他对两个儿子还是慈爱关心尽父亲之责的。如对周萍，他安排他学矿科，明显是为将来接他的班做准备。周萍从家乡回城后，他安排他到自己的公司去工作，培养能力。周萍想去矿上工作，他表示支持，开始考虑下一步怎么办。为了儿子品行端正，他严厉要求他立即改掉喝酒赌钱的坏毛病。周萍临走之前，他隐隐约约感到家里的不祥气氛，诚恳地对周萍说：他老了，愿意家里平平安安的……

剧作第四幕开头，电闪雷鸣之夜，周朴园一个人显得很孤独，他看见儿子周冲很高兴，问他是不是找自己，周冲说不是，让他很失望。周冲怕他，就要走，他求他不要走，亲切地问这问那。儿子显得很拘谨，他意识到儿子对自己不满意，他叹着气对儿子说："爸爸有一点觉得自己老了，你知道吗？""你怕你爸爸有一天死了，没有人照拂你，你不怕吗？"然后问他早上没说完的话是啥，他准备答应他的所有请求。

这一情节很动人，剧作借此意在说明作为家长的周朴园，威严专制的外表下，对家庭成员还有慈爱关心、渴望亲情慰藉的另一面。即使那样严厉地对蘩漪，也不能认为他是存心害她，而是他确实认为她有病，希望她尽快好起来。只不过他关心的方式令人难以接受。

威严专制是家长的社会角色对他的要求，是几千年传统文化熏陶教育的结果。在中国大家庭里，几千年来已经是集体无意识了。而慈爱关心是他作为父亲的自然性、本能性、天性的流露，这是基于血缘关系的感情需求。

作为情人，周朴园对侍萍既有情又无情

剧作中，周朴园与梅侍萍的情感关系算是一个重头戏。三十年前，周朴园爱上了老妈子的女儿梅侍萍，两人同居并相继生下两个儿子，由此可见他们两人感情之深。后来周家要为周朴园娶一房有钱人家的小姐，强逼侍萍带着刚出生三天的孩子离开周家。据说，刚烈的侍萍忍不下这一屈辱，除夕晚上带孩子投河自尽。

侍萍的人生惨剧给周朴园留下极大的精神震撼，他为此愧疚不已难以释怀。所以对后来的两任夫人都感情淡漠，内心深处怀念的还是被他抛弃的梅侍萍，虽几十年过去，她依旧是他的感情寄托。为了纪念活在他心中的梅侍萍，他不顾两任夫人的感受，三十年间一直在家里保存着侍萍使用过的家具及摆放位置，即使搬了多少次家总不肯丢下，他说这让他看着舒服；连侍萍坐月子时怕吹风因而关窗的习惯也保留，不管多么热他都不让打开；他牢记侍萍每年四月十八的生日，一心想着找到侍萍的坟墓并打算修一修。

周朴园对侍萍的这种感情，应该是真实可信的，也是很感人的。他当下的地位决定他没必要做戏给人看，他是为了他自己，他想以此补偿对侍萍的亏欠，从中找回一点心理平衡。当年他年轻做不了主，做下了亏心事，现在当家作主了，但“曾经沧海难为水”的旧情已不复存在，只能在心灵深处加以怀念了。这说明他虽然发达了，但还算得上是不忘旧人、良心尚在的有情人。

天下事无奇不有，蘩漪为了赶走情敌四凤，要鲁妈前来把她带走，而这个鲁妈正是三十年前从这里被赶走的梅侍萍。周朴园和侍萍相见之初，他还在通过她打听侍萍的下落，说明他对她的念念不忘。经过反复试探，最后确认眼前的这个老太太就是他日思夜想的梅侍萍，他应该千分惊喜万分高兴才是，但他却一下子把脸拉下来严厉地问道：“你来干什么？”他以为侍萍找上门来是要向他复仇，来揭穿他的老底，来敲诈他。于是如临大敌，赶紧想办法应对：先是劝她不必哭哭啼啼（怕她闹起来）；继而劝她不必再提过去的恩怨；接下来诉说自己对她的怀念，试图以感情打动她；最后向她摊牌，“好，痛痛快快地！你现在要多少钱吧？”随即“慷慨”地开出五千元的现金支票想赶紧把她打发掉。当她得知侍萍压根没有敲诈他的意思，并当他面把支票撕碎后，他的一颗心才放下来。这才答应让她见见她三十年没有见的亲生儿子周萍。

三十年来在心中怀念的情人忽然来到面前，本该惊喜为什么如此无情？这怎么解释？精神分裂吗？不是！而是神经正常、理智清醒的人的两面性。这两面既是矛盾的，又是统一的。怀念，只是心灵深处的情感需要，这样做既可慰藉自己的歉疚又可满足自己善良的自我评价。但是，当真实的侍萍站在面前，周朴园按照常规思维，按照自己的人生观，判定她的到来一定是要复仇的，这对他的名声、家庭、家产无疑是一种严重的威胁，所以他立马从感情范畴跳出来走进现实的利害范畴严阵以待。

两个范畴两种态度，既有情又无情，一会儿有情，一会儿无情，翻脸比翻书都快，矛盾吗？矛盾！真实吗？真实！这就是人性人心的两面性、多面性、复杂性。

侍萍和周朴园两人处事态度的对比，其实是道德境界、人格品位的大比拼。比的结果是貌似君子的周朴园完败，而身份卑微的侍萍完胜——侍萍是高尚的君子而周则是卑下的小人。这让周朴园感到自惭形秽，内心深处不得不承认侍萍的伟岸与高洁。侍萍分文不取，不念旧恶，明确告诉他带走四凤后永不再回来。来自侍萍的威胁彻底解除了，周朴园又有愧意了，这才有了吩咐把两万块钱汇往济南鲁家的善后之举。

作为纯粹的人，周朴园让人同情与怜悯

所谓纯粹的人，是指剥落各种社会身份，或者说卸下各种社会性人格面具，又回归为单纯的、自然的“人”。这种意义下的周朴园，让人同情，也让人怜悯。

带着社会面具的周朴园，曾经是何等的强大而辉煌。董事长，大老板，资本家，有钱有势有地位，有洋房有汽车，一举一动有成群的仆人伺候，一念之间就可以决定多少人的命运。在大家庭里他是家长，是君王，绝对权威，说一不二，出言就是圣旨，规定就是法律，谁也不敢违抗；而且，娇妻年轻貌美，儿子老实听话，简直十全十美。这样的周朴园，事业成功，家庭幸福，他人羡慕，自己满足。作为男人，简直是功德圆满，余无所求啦！

然而，在这些美丽的光环之下，掩盖住多少罪恶和痛苦啊！在罪恶和痛苦的比衬下，那些光环显得是多么的苍白与空虚！而且，还有一层，你一生费尽心机孜孜以求的东西，被你用来炫耀和自我陶醉的东西，总有一天，甚至是转瞬之间就会被“上帝”（曹禺称之为“宇宙”，剧中周朴园称之为“天意”）统统拿走。到那时，你会发现自己一直执着追求并为之陶醉的东西，原来是多么的无价值和无意义！

对这样的道理，周朴园朦胧地直觉到了。第四幕中，他回顾这一天发生的诸多事情（死了三十年的侍萍突然出现，反抗自己最激烈的原来是自己的儿子，周萍深更半夜急于出走），都让他有一种危机感，不安感；尤其是蘩漪浑身湿透半夜出现，更加重了他莫名的恐慌。他（“觉得恶兆来了似的”）对周萍说：“我老了，我愿意家里平平安安地……”周萍说：“您把事情看得太严重了。”周朴园说：“（畏缩地）不，不，有些事简直是想不到的。天意很——有点古怪，今天一天叫我忽然悟到为人太——太冒险，太——荒唐，……（自慰地）我想以后——不该，再有什么风波。”

如果说剧情中的周朴园本人已经隐约领悟到了人生的危机与荒诞，那么“序幕”“尾声”中的周朴园就更明确清晰地让人体会到人生的虚无和荒诞。

一个外表看来美好幸福的家庭，转瞬间被从天而降的“雷电”所轰毁，三个生命力正旺盛正该幸福地活下去的年轻人死于非命，活着的儿子不知所终，两个女人都疯了，十年来一直住在他已经卖掉的房子里（已改为教会医院）。全家只剩下一个神志还清醒的周朴园，一个孤独寂寞、一无所有、心如死灰的老人，每年除夕，照例去看望两个疯女人……

昔日的繁华、恩怨已不在，只落得“白茫茫大地真干净”……

“序幕”“尾声”中的周朴园和剧情中的周朴园，两种处境的设置目的是形成一个鲜明的对照，是一个象征意义强烈的蒙太奇。剧作家曹禺特别看重“序幕”和“尾声”的象征意义，反复强调他想要的戏剧效果——“送看戏的人们回家，带着一种哀静的心情。……荡漾在他们的心里应该是水似的悲哀，流不尽的；而不是惶惑的，恐怖的”，“导引观众的情绪入于更宽阔的沉思的海”。

曹禺希望观众“哀静”“悲哀”“沉思”什么呢？笔者以为《道德经》中老子的话可以作注解：“天地不仁，以万物为刍狗。”（天地无所谓仁慈，它对待万物如同对待稻草狗）天地——天意——宇宙规律并不因为你周朴园是什么成功人士就网开一面格外照顾，剥掉那些炫目的外包装，你和众人一样也是草木之人；你的所有遭遇——说是“残忍”也罢，“冷酷”也罢，都是宇宙规律自然而然的表现。作为个人，你无法掌控，无法驾驭，不能埋怨，不能质疑，只有坦然接受才是明智。从这个意义上说，周朴园同样甚至更值得我们同情和悲悯。

以同情和悲悯的态度理解周朴园及《雷雨》中的人和事，正是剧作家曹禺的祈望。他说：“我用一种悲悯的心情来写剧中人物的争执。我诚恳地祈望着看戏的人们也以一种悲悯的眼来俯视这群地上的人们”，“我请来看戏的宾客升到上帝的座，来怜悯地俯视着这堆在下面蠕动的生物”。

曹禺的“祈望”体现了他极为超拔高远的终极视角，也可以说是“上帝”视角，“宇宙”视角。人世间恩怨情仇、无穷纷争，从社会、现实、世俗视角看是悲剧；从终极视角看则是喜剧，其中都含着可笑与荒诞的因子，因而都值得同情与悲悯。

当人们纷纷纠结于政治阶级善恶是非中不能自拔的时候，年轻的曹禺凭着深邃的直觉与敏感，早已超脱地从宇宙终极视角看问题了。视角、视野、境界的根本差异，导致人们对他的作品常常产生误解，他对此常常感到很无语。

周蘩漪：热烈强悍，执拗任性，可爱还是不可爱

《雷雨》剧照

周蘩漪是《雷雨》中的女主人公，和周朴园一样，她也是最有戏而且充满争议，也许是最有争议的人物。她的性格奇特，是中国现代文学史、也许是自古以来的文学史中罕见的艺术形象。剧作家曹禺说："爱这样的女人需有厚的口胃，铁的手腕，岩似的恒心。"（《〈雷雨〉序》）依笔者看来，别说"爱"这样的女人，即使理解这样的女人，也需要厚的口胃和恒心。那么她到底是怎样的人，可爱还是不可爱呢？

自救可理解

在《雷雨》里，蘩漪所有的作为，都可以归结为自救的努力与挣扎。为什么要自救？因为她感觉自己被逼进了疯人院，住了十八年监狱似的周公馆，快要被闷死了。她读过书，受过好的教育，个性解放，思想自由，而偏偏生活在一个极压抑的环境，所以产生上述感受不难理解。

关于蘩漪所处的压抑环境，笔者在讨论周朴园性格时作过分

析。周朴园是资本家，社会成功人士，性格刚毅强势，手段冷酷无情。在家里是绝对权威，独断专行，无论什么事都是他说了算，他的话就是命令，他的意见就是法律，绝对没有商量的余地。即使对年轻漂亮有个性的妻子蘩漪，也不例外。蘩漪本来没有病，但他认为她有病，于是不和她商量，吩咐仆人按老方子煎药给她喝。她不想喝，不行；要求放到晚上喝，不行；女仆劝不下，命令小儿子周冲劝；周冲劝不下，命令大儿子周萍劝，而且是厉声命令跪下劝。总之，众目睽睽之下，我让你喝下就必须喝下，必须坚决服从，不容有半点反抗。这时喝不喝药已经和治病无关，而是服不服从命令的问题。周朴园要维护的是强势的家长威严。这样高压暴虐的场面，让蘩漪情何以堪！这样冷酷专制的作风，让蘩漪如何忍受！

还有一层，由于周朴园心里一直念念不忘三十年前为他生了两个儿子而后被他抛弃的梅侍萍，所以他对后来的两任妻子（蘩漪之前的富家小姐在作品中没出现）感情淡漠，不冷不热。她置她们的感情于不顾，一直保留侍萍使用过的家具，保存她的生活习惯，桌子上摆放着她的相片。几十年来侍萍人虽不在影子在，这让蘩漪怎么想?!

一边热烈如火，一边冷若冰霜；一边渴望自由，一边闷如监狱。此情此景，生命力旺盛的蘩漪不甘心被闷死，自然要寻求自救之道。换句话说，特定性格和特定环境的激烈冲突，激发出蘩漪强烈的自救愿望，这种愿望是可以理解的，是必然会发生的。

报复太疯狂

恰在此时，和她年龄差不了几岁的周萍从乡下回到周公馆。就这样，苦闷中的两个大龄男女在一起，你有情我有意，两情相悦，互相需要，周家就发生了“闹鬼”的事。

周萍的出现，激活了蘩漪几近死亡的生命。用她的话说，她已经预备好了棺材安安静静地等死，结果周萍出现又把她救活了。

一个是前妻的儿子，一个是年轻的后母，这种私通关系无论古今，还是中外，都是无法容忍的乱伦，是道德上的罪孽。用周萍的话说，这种关系无论谁知道都会厌恶。周萍意识到了问题的严重性，所以他害怕了，厌恶了，准备退出了。

退出的表现是，长时间躲在公司不回家见她；为排除烦恼喝酒赌博自我麻醉；到教堂忏悔寻求心灵慰藉；向周冲和四凤表白自己做了见不得人的事。在蘩漪面前，他公开承认自己做错了一件大事，请求她看在他年轻糊涂的份儿上予以原谅，请求她以后不要再见面，避免互相提醒最后悔的事。与此同时，他偷偷爱上了家里的女仆四凤。

周萍反悔，要求退出，蘩漪的反应是不理解、不同意、不允许。为了斩断周萍的情外情，蘩漪利用主妇的权力通知鲁贵，让鲁妈把四凤带走。接下来纠正周萍的认识——她不认为他们之间的关系是错的："我不后悔，我向来做事没有后悔过"；"我跟你说过多少遍，我不这样看，我的良心不是这样做的。"而周萍不这么看，两人观念上反差太大，无法弥合，冲突公开化、尖锐化。

蘩漪希望周萍不要离开她，不要"把一个真正明白你，爱你的人丢开不管"。但这一要求周萍不可能答应。他说："我对不起你，我已经同你详细解释过，我厌恶这种不自然的关系。我告诉你，我厌恶。我负起我的责任，我承认我那时的错，然而叫我犯了那样的错，你也不是没有责任。你是我认为最聪明，最能了解人的女子，所以我想，你最后会原谅我。我的态度，你现在骂我玩世不恭也好，不负责任也好，我告诉你，我盼望这一次的谈话是我们最末一次谈话了。"

这等于下了最后通牒，这样决绝的态度激怒了蘩漪。她语带威胁地告诉周萍："我不是请求你。我盼望你用你的心，想一想，过去我们在这屋子说的许多话。一个女子，你记着，不能受两代的欺侮，你可以想一想。"面临威胁，周萍表示自己已经想得很透彻了，仍坚持："请你让我走吧。"

到了这一步，蘩漪知道事情已经无可挽回。绝望中的蘩漪，满腔怒火就要爆发："我希望我今天变成火山的口，热烈烈地冒一次，什么我都烧个干净，那时我就再掉在冰川里，冻成死灰，一生只热热地烧一次，也就够了。我过去的是完了，希望大概也是死了的。哼，什么我都预备好了，来吧，恨我的人，来吧，叫我失望的人，叫我忌妒的人，都来吧，我在等候着你们。"

既然没有希望，那就破釜沉舟，来它个鱼死网破、玉石俱焚，于是蘩漪决定寻找机会实施复仇。

蘩漪的报复——复仇表现在以下几件事上。一、雷电交加之夜，周萍冒险去鲁家与四凤约会，蘩漪步步跟踪，在周萍被回家的鲁大海发现之时把窗户关上，让急需逃跑的周萍无处遁逃，丢人现眼，等着挨揍。二、在周萍就要带四凤离家出走的紧急关头，蘩漪拉着儿子周冲出现，试图让儿子出面阻止他们出走，鼓励儿子把四凤从周萍手中夺过来，拿出男子汉的气概打了她，烧了她，杀了她。周冲对母亲的用意完全不理解，知道哥哥在爱四凤之后愿意哥哥把她带走。眼看这招失败，气急败坏的蘩漪当众公开了自己和周萍的私情，让在场的所有人难堪得无地自容。三、周萍急于摆脱窘况，情急之下拉着四凤就要出门，蘩漪告诉他们走不了了，大门已经锁上了。然后把周朴园叫出来，当众揭露了周萍和四凤的恋情。她的本意是让周萍当众出丑，让周朴园阻止他们的结合，但她没料到，多米诺骨牌一样牵扯出家族成员几十年来盘根错节的复杂关系。这时候蘩漪后悔了,但已经来不及了,眨眼间三个年轻生命消失了……

平心而论,站在蘩漪的立场考虑,她渴望男人的(性)爱、大胆爱、希望保持爱的愿望可以理解。为了留住周萍,她赶走了四凤,这种行为也是可以理解的。但她希望周萍留下来继续保持关系的要求,却不合理也不应该,尤其是当周萍明确表示要坚决结束这一关系的时候。蘩漪的要求,既违背传统道德,也违背新道德。因为新道德主张尊重他人意志,不把自己的意志强加于人。

不具有正当性合理性的要求,蘩漪却要坚持到底,当目的达不到时又实施阴险狠毒的报复,这就显得极端疯狂,非常残忍。结果既害了他人也害了自己,造成了连她自己也后悔莫及的人生惨剧。

任性冲动是心魔

蘩漪疯狂的行为造成了周家的人生惨剧,而蘩漪疯狂的行为根植于她任性冲动的性格——任性冲动是蘩漪性格的基调。

在一般人的心理结构中都有原欲与理性或感情与理智两种元素。两种元素相互冲突、相互博弈,因具体情况不同而发挥着不同作用。有的人理性强大,以理性控制原欲,以理智约束感情,活得平平稳稳,安安静静,如薛宝钗。而绝大多数人活在二者的矛盾冲突中,因而活得痛苦,活得艰难,如贾宝玉和林黛玉。而《雷雨》中的蘩漪,好像是第三种人,在她那里,好像没有理智和理性,她只活在原欲和感情中。

原欲及其派生的情感,具有原始的蛮力,完全不顾理智理性的控制;像地下奔突的岩浆,具有烧毁一切的能量。这种力量表现出来,用《〈雷雨〉序》中的话表述即:“不是恨便是爱,不是爱便是恨,中间不容易有一条折中的路。代表这样的性格是周蘩漪……”;

蘩漪的“生命烧到电火一样地白热，也有它一样的短促。情感，郁热，境遇，激成一朵艳丽的火花，当着火星也消灭时，她的生机也顿时化为乌有。她是一个最‘雷雨的’性格，她的生命交织着最残酷的爱和最不忍的恨，她拥有行为上许多的矛盾，但没有一个矛盾不是极端的”。

“雷雨的”、极端的性格，表现出来就是任性冲动，不顾一切。这是蘩漪心中的“魔”。周萍厌恶了和她的乱伦关系，急于退出，因为他害怕头顶上悬着的伦理道德之剑。他向蘩漪承认自己乱伦之错，希望她能够理解，谅解他的退出。周萍的选择，地球人都能理解，但蘩漪不理解，不同意，不接受。因为，在她心里没有伦理和道德，只有原欲和情感。周萍的精神结构是二元，蘩漪是一元，她是一根筋。

就凭这“一根筋”，她不管不顾，一往无前，死死抓住周萍不放，不依不饶，纠缠不休。她对周萍先是规劝，劝不动就威胁，威胁没用就报复，自己力量不够再拉上天真纯洁的儿子，把儿子当作实现目的的炮弹。所以她敢于在大庭广众面前曝光自己和周萍的乱伦私密，向着周萍大喊：“我没有孩子，我没有丈夫，我没有家，我什么都没有，我只要你说：我——我是你的。”

这种做派这种话，在一般人看起来听起来，是多么无耻多么疯狂啊！作为有尊严的太太，尤其是作为母亲，怎么能如此不管不顾不要脸呢？别人觉得不可思议，但在蘩漪却是自然而本真的表现。为什么？因为她本性就是任性冲动！任什么性？任的是自然性、本能性、天性、魔性、野性；任的是情欲之性，情绪之性；她跟着情绪走，情绪所至，一路裸奔。

这种性格，这种形象，在中国文学史上绝无仅有，绝对是独特的“这一个”；所以她一出现一下子就吸引了读者、观众、评论家的眼球。人们或赞美她，或抨击她，或爱她，或嘘她，总之，看完《雷雨》话题总离不开她。她引发的效应有点像《红楼梦》里的王熙凤。红学家王昆仑说，读者对王熙凤的态度是“恨凤姐，骂凤姐，不见凤姐想凤姐”。接受者对蘩漪的态度亦可作如是观。

蘩漪可爱不可爱？

这是自《雷雨》发表以来读者、观众、评论家一直争论不休的问题。剧作家曹禺一直说蘩漪可爱，而很多读者观众觉得不可爱。创作者和接受者的意见为什么会如此错位呢？笔者以为，关键在于看问题的视角不同。

一、接受者是从世俗视角而作者是从超世俗视角

从世俗视角看，蘩漪罪大恶极，自不必说。那么曹禺的“超世俗”视角是怎么看的呢？

请看《〈雷雨〉序》：

> 对于蘩漪我仿佛是个很熟的朋友。我惭愧不能画出她一幅真实的像，近来颇盼望着遇见一位有灵魂有技能的演员扮她，交付给她血肉。我想她应该能动我的怜悯和尊敬，我会流着泪水哀悼这可怜的女人的。我会原谅她，虽然她做了所谓“罪大恶极”的事情——抛弃了神圣的母亲的天责。我算不清我亲眼看见多少蘩漪。（当然她们不是蘩漪，她们多半没有她的勇敢。）她们都在阴沟里讨着生活，却心偏天样地高；热情原是一片浇不熄的火，而上帝偏偏罚她们枯干地生长在砂上。这类的女人许多有着美丽的心灵，然为着不正常的发展，和环境的窒息，她们变为乖戾，成为人所不能了解的。受着人的嫉恶，社会的压制，这样抑郁终身，呼吸不着一口自由

的空气的女人在我们这个现实社会里不知有多少吧。在遭遇这样的不幸的女人里，蘩漪自然是值得赞美的。她有火炽的热情，一颗强悍的心，她敢冲破一切的桎梏，做一次困兽的斗。虽然依旧落在火坑里，情热烧疯了她的心，然而不是更值得人的怜悯与尊敬么？这总比阉鸡似的男子们为着凡庸的生活怯弱地度着一天一天的日子更值得人佩服吧。

这段话什么意思？(1)从世俗（社会、现实、生活）视角看，蘩漪"罪大恶极"，不可爱。(2)但以超世俗的眼光看，蘩漪是可怜的，可以原谅的。为什么？因为她身在阴沟心在天——生长在冰冷坚硬的砂石上，心却似火浇不熄；生活环境让人窒息，却始终渴望呼吸自由空气。总之，心比天高命比纸薄，或者说小姐身子丫鬟命，所以蘩漪是可怜的，可以原谅的。(3)"值得怜悯与尊敬""值得赞美"怎么说？曹禺解释得很清楚："她敢冲破一切的桎梏，做一次困兽的斗。"意思是，在恶劣的生存环境中，绝大多数人放弃生存意志，安分随时，认命忍耐，过着半死不活的生活，但蘩漪不是。她宁肯在沉默中爆发，也不愿在沉默中灭亡；宁肯在爆发中灭亡，也不愿像"阉鸡似的男子们为着凡庸的生活怯弱地度着一天一天的日子"。

这是一种罕见的反传统的人生姿态，一种超强的精神意志，一种闪光的人格力量，尤其在中国文化背景中，更尤其蘩漪是个女性。就在这个意义（而非世俗意义）上，钱理群先生才把蘩漪"不顾一切"的行为称为"《雷雨》中最为炫目的一道闪电，最扣人心弦的一声惊雷，它把从来'有母性，有女儿性，而无妻性'的中国妇女几千年受压抑的精神痛苦一下子照亮，因受压抑而千百倍加强了的反抗的魔性也在一瞬间全部释放"。（钱理群：《大小舞台之

间——曹禺戏剧新论》,北京大学出版社2007年版,第22—23页)

二、接受者是从道德视角而作者是从艺术(美学)视角

从道德角度看,蘩漪是个一心把乱伦进行到底的不醒事人,也不必说了。那么从艺术角度怎么看呢?

从艺术角度看,她是一个独一无二的典型形象。具体说,人世间有那么一种人,天地(宇宙)间有那么一种力,但艺术中还缺这么一种形象,而艺术家曹禺发现了这种人,感受到了这种力,于是不由自主、莫名其妙地把她创造出来,这就是《雷雨》中的蘩漪。

关于《雷雨》的创作,曹禺反复说是出于一种情感的迫切的需要。他说他感到人类是一种可怜的动物,带着踌躇满志的心情,总想主宰自己的命运又无可奈何地主宰不了,而被一种不可知的力量所捉弄;生活在狭窄的笼里而扬扬自得地骄傲着,做着最愚蠢的事。蘩漪就是这样一个可怜的人。“她不悔改,她如一匹执拗的马,毫不犹疑地踏着艰难的老道,她抓住了周萍不放手,想重拾起一堆破碎的梦而救出自己,但这条路也引到死亡。在《雷雨》里,宇宙正像一口残酷的井,落在里面,怎样呼号也难逃脱这黑暗的坑。”这样的境况这样的人,远不只是蘩漪这一个,而是一批、一群、一类,而且超越时空,但艺术中还没有它的存在,于是,这种人这种力控制住了敏感的曹禺,借他之心之手在《雷雨》中显形了、现身了。

不仅显形现身,而且还达到了极致。借助于蘩漪,曹禺把这种“蛮性的力”推向极端、极致,让她以“最雷雨的”性格成为艺术上最耀眼的明星、最成功的符号、最知名的典型。近一个世纪的接受史表明,作者的目的达到了,《雷雨》的八个人物中最引人注目的就是蘩漪。她以人们再也无法忘记的姿态进入文学史、戏剧史、文化史、文明史。

有读者(观众)往往不理解,一个这么坏的人怎么就成了艺术上美的形象呢？其实很简单,这就是艺术和美学理论上的“化丑为美”。如,众所周知罗丹的雕塑《老妓》,老女人的职业是丑的,干枯的外形是丑的,但作为艺术形象却是美的。人们从她的丑联想到她悲苦不幸的一生,对之产生同情和怜悯。“同情和怜悯”就是一种美好的道德情操,一种美好的审美体验。对蘩漪亦可作如是观。当观众都知道她的任性、冲动、执拗、一根筋的可怕时,人们就从她身上看到了原始的蛮性力量的破坏性,唾弃了她的“罪大恶极”。

最后回到开头的问题,蘩漪到底可爱不可爱。通过分析似乎可以这样说:从这个角度看她不可爱,换个角度看她可爱;她是既可爱又不可爱——可爱的不可爱,不可爱的可爱——这是一个悖论。

在《〈雷雨〉序》中,曹禺说一个朋友告诉他自己爱上了蘩漪,朋友说蘩漪的可爱不在她的“可爱”处,而在她的“不可爱”处。对于朋友发现的这一悖论,曹禺是认可的。他说:“诚然,如若以寻常的尺来衡量她,她实在没有几分赢人的地方。不过聚许多‘可爱的’女人在一起,便可以鉴别出她是最富于魅惑性的。”

悖论来源于蘩漪形象的深度,来源于艺术效果的复杂,来源于生活本身的奥秘(用曹禺的话说即“宇宙的隐秘”)。接受者关于蘩漪的所有困惑、评论家关于蘩漪的所有争议皆由此产生。

周萍：犯错容易纠错难

《雷雨》剧照

周萍是曹禺名著《雷雨》中周朴园的儿子，其亲生母亲是梅侍萍，蘩漪是其后母，周冲是其同父异母的弟弟，四凤是其异父同母的妹妹。

人物故事

《雷雨》故事中，周萍犯了双重乱伦罪（姑且说是错吧，用“罪”字似乎言重了），一个是与后母蘩漪，一个是与同母异父的妹妹四凤。如果说与四凤的乱伦，属于完全不知情、无意识，因而主观上无所谓有错，那么与后母蘩漪的乱伦，却是明知故犯了。

周萍和蘩漪发生乱伦关系时他还年轻，而且家庭环境客观上也为他的犯错提供了条件。大家庭的家长周朴园常年在矿上不回家，家里只有蘩漪和周萍、周冲。周朴园与蘩漪关系疏远、感情淡漠，没有丈夫对妻子应有的温情，只有家长的威严——他和她之间没有平等，她对他只能绝对服从，因而引发她强烈的反抗情绪。周朴园心灵深处怀念的还是三十年前给他生了两个儿子又被他抛弃的梅侍萍，他为自己的行为感到愧疚，因而常年吃斋念佛，一向讨厌女人家，对夫妻生活不感兴趣；好不容易回家了，除了会客，就是念经打坐一句话也不说，这让蘩漪感到极度的寂寞和压抑。而蘩漪偏偏又是一个性格极为刚烈，极度渴望感情慰藉的人，她的环境没有为她提供和外界交往的可能，就在这个时候，周萍从乡下回到周公馆。周萍比蘩漪年龄小不了几岁，就这样，两个没有血缘关系的大龄男女，一个干柴一个烈火，彼此控制不住情欲的冲动，乱伦关系就此发生。

对于乱伦关系，蘩漪把责任归于周萍的"引诱"，周萍说我承认我那时的错，然而叫我犯了那样的错，你也不能完全没有责任。平心而论，两个人都不是未成年人，犯这样的错，应该说两个人都有责任。

不管怎样，乱伦之错已经发生。对于这个"错"，两人的态度完全不同。周萍是后悔莫及，决心断绝这种关系，然而蘩漪坚决不同意，矛盾冲突就此发生，终于酿成大祸，演绎出一场谁也想不到的惨烈的家庭悲剧。

周萍为什么要决绝地中断与蘩漪的关系，推其原因不外乎两个。一、他知道这是违反伦理道德的不正常关系，心理上时刻遭受着道德的谴责，和一旦暴露可能带来危险的沉重压力。这是性格软弱的他所担当不起的。二、他爱上了四凤，他要埋葬过去，开始新生。

平心而论，周萍希望结束与蘩漪关系的愿望是合理的、正当的，可以理解为误入歧途的青年试图改过自新。他认识到错误的性质极其严重，如果不立即改过，自己就是个罪人。这种精神压力实在太大，他活得非常压抑、非常痛苦。

为了躲避蘩漪，他找借口长时间不回家看她；为了发泄和转移心中的苦闷，他靠酗酒麻醉自己，动不动就乱发脾气，经常到外国教堂去找灵魂的安慰。本来是极其私密不宜公开的丑事，因为太痛苦了，他忍不住一次次含混模糊地向人诉说。

他向弟弟周冲承认他恨他自己，因为“从前爱过一个他绝不应该爱的女人”；他向四凤承认自己“做过许多见不得人的事”，“我的心都死了，我恨极了我自己”；他向蘩漪表白“我自己对自己都恨不够”，承认自己“平生做错一件大事”，可怜巴巴地恳求她“不要叫我们见着，互相提醒我们最后悔的事情”，“年轻人一时糊涂，做错了的事，你就不肯原谅吗?”由于痛苦太深重，他甚至忍不住向极端憎恶他的鲁大海倾诉衷肠，袒露自己的心扉：“那时我太糊涂，以后我越过越怕，越恨，越厌恶。我恨这种不自然的关系，我要离开她，然而她不放松我。她拉着我，不放我。她是个鬼，她什么都不顾忌。我真活厌了，我喝酒，胡闹，我只要离开她，我死都愿意。”——听听周萍的控诉，蘩漪的纠缠真要把他逼疯了，他想死的心都有了！

对周萍断绝关系的要求，蘩漪的反应是完全不理解，断然拒绝。她的理由是她在这个家里活得太压抑太痛苦了，本来已经被凶横的丈夫渐渐磨成了石头样的死人(“我已经预备好棺材，安安静静地等死”)，但突然你从家乡回到这个家，一下子“把我救活了而又不理我，撇得我枯死，慢慢地渴死。让你说，我该怎么办?”。蘩漪的意思是，你救人就要救到底，不能半路扔下不管了。她的要求是希望周萍不要走，留下来陪着她继续这样过下去。

这当然是周萍所不能答应的，他说自己不愿在这个家庭每天想着过去的罪恶活活被闷死。蘩漪反唇相讥，你既然知道这个家可以闷死人，怎么肯一个人走，把我放在家里?周萍说，你没有权利说这种话，你是冲弟弟的母亲。蘩漪立马激烈地反击：“我不是！我不是！自从我把我的性命，名誉，交给你，我什么都不顾了。我不是他的母亲，不是，不是，我也不是周朴园的妻子。”什么意思？一句话，我和谁都没有关系，我只认你，我就是你的人，你看着办吧！

这让周萍百般无奈。他向她承认自己犯了错误，恳求她的原谅；他向她道歉，说自己对不起她；但同时也明白表示自己已经“厌恶了这种不自然的关系”，希望她放他走。蘩漪看到周萍的决心，没办法开始语带威胁了：我不是请求你，我盼望能用你的心想一想过去说过的话，“一个女子，你记着，不能受两代人的欺侮”；“小心，小心！你不要把一个失望的女人逼得太狠了，她是什么事都做得出来的。”

为了挽回周萍对自己的感情，蘩漪利用主妇的权力赶走了情敌四凤。周萍临去矿上之前深夜去鲁家见四凤，她对此妒火中烧，竟冒着雷电大雨跟踪他，并恶毒地关上鲁家窗户，故意让周萍出不来，让他丢人现眼，出丑挨揍。

眼看着周萍不顾一切决绝地要走了，坚硬如铁热如烈火的蘩漪，突然软了下来。她带着哭声求周萍：“这一次我求你，最后一次求你。我从来不肯这样低声下气说话，现在我求你可怜可怜我，这家我再也受不住了。”“我没有亲戚，没有朋友，没有一个可信的人，我现在求你，你先不要走——”；“即使你要走，你带我也离开这儿——”，“带我离开这儿，日后，甚至于你要把四凤接来——一块儿住，我都可以，只要，只要你不离开我”。

尖锐倔强，发誓要像火山一样爆发一次把一切全烧干净的蘩漪，此时此刻竟妥协让步低三下四到如此地步，确实也够可怜的！她放下尊严，一再违心地降低要求，目的是哀求周萍无论如何不要抛弃她。

即使如此，也没有动摇周萍要离开她的决心。蘩漪终于死心，决绝之下决定歇斯底里撕破脸皮决定把一切丑恶黑幕全揭露出来。本意是惩罚周萍，结果无意中牵出了她所不知道的更复杂更盘根错节的关系，导致了她所想象不到的惨烈结局。这时候她后悔了，但恶果已经酿成，一切都来不及了。

周萍意识到自己的错误并想真诚地改过自新，退出和后母不正常的乱伦关系，愿望是合理的、光明的。这种情况下事情的发展一般会出现两种可能：一是对方虽不一定情愿，但在强大的理性约束下表示理解并予以配合；二是拒不配合。蘩漪选择的是后者。她之所以这样选择，不是偶然的，而是其性格决定的。

一是蘩漪的心理结构中原欲大于、高于理性，或者说她是跟着感觉走而不是跟着理性走。关于她的性格，叙述人（隐形作者）介绍，在她身上有更原始的一点野性，她会爱你如一只饿了三天的狗咬着它最喜欢的骨头，她恨起你来也会像只恶狗不声不响地吃了你。这种性格敢爱敢恨，容易走极端，爱你就全身心投入，要求你也必须全身心回报，否则就恨死你，恨不得吃了你。她只顾跟着自己的感觉走，活在自己的感性中，全然不顾社会规范、伦理道德之类的约束。

二是自我中心，极端任性。这一点和上一点相联系。她爱周萍，也希望周萍同样对等地爱着她，她不想让他走，他就必须如她所愿地留下来。她不会考虑这种不伦之恋后果会怎样，不会顾及周萍的处境及心情。总之，我爱你你就必须听我的，你和我好就必须好到底，中途不能变卦，否则我就惩罚你。为达目的，她不惜放弃尊严跟踪盯梢，甚至恶毒地把天真可爱的亲儿子当作自己复仇的工具。

三是观念大不同。周萍遵循的是传统的伦理道德观，视乱伦为羞耻，为此后悔莫及，寝食难安，千方百计想摆脱；而蘩漪则不这么看。她不认为她和周萍的私情有什么不对，她视此为她的正当权利，因此她宣称“我不后悔，我向来做事没有后悔过”；她告诉周萍：“我跟你说过多少遍，我不这样看，我的良心不是这样做的。”所以她想方设法逼周萍留下来将关系进行到底。观念反差如此之大，沟通等于鸡同鸭讲，激烈冲突在所难免。

人生启悟

周萍苦涩无奈的处境给读者或观众留下一个宝贵的人生启示：人啊，千万不敢轻易犯错，否则，犯错容易纠错难，说不定连改过自新的机会也没有。

人年轻时阅历尚浅，理智、理性尚不成熟，遇事容易受原欲、感情、本能支配，控制不住原始的冲动。冲动时常常置社会规范、伦理道德于不顾，难免做出些荒唐之事。荒唐之后，有时候还有改过自新的机会，这当然再好不过。可是，并不是人人都有这样的机会，如周萍。你能管的只能是你自己，而管不了他人。人与人之间，有时候能互相沟通，有时候无法沟通；有的人能沟通，有的人不能沟通。因为毕竟是两个不同的个体，彼此之间有方方面面的差异，这就是人与人之间永恒的隔膜，这就是所谓的人际困境。

众所周知，人与人之间发生矛盾时，最好的办法是彼此换位思考，以达到互相理解互相谅解。但是，此话说起来容易做起来难，或者说想着容易落实难。试想，周萍和蘩漪能够通过换位思考理解对方从而改变自己的行为吗？恐怕很难。因为，性格就是命运，各人的性格和处境决定着各自的行为，各人的利益制约着各自的立场，因而人与人之间其实是很难“换位”的。这就是现代人常说的“屁股决定脑袋”。

网上流传一句话——改变自己是神，改变别人是神经病。话有点绝对，有点调侃，但也真实道出了改变自己和别人之难度。那怎么办？没有别的好办法，只有自己小心谨慎，让理性始终保持清醒，千万不可随意放纵；要尽量少犯或不犯错误，这样才能避免踏入周萍“犯错容易纠错难”的窘境。

陈白露:清醒地沉沦于虚荣浮华的堕落者

陈白露是曹禺名剧《日出》的女主角。虽然作者说该剧没有绝对的主要剧情,也没有绝对的主要人物,但从戏剧效果看,即在观众心目中,陈白露是剧作的主人公。因为她居住的旅馆是故事主要发生地,所有人物都围着她转。换句话说,她是舞台中心,她的命运牵动着观众的心,体现着剧本的灵魂。因此,解读陈白露的形象,对于理解《日出》的意蕴有着至关重要的意义。

心路历程

从剧作的叙述看,陈白露出身书香门第,从小受过良好教育;中学时代曾是爱华女校的高才生。那时候她思想单纯,性格活泼,意气风发,积极向上,对人生充满理想与热情,是社交圈里的明星;小小年纪还热心公益,是几个大慈善游艺会的主办委员。这是陈白露人生历史上最美好最纯净最可爱的时期。

天有不测之风云,人有旦夕之祸福。正当陈白露春风得意之时,父亲死了,家道中落,无奈她只好单枪匹马闯世界。离开家乡后她不用亲戚朋友帮忙,凭着聪明、美貌和能干,做过电影明星,当过红舞女,混得风生水起,遂混迹于交际圈成为社交界名流。没有任何背景独自一人打天下,这样年轻取得如此成绩,足以证明她的能力,也给了她足够的自信乃至自负。她自视甚高,不再认为自己是普通人,自然也就不愿再过普通人的生活。

和所有青年一样，陈白露对爱情充满美好的憧憬。她曾经爱上一位浪漫的诗人。爱情让她激动，让她愿意为他付出：他叫她离开社交圈跟他结婚，她就离开和他结婚；他要她到乡下，她就陪他去乡下；他说应该生个小孩，她就为他生个小孩。总之，婚后一段时间他们过的是天堂一样的生活。诗人像小孩子一样天真，高兴起来在她面前翻跟头。但是，结婚的新鲜感很快过去，两人处久了渐渐觉得平淡了，无聊了，他骂过她还打过她。最初彼此互相忍住，忍不住时发泄出来，他说她是累赘，她说他简直讨厌。从此不打不骂进入冷战，互相折磨。后来，孩子死了，维系感情的弦断了，两人各奔东西。他去追随他的希望，她又回到她熟悉的社交圈。

剧作故事开始时，陈白露已经是著名的社交界的交际花，被银行家潘月亭所包养，常年住在高级旅馆，围着她转的都是有头有脸、被世俗社会热捧的所谓“成功人士”：银行家、富婆及她的面首、假洋鬼子……这些人游手好闲、心灵空虚、无所事事，整天耗在陈白露的客厅里吃喝、跳舞、打牌、赌博，醉生梦死，浑浑噩噩。陈白露身陷其中，既沉醉又厌恶，说自己“天天过的是这样发疯的生活”。突然有一天，她学生时代的男朋友方达生来访，激起她对以往生活的回忆及对当下生活的反思。故事由此拉开帷幕。

活在纠结尴尬中

方达生的到来意味着陈白露的生活中出现了一个另类的新质（和旧质形成对比和反衬），意味着多了一个观察陈白露的视角。借助于方达生的视角，观众知道陈白露从前的名字叫竹均，看到了陈白露的以前和现在；两相对比中看到了她身上“竹均——白露”两个侧面，看到她活在诸多复杂的纠结、尴尬、矛盾中。具体表现在：

1.“久经世故”下掩盖着“孩子气”

剧作第一幕开头有两个场面值得注意。一个是陈白露拉开窗幔,惊喜地发现窗玻璃上有霜,好奇已经春天了怎么还有霜。她兴高采烈地对方达生说:“我顶喜欢霜啦! 你记得我小的时候就喜欢霜。你看霜多美,多好看!(孩子似的,忽然指着窗)你看,你看,这个像我吗?”她“孩子似的执拗着,撒着娇”说这个地方像自己的眼睛,“这头发简直就是我!”方说看不出来,她很失望,败兴地说,你这个人还是跟从前一样别扭,简直没有办法。

方达生:是么?(忽然微笑)今天我看了你一夜晚,就刚才这一点还像从前的你。

陈白露:怎么?

方达生:(露出愉快的颜色)还有从前那点孩子气。

陈白露:你……你说从前?(低声地)还有从前那点孩子气?(她仿佛回忆着,蹙起眉头,她打一个寒战,现实又像一只铁掌把她抓回来)

方达生:嗯,怎么? 你怎么?

陈白露:(方才那一阵的兴奋如一阵风吹过去,她突然地显着老了许多。我们看见她额上隐隐有些皱纹,看不见几秒钟前那一种娇痴可喜的神态,叹一口气,很苍老地)达生,我从前有过这么一个时期,是一个孩子么?

方达生:(明白她的心情,鼓励地)只要你肯跟我走,你现在还是孩子,过真正的自由的生活。

陈白露:(摇头,久经世故地)哼,哪儿有自由?

方达生:什么,你——(他住了嘴,知道这不是劝告的事。他拿出一条手帕,仿佛擦鼻涕那样动作一下,他望到别处。四

面看看屋子）

陈白露：（又恢复平日所习惯那种漠然的态度）你看什么？

还有一个场面是方达生不叫她“陈白露”而叫她原来的名字“竹均”，这让她非常高兴。她说这个名字多少年没人叫了，现在听起来感觉“甜得很，也苦得很”。她激动地要求方达生再这样叫她一遍。

剧作家一开始就写这两个场面是什么意思？意在告诉读者和观众，他着意塑造的陈白露的内心世界有两个自我，一个是竹均，一个是白露。竹均娇痴、好奇、孩子气，白露苍老、世故、冷漠；竹均充满活力，向往自由，白露麻木消沉，不再相信所谓的自由。两个自我共存，一个掩盖、窒息着另一个，焉能不纠结痛苦?!

2. 身处魔窟却有一颗慈悲善良的心

陈白露生活的圈子里，简直可以说是群魔乱舞，没一个好人。银行家之间尔虞我诈，相互算计；富婆、“海归”自恃有钱，丑态百出；尤其可怕的是黑社会，唆使流氓无赖做打手，欺男霸女，无恶不作。

剧作中金八欺凌一个十几岁的女孩子——小东西，女孩不从，气愤地打了他。金八是黑社会老大，有钱有势，爪牙成群，连银行家潘月亭也不敢惹他。小东西逃到陈白露住处寻求保护，茶房王福生劝她不要管这闲事，金八惹不起。而陈听说小东西打了金八拍手称赞她打得好，打得痛快！王福生害怕惹火烧身，陈表态说出了事自己担待，保证说一句算一句。

但这事明显她管不了，于是她请潘月亭出面处理。潘听说是金八的事，避之唯恐不及。没办法她直接出面与一群打手相对峙，场面极其惊险，稍有不慎就把自己搭进去。她威风凛凛的气势竟然把一群流氓镇住了，最后在潘的帮助下化险为夷，流氓滚蛋。

冒着危险保护一个与自己七不沾八不连的小女孩儿，陈白露并不以此为骄傲炫耀于人，而只是视之为“好玩”，视为自己平生做的一件痛快事。这说明保护弱小反抗强暴出自她的天性，她虽然身处魔窟，却天生有一颗善良慈悲之心。可以想象，这种性格，这种处境，必然会给她带来无尽的麻烦和苦恼。小东西后来终于被金八们抓住送进妓院，不堪忍受凌辱悬梁自尽，这让陈白露心痛不已，叹息连连。

3. 身份卑微却高傲自尊

在粗鄙污浊的交际圈里，陈白露一无权势二无财富三无家世背景，仅凭年轻和美貌，其实是被人瞧不起的。那些所谓的社会名流们表面捧她，背地里踩她；嘴上口吐莲花赞她，内心毒汁四溅骂她。银行秘书李石清对她的评价代表了交际圈对她的看法：“陈白露是个什么东西，舞女不是舞女，娼妓不是娼妓，姨太太又不是姨太太，这么一个贱货！”

以陈白露的聪明，世俗的恶毒眼光她应该能够感受得到。这种恶毒足以杀人，但陈白露有足够的心理力量加以抵抗。当她的好朋友方达生质问她“你以为你这样弄来的钱是名誉的么”时，陈白露坦然回答：“你真是个书呆子。你以为这些名誉的人物弄来的钱就名誉吗？我这里很有几个场面上的人物，你可以瞧瞧，种种色色：银行家，实业家，做小官的都有。假若你认为他们的职业是名誉的，那我这样弄来的钱要比他们还名誉得多。”“我没故意害过人，我没有把人家吃的饭硬抢到自己的碗里。我同他们一样爱钱，想法子弄钱，但我弄来的钱是我牺牲过我最宝贵的东西换来的。我没有费着脑子骗过人，我没有用着方法抢过人，我的生活是别人甘心愿意来维持，因为我牺牲过我自己。我对男人尽过女子最可怜的义务，我享着女人应该享的权利！”

陈白露这番激昂慷慨的自我辩护，站在她的立场上无疑是义正词严的。确实，她没偷没抢没害人，她靠出卖自己养活自己，靠自我牺牲享受女人该享的权利，当然要比那群强取豪夺害人的家伙们高贵名誉得多。她认为她有资格站在道德高地蔑视他们，因而在他们面前活得高傲自尊，没有丝毫的卑微姿态和卑怯之气。

银行家潘月亭，人人见了点头哈腰，口口声声“潘四爷”“潘经理”，而陈白露对他直呼其名，口口声声月亭长、月亭短，和他调笑，挖苦他，调侃他，称他为“傻孩子”，叫他“老爸爸”，说不见他就不见他，把他指使得溜溜转。潘对她无可奈何，只得乖乖听指挥。

富婆顾八奶奶曾当面猛夸陈白露，说她有手腕，一眼看中潘四爷，抓住他不放。陈淡淡地反驳说：“我并没有抓潘四，是他自己愿意来，我有什么法子？”陈白露虽然靠潘四和富人供养，但她从来没有直接开口向人要过钱。她向催她还账的王福生说：“我从来没有跟旁人伸手要过钱，总是旁人看着过不去，自己把钱送来。”王为她的欠账主动代她向人说好话要钱，她知道后埋怨他：“谁叫你跟他们说好话？冤有头，债有主，我自己没求过他们，要你去求？”

纵观全剧可以看出，陈白露虽然身份卑微，但她活得高傲，活出了自尊，没有她这种身份所固有的卑怯和卑贱。虽然，我们也知道她的高傲自尊在某种程度上也是对自卑的掩饰，但她能高傲大气地活在一群有头脸的人中间，并且让他们对她点头哈腰，曲意逢迎，的确也是高贵的气质征服了他们，让他们不得不佩服。

4. 对自己的生活，她既喜爱又厌恶

对于交际花的生活，陈白露自己怎么看，她的态度如何，剧作

者在她出场时作过介绍："她的眼明媚动人，举动机警，一种嘲讽的笑总挂在嘴角，神色不时地露出倦怠和厌恶；这种生活的倦怠是她那种漂泊人特有的性质。她爱生活，她也厌恶生活。生活对于她是一串习惯的桎梏，她不再想真实的感情的慰藉。这些年的漂泊教聪明了她，世上并没有她在女孩儿时代所幻梦的爱情。生活是铁一般的真实，有它自来的残忍！习惯，自己所习惯的种种生活的方式，是最狠心的桎梏，使你即使怎样羡慕着自由，怎样憧憬着在情爱里伟大的牺牲（如小说、电影中时常夸张地来叙述的），也难以飞出自己的生活的狭之笼。"

这段提示揭示出陈白露复杂矛盾的内心世界：对自己的生活状态既留恋又倦怠，既喜爱又厌恶。为什么留恋喜爱？因为她说过"我要人养活，我要舒服，我出门要坐汽车，应酬要穿好衣服，要玩，要跳舞"，而这种物质需求只有当下这种生活状态能够满足她。为什么倦怠和厌恶？因为她骨子里的"孩子气"和这种生活格格不入，她善良正直的性格和这群人格格不入。为什么不离开？"因为她试验过，她曾经如一个未经世故的傻女孩子，带着如望万花筒那样的惊奇，和一个画儿似的男人飞出这笼；终于，像寓言中那习惯于金丝笼的鸟，已失掉在自由的树林里盘旋的能力和兴趣，又回到自己的丑恶的生活圈子里。"换句话说，因为残忍的生活现实教训过她，她不再相信爱情，不再向往浪漫的自由；"习惯"对她来说已经是"狠心的桎梏"和"金丝笼"，她已经没勇气没能力飞出去了。

在第四幕，方达生曾直白地质问陈白露："我不明白你为什么要跟他们混？你难道看不出他们是鬼，是一群禽兽？竹均，我看你的眼，我就知道你厌恶他们，而你故意天天装出不在意的样子，天天自己骗着自己。"这话一针见血，直逼人的灵魂，只有好朋友才能说得出。陈白露当然知道他的好意，但她有自己的苦衷："……可是上哪里去呢？我这个人在热闹的时候总想着寂寞，寂寞了又常想起热闹。整天不知道自己怎么样才好。你叫我到哪里去呢？"这话表明陈白露内心的惶惑，她不是不想离开，而是已经离不开！就像吸毒上瘾一样，她已经身陷其中无力自拔，注定陪着做一世的牺牲了。

5. 漂泊在外却向往回家

第四幕快结束的时候，陈白露和王福生有过一段虚实双关的对话。背景是，已经后半夜了，群鬼们还赖在陈白露那里胡闹个没完。陈烦不胜烦，问他们为什么不走。王说自然是还没玩够。陈问如果玩够了呢？王说，玩够了自然是各人回各人的家，没人一辈子住旅馆。陈对客人的"没玩够"忍无可忍大发脾气，一声比一声高地骂他们为什么没玩够，为什么还不走，想让他们赶紧滚滚滚。王以为是她喝多了，递一杯水给她：

> 陈白露：（接下杯子）不，不。（摇摇头低声）我大概是真的玩够了。（坐下）玩够了！（沉思）我想回家去，回到我的老家去。
>
> 王福生：（惊奇）小姐，您这儿也有家？
>
> 陈白露：嗯，你的话对的。（叹一口气）各人有各人的家，谁还一辈子住旅馆？

这段话中，"旅馆"和"家"在王福生这里是实的；在陈白露这里是虚的，是两个意象，具有表意性和象征性。揣情度理，这里的象征大约有两层含义。其一，"旅馆"象征吃喝玩乐的世俗生活，这里只有物质和肉欲而没有灵魂；"家"象征灵魂归宿、精神家园。

其二,“旅馆”象征活着时暂时寄居的在世状态,所谓“此岸”(“人生如逆旅”,“他乡”),“家”象征死亡,所谓“彼岸”(“故乡”)。

陈白露过厌了吃喝玩乐、只有物质没有精神、只有肉欲没有灵魂的浮华生活,渴望回归本真心灵,回归精神故乡;她厌烦了没有价值没有意义的生命,也许意识到该放弃这个没有灵魂的躯壳了。当然,从本能、本心、天性看,毫无疑问她向往光明,盼望日出(“我喜欢太阳,我喜欢春天,我喜欢年轻……”);不过遗憾的是,她又分明意识到,“太阳升起来了,黑暗留在后面。但是太阳不是我们的,我们要睡了”。

这段反复出现的主题曲是陈白露精神世界的象征。终于,在潘月亭破产之后,生活没了依靠的陈白露,吞下安眠药自杀身亡。

总之,纵观全剧可知,陈白露是一个有思想的清醒的明白人;但毫无疑问,她又实实在在地堕落着。清醒的堕落,堕落的清醒,是陈白露的精神状态及生存悖论。

人生启悟

一个年轻美丽的生命(陈临死前看着镜中的自己自怜:这么年轻,这么美……)在黎明前消亡了,读者观众在唏嘘感叹的同时,也从中得到许多宝贵的人生启示。

1. 人活着千万不要被粗鄙的世俗恶风所绑架

粗鄙的世俗恶风指的是追求金钱、肉欲之类奢侈浮华的物质享受,沉醉于灯红酒绿、纸醉金迷的颓废生活,被所谓的“社会名流”“成功人士”所追捧。这里是高度腐蚀人的灵魂的名利场,没有强大的精神意志,往往容易被俘虏、被绑架。

想当初,意气风发的陈白露离开故乡到城市打拼时是何等的清纯,但她一入世就进了娱乐圈(做过电影明星,当过舞女),而娱乐圈是粗鄙的世俗恶风最集中最流行的地方,年纪轻轻的她无法免疫,灵魂在大染缸里被污染,“三观”从此被荼毒。

事实上,陈白露的人生路上是有机会避开这种染缸的。一次是和丈夫离婚后,丈夫“去追他的希望去了”,此时的她可以有各种选择,但她没选择别的,而是又回到了娱乐圈——这里诱惑太大了;再一次是当下,好朋友方达生因为爱着她,听见关于她生活的种种不好传闻,千里迢迢找到她,诚恳地劝她离开此地过另一种生活。但他的好心被她嘲笑为幼稚,不懂生活。她向他不止一次地明确表示,她已经卖给这个地方了。这等于是说她在这里“吸毒”成瘾,中毒过深,无法离开了。所以当方达生希望她嫁给他从而带她离开时,她“很大方”地问:你有多少钱? 方“没想到”她竟然这样问,“于是惊吓得说不出话来”。她坦然解释自己需要人养活,要舒服要享受……话说到这份儿上,方就无话可说了。他明白,一个清纯健康的生命活活被粗鄙的世俗恶风毁掉了。

粗鄙的世俗恶风因为迎合人性弱点,所以对人有巨大的魅惑力,尤其是对涉世不深的年轻人。陈白露的教训就是一个典型案例。

2. 年轻人追梦没错,但不要梦想天上掉馅饼

陈白露的梦是什么呢? 剧作家介绍,她曾经飞出过狭小的生活之笼,但由于已失掉自由飞翔的能力,不得不重新回到丑恶的生活圈子里。“当然她并不甘心这样生活下去,她很骄傲,她生怕旁人刺痛她的自尊心。但她只有等待,等待着有一天幸运会来叩她的门,她能意外地得一笔财富,使她能独立地生活着。”

不想努力奋斗只想游手好闲地享受,这怎么可能? 于是坐在屋里做美梦,梦想天上掉馅饼,不偏不斜正好砸在自己头上。这简直太幼稚太可笑了! 她还嘲笑方达生幼稚天真不懂生活呢,其实

她自己才是一个幼稚天真的大傻瓜。结果如何？结果是“有一天她所等待的叩门声突然在深夜响了，她走去打开门，发现那来客，是那穿着黑衣服的，不作一声地走进来”，这是谁？死神！死神来了，她毫无留恋地和他同去。因为她知道，生活中意外的幸福或快乐毕竟总是意外，而平庸、痛苦、死亡永不会放开人的。

明知道“生活中意外的幸福或快乐毕竟总是意外”，但还是痴迷地等待着。这真是清醒的糊涂，糊涂的清醒；聪明的愚蠢，愚蠢的聪明。灵魂中的矛盾像泥淖，陈白露深陷其中无法自拔。

3. 独立生活必须靠辛勤踏实的劳动

“独立生活”不能靠意外财富，也不能靠出卖灵魂与肉体，而必须靠辛勤踏实的劳动，自己养活自己，赢得生命的尊严。

陈白露年轻漂亮善应酬，赢得了交际圈的青睐，靠富人的施舍过着奢侈浮华的生活。不用付出辛勤的汗水，靠出卖色相和肉体就能获得超级享受，这种生活的确诱人，但也暗藏着巨大的危险。其一，一旦年老色衰，这一切将不复存在。其二，即使年轻又如何，世事多变，万一靠山坍塌，生命将无所依附。陈白露的生命之舟就撞死在了这种现实上。

即使明星似的被人围着转的时候又怎样？真有尊严和快乐吗？未必，岂不知众人明里在捧你，暗中是在“消费”你，你是众人手中的玩物，毫无尊严可言。所谓尊严感其实是掩耳盗铃，自己欺骗自己。方达生一眼看穿了陈白露的自我欺骗：“我知道你嘴上硬，故意说着谎，叫人相信你快乐，可是你眼神软，你的眼睛瞒不住你的恐慌……”

为了掩饰内心的恐慌，陈白露曾振振有词地称自己出卖自己比那些强取豪夺的人要高尚。这固然有一定道理，可是出卖色相与肉体毕竟有违道德，与民风良俗相背离，为各种文明所不齿。所以这种说辞，实质上是自我欺骗、自我安慰，仍掩饰不了灵魂的堕落与空虚。

怎么改变这种状态？唯有依靠辛勤踏实的劳动自己养活自己。为了批判陈白露的活法，否定“损不足以奉有余”的不公平社会，剧作背景中始终回响着工人的劳动号子：“日出东来，满天大红！要得吃饭，可得做工！”“那声音传到观众的耳里是一个大生命浩浩荡荡向前推，向前进，洋洋溢溢地充塞了宇宙”，送别了不劳而食的陈白露，送别了、掩埋了陈白露所寄生其内的一大群寄生虫。

4. 旁观者清，当事者迷

陈白露沉迷于浮华的寄食生活中，方达生一眼看出这种生活不正常、不道德、不名誉，批评她单身女性住旅馆，交不三不四的朋友是放荡、堕落，批评她迷失在金钱之中而忘了宝贵的爱情。这些批评直率尖锐、推心置腹。但陈白露听了不以为然，不但不反省自己，反而嘲笑方不懂生活、不懂爱情，还是一个小孩子，说他是乡下人太认真，告诉他在这里多住几天就明白活着是怎么回事了。话不投机，各说各话。原因是陈白露已经被环境所同化，价值观变了，“久入鲍鱼之肆而不闻其臭”了。

5. 要勇于突破“习惯”形成的“桎梏”

习惯容易养成人的惰性，使人不思进取，懒于行动，安于现状。陈白露离开丈夫后又回到娱乐圈，沉到娱乐圈后虽深知其弊却无力摆脱，就是被习惯惰性窒息了。这是一种普遍的人性弱点，有陈白露的教训在，后来人一定要警醒，切不可重蹈覆辙，被消极颓废的“习惯”窒息了鲜活的生命。

愫方:圣徒型的大好人

话剧《北京人》剧照

愫方是曹禺著名话剧《北京人》中的主要人物之一。曹禺说:“愫方是《北京人》里的主要人物。我是用了全副的力量,也可以说是用我的心灵塑造成的。”(转引自田本相著:《曹禺传》,北京十月文艺出版社1988年版,第274页)和蘩漪的阴鸷、陈白露的堕落不一样,愫方秉性高洁,心地晶莹(均为曹禺语)、纯洁高尚、自我牺牲,是个(中国)圣人型、(西方)圣徒型的大好人。可以说,愫方的形象寄寓了剧作家的满腔深情和人生价值观,讨论愫方的形象,可以更好地理解剧作的思想意蕴和作家的人格理想。

人物性格

愫方的性格内涵是丰富的、复杂的,给读者和观众印象最深的是以下几点:

1. 隐忍

据剧本介绍,愫方出身于江南名门世家,父亲是名士。父亲早死,身后萧条,后来寡母弃世,愫方成为孤女。远在北京的姨母把她接在自己家,从此长住曾家,再没有回过江南。姨母在时有人宠爱,姨母死后她失去亲人保护,和林黛玉一样寄人篱下,过着看人脸色过日子的生活。

伶仃孤独,多年寄居在亲戚家中的生活养成她一种惊人的耐性。无论什么恶劣的处境和不公正的遭遇,她都能默默坚韧地忍下来。表嫂曾思懿含沙射影讽刺她赖在曾家吃闲饭,她忍;尖酸刻薄地嫉妒她和文清的关系,她忍;恶毒地逼着文清当面退还她给他的信,她忍;成年累月、一刻也不得闲地侍候姨父曾皓的生活,她忍;和表哥文清心灵相通而不能互通"款曲",她忍;冷酷自私的姨父一次次地干扰破坏她的婚姻,导致她作为大龄老姑娘待字闺中,她忍……总之,无论什么不幸和苦难,她都能忍。忍、忍、忍,成了愫方对待生活的基本态度。除了最后一刻的"出走",整个剧作给读者和观众造成的一个深刻印象是,愫方活得太苦了,她太压抑、太能忍了。

愫方的生活处境,搁在现代读者(观众)身上,万难忍受,即使没有激烈反抗,至少也牢骚满腹,怨气冲天,愤愤不平。但愫方没有牢骚没有反抗,而是平静地忍下来了。实在忍不了时也无非是"嘤嘤地隐泣"而已。对于愫方来说,隐忍似乎已经习惯成自然,成为生活基调了。所以"见过她的人第一印象便是她的'哀静'"。人们看见她苍白的脸上恍若一片明静的秋水,里面莹然可见清深藻丽的河床。

2. 牺牲

默默忍受不幸和苦难的同时,愫方默默地把自己无私地奉献给曾家,尽其所能默默地做着各种牺牲。

首先是把年轻的生命、美好的青春奉献给了曾家每个人,尤其是自私冷酷的老头子曾皓。姨母生前,她侍候姨母和姨父;姨母死后,"愫方又成了她姨父曾老太爷的拐杖。他走到哪里,她必须随到哪里。在老太爷日渐衰颓的暮年里，愫方是他眼前必不可少的慰藉，而愫方的将来，则渺茫如天际的白云，在悠忽的岁月中，很少人为她恳切地想一想”。剧作中，我们每每看到愫方没日没夜地为老太爷捶腿、熬药、陪护。她累死累活没人问一问，仿佛这一切本来就是她的责任，做到了是应该，没做到应受谴责。读者和观众感到，愫方在曾家的地位，其实就是一个可以呼来唤去的小丫鬟，一个不必付钱的老妈子。曾家每个人都心安理得地享受着她的牺牲，却没有一个人想到她也是一个人，也曾是青春少女，也应该享受生活。

其次，她把最宝贵的爱情毫无保留地献给了只能付出而不能得到的废人曾文清。由于生活圈子极为狭窄，愫方没有机会和任何同龄人接触。在曾家，只有和优雅而懦弱的表哥曾文清互相理解，心灵相通，于是他成了她的感情寄托。平时，“她低着眉头，听着许多刺耳的话。只有在偶尔和文清的诗画往还中，她似乎不自知地淡淡泄出一点抑郁的情感。她充分了解这个整日在沉溺中讨生活着的中年人。她哀怜他甚于哀怜自己。她温厚而慷慨，时常忘却自己的幸福和健康，抚爱着和她同样不幸的人们”。

由于外有伦理的约束，内有道德的自律，她对文清的爱只是在心灵层面——彼此暗藏心中，在生活中从不越雷池半步。这是柏拉图式的纯粹精神之恋，没有任何功利目的。她爱他没想要从他那里得到什么，而只是希望他能活得快乐，希望他能健健康康地活成一个男子汉。文清在家里活得憋屈，活得窝囊，一事无成，浪费生命，他希望他能走出家庭干一番事业，活成一个能自立的体面的人。所以当文清终于艰难地跨出家门出去闯荡时，愫方为他由衷地高兴。瑞贞问她，为什么不跟着他走，为什么不去找他呢？她的回答是见了未必快乐，留下来反而有快乐。留下来有什么快乐呢？

她的回答是,她可以替他尽他应尽的责任和义务:"——他走了,他的父亲我可以替他伺候,他的孩子我可以替他照料,他爱的字画我管,他爱的鸽子我喂。……"

她是他的什么人?既非明媒正娶的妻子也非名正言顺的小妾,而只是心灵相通的亲戚,他没资格要求她为他奉献和牺牲,她也没这个责任和义务,但她心甘情愿替他做这一切,不为别的,就为理解他,爱他,因而愿意把自己的一切无条件地奉献给他。

再次是金钱的牺牲。愫方早早没了父母,作为孤儿来到曾家做了若干年不拿工资的老妈子,手中的积蓄一定是有限的。她自己平时朴素节俭不花钱,却经常慷慨大方地拿出私房钱接济已经败落的曾家。

就剧本涉及的有限时间中,愫方至少三次接济曾家。一次是曾皓中风住医院,病愈时拿不出医药费,是愫方出钱他才出了院。一次是文清离家后第二天,因为手里没钱又偷偷地回来了,是愫方拿钱资助,他才又出了门。再有一次,是愫方自己出钱买材料为瑞贞未出生的小孩做了一箱的小衣服。这三次,除了第三次是出于私人友谊自己该出钱,另两笔钱是号称豪门的曾府应该出的。可惜曾府已经败落到付不出医药费,愫方看不下去,于是倾囊相助。

3. 宽恕

愫方在曾家长住为全家服务,一家人都喜欢她,却是当家人曾思懿的眼中钉。曾思懿不喜欢愫方,一是嫌弃她不是曾家人,长住这里吃闲饭耗费了家产;更重要的是她视愫方为情敌,经常指桑骂槐夹枪带棒羞辱她;思懿恨愫方恨得当面半开玩笑半认真地顺口说出想把她一双巧手砍掉,心之恶毒令人发指;思懿想方设法把愫方赶紧嫁出去,目的没达到,又虚情假意地建议文清收她为小老婆。

所有这一切，对敏感又自尊的愫方都是极大的精神伤害，按常情常理都会激起深仇大恨，即使无法还击，也会永远记在心里不能释怀。但愫方的反应却出乎我们的意料——面对侮辱和伤害，愫方选择了宽恕——真心诚意、毫无虚假的宽恕！

当瑞贞即将离开曾家投奔新生活时问愫方为什么不离开这里，愫方回答说要留下来替文清照料这个家。不但照料他所喜欢的一切，而且——

愫　方　……连他所不喜欢的人我都觉得该体贴，该喜欢，该爱，为着——

曾瑞贞　（插进逼问，但语气并未停止）为着？

愫　方　（颤动地）为着他所不爱的也都还是亲近过他的！（一气说完，充满了喜悦，连自己也惊讶这许久关在心里如今才形诸语言的情绪，原是这般难以置信的）

曾瑞贞　（倒吸一口气）所以你连霆的母亲，我那婆婆，你都拼出你的性命来照料，保护。

愫　方　（苦笑）你爹走了，她不也怪可怜的吗？

曾瑞贞　（笑着但几乎流下泪）真的愫姨，你就忘了她从前，现在，待你那种——

愫　方　（哀矜地）为什么要记得那些不快活的事呢，如果为着他，为着一个人，为着他——

这段对话透露出愫方的一种人生态度：她心里不记任何人的仇，不怨恨任何人；她真诚愿意宽恕所有人，包括曾冷酷地伤害过自己、一直恶劣地对待自己的人。

隐忍、牺牲、宽恕，从人性角度看，一般人是做不到的；但在愫方这里，却自然而然地做到了。为什么？因为她胸襟开阔，有无私利他的人生观作支撑。

前述瑞贞和愫方的谈话里，瑞贞对愫方牺牲自己守护这个家感到很不理解，因而连珠炮一样向她问出一连串尖锐的问题：那么从今以后你决心为他（文清）看守这个家？成天陪着快死的爷爷？送他的终？再照护着他的儿子？侍候这一家子老小？整天看我这位婆婆的脸子？一辈子不出门？不嫁人？吃苦？受气？到死？

对这些问题，愫方的回答是一连串的"嗯""嗯""嗯"。瑞贞百思不得其解，问她这到底是为什么呀？愫方的解释是：为着，这才是活着呀！活着的调子就像城墙边上吹的号声，是一大段又凄凉又甜蜜的日子，叫人想想忍不住要哭，想想又忍不住要笑。活着的要义很简单，那就是尽量帮助人吧！把好的送给人家，坏的留给自己。什么可怜的人我们都要帮助，我们不是单靠吃米活着的啊！

以上这些话句句有分量，都上升到了人生意义的高度，却不是板着脸用严肃理性的语气说出来的，而是一边哭一边说的："这心里头虽然是酸酸的，我的眼泪明明是因为我太高兴啊！"这段话饱含深情，无比真诚，道出了她的人生观和价值观：活着就要无私地帮助他人，活着的意义就是为他人牺牲自己，为他人牺牲自己是一种莫大的快乐——凄凉而甜蜜的快乐！

人生启悟

隐忍、牺牲、宽恕，这种为人处世的境界，太高尚太伟大了！在人类道德谱系中地位相当崇高，崇高得让人须仰视才见。正如剧作家曹禺所说："像愫方这样秉性高洁的女性，她们不仅引起我的同情，而且使我打内心里尊敬她们。"（《曹禺谈〈北京人〉》）

曹禺如此钟爱愫方，如此推崇她的精神境界，有根据吗？有啊！近看，他身边的方瑞（后来成为他的妻子）就是这样品形高洁的女性；远看，中国历史上这样的女性比比皆是："中国妇女中那种为了他人而牺牲自己的高尚情操，我是愿意用最美好的言辞来赞美她们的，我觉得她们的内心世界是太美了。"（《曹禺谈〈北京人〉》）这样品格高洁的女性，曹禺衷心喜欢甚至是崇拜，所以他要把愫方塑造成这样的人。把愫方塑造成高洁女性的典型代表是曹禺创作《北京人》的初衷，是他艺术创造的目标。

如此崇高纯洁的精神境界，让读者和观众自然而然地联想起中国文化中的"圣人"和西方文化中的"圣徒"。撇开严肃的宗教因素，这两个概念在大众心目中都是指道德高尚、精神纯洁的人。愫方性格中的隐忍、牺牲、宽恕这些品质，毫无疑问都是圣人、圣徒所特有的。在西方文学里，如俄国作家陀思妥耶夫斯基等人的作品中，常能看到圣徒型的品德高尚之人，能够在默然平静中坚韧地忍受苦难，从自我牺牲自我奉献中获取人生意义，从对他人罪恶的宽恕和对自我罪恶的忏悔中体验灵魂快乐。这类人，虽然和愫方的文化背景不同，但从精神实质上讲，二者是相通的。

曹禺塑造愫方，毫无疑问是基于中国文化背景，但不应忽视的是，也有西方宗教文化精神作参照。在《我的生活和创作道路》（见田本相：《曹禺创作论》，广西师范大学出版社 2010 年版）一文中，曹禺说："我接触《圣经》是比较早的，小时候常到教堂去。究竟是什么道理，我自己也莫名其妙。人究竟该怎么活着？为什么活着？应该走什么样的人生道路？那时候去教堂，也是在探索解决这些问题吧？"

在清华大学，曹禺学的是西洋文学。他熟读西方文学，潜心钻研西方戏剧，因而熟知西方文学艺术的宗教意蕴。大学毕业后在天津女子师范学院当教师时，还教过一段《圣经》文学。据《曹禺传》（田本相著，东方出版社 2009 年版）披露，1929 年父亲猝死后，曾经有一段时间，曹禺去法国教堂、听宗教音乐、看弥撒仪式、研读《圣经》、思考人生意义等问题。曹禺和西方宗教的种种因缘在精神上给了他哪些启示，对他的戏剧创作有什么影响，曹禺没有作过明确说明。但他在《雷雨·序》中反复指出要以"悲悯"的心态看待剧中人、在《日出》扉页的八段引语中有七段源于《圣经》，由此推断，《北京人》中通过愫方宣扬的隐忍、牺牲、宽恕，肯定与西方宗教提倡的道德精神有关。

平心而论，具有愫方这样超迈的道德境界的人，在现实生活中是不多见的，因而可以说愫方是具有理想主义色彩的人物，是剧作家曹禺推崇的人格理想的化身。

那么这样的人物性格对于当今受众会有哪些影响，或者说会有什么样的社会效果呢？问题稍微有点复杂。一方面，艺术为现实、为大众树立了一种高标准的理想人格，其超越性肯定会产生一种积极正面的引领、感召和提升作用，正所谓"虽不能至，心向往之"。另一方面，一味地倡导隐忍、牺牲和宽恕，容易与奴隶道德相混同，容易泯灭主体的人格力量，消解人们与恶势力斗争的意志和勇气，与"五四"以来倡导的文化精神相冲突。诚所谓有一利即有一弊，辩证法的铁律体现在任何一件事情上。正确的做法是取其精华去其糟粕，批判性地接受有益的思想营养，涵养健全的精神人格。

曾文清:优雅精致的废人

曾文清是曹禺话剧《北京人》中的主要人物之一。在曾府,他是老太爷曾皓的儿子,曾思懿的丈夫,曾霆的父亲,瑞贞的公公,文彩的哥哥,江泰的内兄,愫方的表哥,居于人物关系的中心地位。

曲剧《北京人》剧照

人物故事

关于曾文清,出场时剧本的提示中特别突出了他的优雅。

他外貌优雅:面色苍白,宽前额,高颧骨,一副诗人也难得有的清俊飘逸的骨相。无色的嘴唇看起来异常敏感,眉宇间蕴藏着灵气。身材瘦长,衣服淡雅,举止谈话带着几分懒散模样。然而这是他的自然本色,一望而知是个淳厚优雅的书生。

他谈吐优雅:绝顶聪明,儿时即有"神童"之誉;身体孱弱,语音清虚,行动飘然;风趣不凡,谈吐也好,分明是个温厚可亲的性格。

他生活优雅:"他生长在北平的书香门第,下棋,赋诗,作画,很自然地在他的生活里占了很多的时间。"闲极无聊之时像达官贵人家的公子哥那样提笼架鸟，玩玩鸽子之类的小宠物。他的奶妈离开他好多年了，还念念不忘他的雅兴，虽上了年纪还不辞辛苦，大老远地给他送来一对鸽子。

曾文清不但活得优雅，而且活得精致。例如喝茶，他的妹夫江泰作过这样的介绍："我的这位内兄最讲究喝茶。他喝起茶来要洗手，漱口，焚香，静坐。他的舌头不但尝得出这茶叶的性情，年龄，出身，做法，他还分得出这杯茶用的是山水，江水，井水，雪水还是自来水，烧的是炭火，煤火，或者柴火。茶对我们只是解渴生津，利小便，可一到他口里，就有一万八千个雅啦、俗啦的道理。"喝茶喝到这一步，可谓是深悟茶道精髓，喝成"行为艺术"，喝出审美了——实在是精致到家了！

活得如此优雅如此精致，实在让人羡慕。然而在优雅精致的表象下，没有人会想到，他却是个无用的废物，一个不折不扣的废人，一个轻飘飘可有可无的多余的人。

曾文清三十六岁，刚刚进入中年，正是精力旺盛干事业的时候。他年纪轻轻早早成了家，却迟迟立不了业，始终"宅"在家里当"宅男"。他上有老（父亲曾皓），下有小（曾霆夫妻），作为中间一代正应该是家庭的顶梁柱，接管家业，撑起门面，以自己的经济收入养活一家人。但他既没这能力，也没这勇气，整天诗书酒茶尽情享受生活，从没有想过出门工作。他本应该是家庭财富的生产者和贡献者，但实际上却一直是消费者和掏空者。剧作中反复提到的"耗子"，作为艺术家提炼的意象，用来暗示曾文清之类就像耗子，曾家一群人大大小小都是耗子。就连家长曾皓也曾绝望地说："不要管我。（转对大家）我不责备你们，责备也无益。（满面绝望可怜的神色，而声调是恨恨的）都是一群废物，一群能说会道的废物。"

眼看着一家子坐吃山空，家业败落，以至于到了抵押房产出租客厅，甚至拮据到拿不出老太爷医药费的地步，文清还赖在家里过着被人侍候的悠闲生活。“逐渐逼来的困窘，使这懒散惯了的灵魂，也触目惊心，屡次决意跳出这窄狭的门槛，离开北平到更广大的人海里与世浮沉，然而从未飞过的老鸟简直失去了勇气再学习飞翔。他怕，他思虑，他莫名其妙地在家里踟蹰。他多年厌恶这个家庭，如今要分别了，他又意外无力地沉默起来，仿佛突然中了瘫痪。”在父亲和老婆的无形压力下，在全家人的盼望下，他不得不出门找事干了，却迟迟不想动身。好不容易出门了，在外面混不下去，无奈又灰溜溜地回了家。

离开家前曾文清曾和心灵朋友愫方谈过话，向她发誓自己立志要成为一个人，死也不再回来。愫方信以为真，相信他真要做一个男子汉，所以当瑞贞判断也许有一天爹会回来时，愫方斩钉截铁地说不会，除非天真的能塌，哑巴急得会说了话。结果就在她们对话的时候，曾文清“神色惨沮疲惫，低着头踽踽地踱进”家门，让瑞贞惊得像中了魔，让铁心相信他的愫方彻底绝望了。倒是他父亲曾皓“知子莫若父”，知道他没志气，料定他早晚还是会回来。

作为曾家长子，文清主持不了家政，家里里里外外都是他老婆曾思懿打理，他只管衣来伸手、饭来张口地被人侍候着。曾思懿是个女强人，心里看不上他这种做派，每每发生冲突，这时候他显得非常懦弱，一味退缩，以“何苦这样”“何苦如此”来挡驾。

在复杂的家庭关系中，作为男子汉，他既保护不了自己，也保护不了善良柔弱的心上人。他离家前，愫方不便和他谈话而给他写了信，思懿发现后不依不饶，非要他当着自己面退还给她。这让文清和愫方极为难堪。他的第一反应是想逃跑，被思懿厉声喝回后屈服，痛苦地举着信给了愫方。面对这样的奇耻大辱，他的反应是“忍不住倒坐在沙发上哽咽”,弱弱地说一声“你不要这么逼我,我是活不久的”。活现出一副窝囊透顶的可怜相!

说文清是废人的另一证据是他的意志极差,完全控制不了自己吸毒的恶习。成年累月在家闲极无聊,玩鸽子喝茶之余学会了抽大烟。抽大烟即慢性吸毒,士大夫家里是严厉禁止的。但文清吸上了瘾,瞒着父亲和家人偷偷吸。父亲发现了,愤怒得没有办法,突然对他下跪,痛心地说:“我给你跪下,你是父亲,我是儿子。我请你再不要抽,我给你磕响头,求你不——”话没说完就中风昏厥了。事情发展到这一步,说明文清是多么的没出息!他已经彻底丧失世家子弟所应有的基本理性,完全被原始欲望所控制,身不由己,成了生物本能的奴隶——与禽兽无异了。

本来好好的天资聪颖一个人,怎么就成了一个不折不扣的废人?原因何在?“先天”没问题,问题出在“后天”他生活、成长的环境上。这个环境又可分为小环境和大环境。

小环境就是他出生的家庭。“曾家这个封建官宦的世家,曾经是炫耀几代、气象轩豁的望族,而如今却是家道衰微,内里蛀空,徒有其表了。”(《曹禺谈〈北京人〉》)这样的家庭虽然衰微,但多少年多少代形成的生活习惯、行为方式、心理惯性这些“意识形态”方面的东西,却没有随着“经济基础”的变化而变化,而是原封不动地保留下来。这样的家庭,主子们依靠祖上留下的财富衣食无忧,从来是不需要劳动而只管享受的。

例如文清,从小被娇生惯养,到了十几岁还需要奶妈为他穿裤子。这样一路被“养”下来,除了享受啥都不会,怎么能不成为废人?!用现代网友的句式说,他想不成为废人都难。你活得精致不错,可精致有什么用?正如剧中人江泰在介绍完文清喝茶精细之后随即问道:“然而这有什么用?他不会种茶,他不会开茶叶公司,不会做出口生意,就会一样,‘喝茶’! 喝茶喝得再怎么精,怎么好,还不是喝茶,有什么用? 请问,有什么用?”

看来,废人是被“养”出来的。一味地被“养”埋没了、湮灭了、消解了、扼杀了被养人的行动能力。人的能力是被逼出来的,是在“用进废退”的规律中培养出来的,因为不用——不必用,所以自然没有。养在笼中的小鸟有食吃,不必飞着去觅食,因而不会飞了。

大环境就是文清生存于其中的历史文化背景。剧本介绍,曾文清生在北平士大夫之家,而“北平的岁月是悠闲的,春天放风筝,夏夜游北海,秋天逛西山看红叶,冬天早晨在霁雪时的窗下作画。寂寞时徘徊赋诗,心境恬淡时独坐品茗,半生都在空洞的悠忽中度过”。这就是北平文化的风格:悠闲,雅致,轻松,享受,其基本性质是消费主义和享乐主义。这是有闲阶级才能享受的生活,这种生活带有浓厚的寄生性,最能适应人性中懒惰、消沉、不思进取、安于现状的劣根性,最能腐蚀人性中生动活泼、不满现状、积极进取的另一面。而文清的性格,就是“染受了过度的腐烂的北平士大夫文化的结果。他一半成了精神上的瘫痪”。

大小环境相互濡染融汇,营造出文清成长呼吸的空气,渗透进他的性格表现出来就是“无能力,无魂魄,终日像落掉了什么”似的出奇的“懒”:

> 懒于动作,懒于思想,懒于用心,懒于说话,懒于举步,懒于起床,懒于见人,懒于做任何严重费力的事情。种种对生活的厌倦和失望甚至使他懒于宣泄心中的苦痛。懒到他不想感觉自己还有感觉,懒到能使一个有眼的人看得穿:“这只是一个生命的空壳。”

“生命的空壳”，恰如其分的评价！曾文清的精气神没了，魂没了，生命活力没了，只剩下一个活的肉体的存在了。这与他家里的耗子、手中的鸽子有什么区别?！如果说他还是一个人，那么他只是一个废人，一个“精神上瘫痪”之人！

人生启悟

通过曾文清形象的塑造，曹禺彻底否定了封建家庭、封建文化、封建制度。那样的家庭、那样的文化、那样的制度只会把活人变成死人，把本来可能有所作为之人变成一无所能的寄生虫，变成半死不活、亦死亦活、似死似活的废人。他是封建文化的受害者，从某种意义上说，他也是值得怜悯的人。换个环境，他可能也会是有所作为的人。

如此彻底如此决绝地否定封建制度和封建文化，说明曹禺具有强烈的社会责任感和历史使命感。近代以来中华民族落后挨打的现实，迫使有良知的作家艺术家思考社会制度和民族文化中的弊端。曹禺痛切地感受到封建制度和封建文化罪恶在于对人的摧残，导致受其浸染的人丧失生命活力，一个个变成无能的废人。《北京人》就是曹禺思考的结果转化为艺术的结晶。

对旧事物的否定意味着对新事物的呼唤——大破中渴望大立。曹禺在对文清、江泰们否定的同时，提出了他对新人物的设想。他在《北京人》中用大胆巧妙的构思，让三种“北京人”同时出现在舞台上形成鲜明对比。

三种“北京人”分别是：远古北京人，即“中国猿人”，人类的祖先；明日北京人，即人类学家袁任敢及其女儿袁圆，他们代表同样发源于北京的科学、民主的“五四”新文化；今日北京人。三种不同时代的“北京人”代表三种截然不同的文化。

作家设置远古北京人与明日北京人的目的在于批判今日北京人。“因此，当我们在舞台上看见中国猿人的巨大身影，并且听到代表着明日北京人的袁任敢发出沉重的声音——‘这是人类的祖先，这也是人类的希望。那时候的人要爱就爱，要恨就恨，要哭就哭，要喊就喊，不怕死，也不怕生，他们整年尽着自己的性情，自由地活着……’时，自会感到，这是人类祖先对他的‘动不敢动，爱不敢爱，恨不敢恨，哭不敢哭，笑不敢笑’的不肖子孙的历史审判：看看你们自己吧，你们这些‘无用的废物’，活得是多么的窝囊呵！”（钱理群：《大小舞台之间——曹禺戏剧新论》，北京大学出版社 2007 年版，第 155 页）

三种北京人的设置不仅为了批判以文清为代表的“今日北京人”，更重要的意义在于在对比中彰显了曹禺的主张——明日北京人要像袁任敢、袁圆那样继承远古北京人的精神，敢想敢干，敢爱敢恨，自由勇敢地活着，活出自己的性情和生命活力，做对国家对民族对时代对社会有用的人。

曹七巧:只有你想不到而没有她做不到的母性恶

鲁迅先生在《小杂感》一文中曾经说过:“女人的天性中有母性,有女儿性;无妻性。”说到母性,人们立马联想起的是亲情、温暖、善良、无私、奉献,是崇高和伟大。但所有人的母性都是这样的吗?非也!张爱玲的代表作《金锁记》中的曹七巧就彻底颠覆了上述传统的母亲形象,她的母性充满了恶,而且恶得超乎常情,恶到变态,恶到令人毛骨悚然,恶得只有你想不到而没有她做不到。所以评论家杨义把她定性为“丧失人性的衣锦妖怪”。

不幸憋出怨毒

曹七巧出身于城市小业主之家,家里开着麻油店,父母早亡,哥嫂是她唯一的亲人。七巧聪明能干,从小帮助家里打点生意,站惯了柜台,见多识广,长大后嫁到城里高门大户姜公馆。小门小户何以能嫁到高门大户家?因为姜家老二生下来就是残废,时刻需要人伺候,所以降格以求娶了曹七巧,从此她成为残废丈夫的护理人。用七巧自己的话说,丈夫是没有生命的肉体,她衣不解带伺候他十来年。一个聪明能干、精力旺盛的年轻女人被绑在一个半死不活的人身上若干年,七巧活得憋屈郁闷,有苦难言。

曹七巧出身卑微,在姜家始终被人瞧不起。“七巧自己也知道这屋子里的人都瞧不起她”,她说,“一家人都往我头上踩,我若是好欺负的，早给作践死了，饶是这么着，还气得我七病八痛的！”此情此景导致七巧心理失衡，怨气冲天，性格变得刻薄古怪，伶牙俐齿，口不饶人。整个人像浑身长满了刺的刺猬，锋芒指向所有人。她刻薄无情地骂丫头，斥仆人，在大家庭里挑拨离间，拨弄是非。一会儿指桑骂槐地骂老太太，一会儿在老太太面前鼓动着把云泽姑娘早早嫁出去，结果造成她和周围环境的尖锐对立，一家人都恨她。

甚至，连大老远到城里看望她的哥哥嫂嫂，她也不放过。见面又是诉苦又是揭短，话说得一句比一句难听。嫂嫂说：“我们这位姑奶奶怎么换了个人？没出嫁的时候不过要强些，嘴头上琐碎些，就连后来我们去瞧她，虽是比前暴躁些，也还有个分寸，不似如今疯疯傻傻，说话有一句没一句，就没一点得人心的地方。”亲侄子和她的儿女玩耍，稍稍不顺她的心，她竟污蔑十多岁的侄子阴谋算计她的钱。侄子一气之下卷铺盖走人。她借机教育女儿：“表哥虽不是外人，天下男人都是一样混账。你自己要晓得当心，谁不想你的钱？”

唯一能让她精神兴奋的是她对老三姜季泽的爱。“当初她为什么嫁到姜家来？为了钱吗？不是的，为了要遇见季泽，为了命中注定她要和季泽相爱。”于是她找机会大胆试探他，挑逗他，但他怕东窗事发无法收场，抱定宗旨不惹家里人，委婉拒绝了她。她伤心无奈，终于死了心。

总之，长期压抑憋屈的生活导致七巧性格扭曲，为人苛刻，毫无顾忌，出口就是子弹，出手就是刀剑。在人们眼里她就是个魔鬼、疯子。她越刻薄人们越恨她，人们越恨她，她越刻薄，恶性循环。她孤立寂寞，郁郁寡欢。为了缓解压力，她破罐破摔和丈夫一起吸大烟，靠毒品麻醉自己。

恶毒虐待儿女

好容易熬到丈夫婆婆都死了，缠在七巧头上的两个魔咒解除了。她变得尖锐和泼辣，分家时终于争得属于自己的一份家产，她盼了十多年的梦想终于实现了。“这些年，她戴着黄金的枷锁，可是连金子的边都啃不到，这以后就不同了。”七巧带着一双儿女离开姜家，另租房子过日子。她以为从此成为金钱的主人，可以扬眉吐气、为所欲为了，却不知道自己已经成为金钱的奴隶，被黄金枷锁勒得更紧了。

十年前七巧梦里都在追求姜季泽，此刻姜季泽主动上门倾吐衷情向她示爱，求她理解和谅解。她心里很受用——“七巧低着头，沐浴在光辉里，细细的音乐，细细的喜悦……”但忽然警醒——他是不是想她的钱，她卖掉了她的一生换来的几个钱？仅仅这一转念便使她暴怒起来。虽然心里明明还有他，知道就算他骗她，迟一点发现也是好的，眼下不必太认真；但由于她太担心“钱只怕保不住”，所以她立马翻脸，断然打跑了姜季泽。情与钱比，当然是钱重要，所以虽然心里好不舍，还是依然舍了情。

七巧视所有人为可能算计她家钱的潜在敌人，所以和姜家分开，和所有亲朋好友断绝来往，关起门来朝天过。眼前只有自己一双儿女，那就好好善待他们，给他们幸福吧？但是不！出乎所有人的意料，她带给他们的，不是幸福而是虐待，是无穷无尽的折磨和伤害。

首先看她如何对待儿子。儿子长白不学好，在外面赌钱，捧女戏子，后来竟跟着三叔逛起窑子来。七巧着了慌，手忙脚乱为他娶了亲，意在用婚姻拴住他。儿子结婚后，七巧嫉妒小夫妻的蜜月生活，命令儿子成夜陪她说话，伺候她吸大烟，儿子瞌睡了她让他喝浓茶提神。娘儿俩聊天时七巧引诱长白述说他们小夫妻的床笫私密，儿子无心，说给娘听。打听到小夫妻的私密后，七巧邀儿家女眷包括亲家母到她家打牌。在麻将桌上，七巧一五一十将儿子亲口招供的他媳妇的秘密公开出来，而且添油加醋地渲染得有声有色。众人听得不好意思竭力打岔，然而几句闲话过后七巧又把话头引到媳妇身上来。这让亲家母情何以堪！逼得亲家母脸皮紫胀，退场回家。

七巧看不得小夫妻过得好，经常说三道四，导致夫妻关系不和，长白渐渐又往花街柳巷里走动。七巧把一个丫头绢儿给长白做小老婆，还拴不住他，七巧又变着法儿哄他吸大烟。儿子越吸越上瘾，这才收心在家守着母亲和新姨太太。这是什么意思？用网友的话说是不把儿子毁掉决不罢休的节奏。

再来看七巧如何对待女儿长安——这是作品最精彩的部分。

长安十三岁了，七巧怕她到处乱跑被人骗钱，忽然决定为她裹脚。可是，老妈子都知道当时小脚已经不时兴了，连姜家这样守旧的人家缠过脚的也都放了脚，七巧却一意孤行，硬是把长安的脚裹了起来，痛得她鬼哭狼嚎。裹了一年多，七巧兴致过了，也就渐渐放松了，但长安的脚却不能恢复原状，只落下惹人嘲笑的话柄。

大房三房的子女都进了洋学堂，七巧唯恐自己的孩子输在起跑线上，托人赶紧把长安送进沪范女中。快乐的学校生活很快让长安活泼健康了许多。但因为粗心，把衣服送洗衣房洗时丢失一星半点小物件，七巧暴跳如雷，大骂她是天生败家精，发誓一定要到学校兴师问罪。十四岁的少女害怕母亲大闹太丢人，宁死再也不去上学了。中途退学，七巧要追回学费，不能白便宜了学校。长安抵死不去，七巧带老妈子去学校大闹，“钱虽然没收回来，却也着实羞辱了那校长一场”。

长安从此不敢见同学，不敢拆同学的信，只好待在家里不出门。日久天长，长安放弃了一切上进的思想，安分守己起来，学会了挑是非、使小坏，干涉家里行政，不时地和母亲怄气，不知不觉变成一个小七巧。

长安有病了，七巧不替她延医服药，而是劝她抽鸦片，病愈之后上了瘾。未出阁的姑娘一心一意抽大烟，有人好心劝阻，七巧却鼓励女儿继续抽，声称自己家有钱抽得起，即使出嫁，姑爷也管不着。

有人替长安做媒，家境差的七巧看不上，疑心人家贪他们的钱；家境好的，人家又看不上她。长安长相一般，母亲出身低，又有不贤惠的名声，因此高不成低不就，一年一年耽搁下去。眼看长安成了三十岁的大龄剩女，要做老姑娘了，七巧改变了口风。她责怪女儿自己长得不好嫁不掉，反怨老娘耽搁了她。

长安的堂妹长馨同情堂姐，自作主张给长安介绍了归国留学生童世舫，两相情愿订了婚，长安高兴有了笑脸。女儿高兴了母亲不高兴，于是冷言冷语："这些年来，多多怠慢了姑娘，不怪姑娘难得开个笑脸。这下子跳出了姜家的门，称了心愿了，再快活些，可也别这么摆在脸上呀——叫人寒心！"长安不予计较，自顾自努力戒烟，争取给未婚夫一个好印象。

女儿订婚时七巧有病没有出席没见准女婿，于是挑鼻子挑眼千方百计贬低他。女儿在一边着急，她看见了骂她："死不要脸的丫头，竖着耳朵听呢！这些话是你听的吗？"长安哭着跑出来，她还继续骂，说什么姑娘急着嫁，不管腥的臭的都往家里拉。骂不解恨，再加一码，竟恶毒污蔑女儿多半是生米做成熟饭了，所以急着嫁。

因为双方年纪都不小了，订婚不上几个月，男方便托人议婚期。眼看女儿就要出嫁了,七巧更恼怒,破口大骂:“不害臊!你是肚子里有了搁不住的东西是怎么着?火烧眉毛,等不及要过门!”七巧病好了,能下床走动了,便逐日骑着门坐着,遥遥向长安屋里叫喊:“你要野男人你尽管去找,只别把他带上门来认我做丈母娘,活活气死了我!为只图个眼不见,心不烦。能够容我多活两年,便是姑娘的恩典了!”如此这般骂个没完,长安伤心至极,觉得自己的婚事早晚会被母亲破坏掉。“与其让别人给它加上一个不堪的尾巴,不如她自己早早结束了它。”于是长安忍痛退掉了和童世舫的婚约。

世舫是个受过西方文化熏陶的现代人,认为虽然婚约解除了但还可以做朋友,所以他照常约长安出去散步。长安退婚本来不是情愿的,如此藕断丝连地谈下去,不是还会谈成吗?这怎么行!于是七巧背着长安吩咐长白下帖子请童世舫吃饭。饭局上七巧故意迟到,长白问妹妹为什么没下来——

> 七巧道:“她再抽两筒就下来了。”世舫吃了一惊,睁眼望着她。七巧忙解释道:“这孩子就苦在先天不足,下地就得给她喷烟。后来也是为了病,抽上了这东西。小姐家,够多不方便哪!也不是没戒过,身子又娇,又是由着性儿惯了的,说丢,哪儿丢得掉呢!戒戒抽抽,这也有十年了。”世舫不由得变了色,七巧有一个疯子的审慎与机智。……因此及早止住了自己,忙着添酒布菜。隔了些时,再提起长安的时候,她还是轻描淡写的把那几句话重复了一遍。她那平扁而尖利的喉咙四面割着人像剃刀片。

这样的场合,七巧以母亲的身份告诉这个有可能成为女婿的人，自己的女儿从小就抽大烟，从来没断过，直至此时此刻。什么意思？用意太明显了，她要亲手毁掉长安的形象，让童世舫对长安彻底绝望。为达此目的，她不惜造谣撒谎，把最难堪、男人最不能忍受的罪名加到女儿身上。因为长安为了婚事，事实上已经断烟了。

这一手实在太绝了，其用心之阴毒卑鄙，直让人瞠目结舌。都说虎毒不食子，但七巧不是这样。她不但“食子”，而且要“食”得连骨头渣都不剩。子女的幸福，她要剥夺净尽，不赶尽杀绝不罢休。

对待亲生儿女尚且如此，对待非血缘的儿媳妇，就更不用说了。儿媳妇芝寿进洞房的一刻，七巧一眼看出她嘴唇厚，当着众人面刻薄地说：“这两片嘴唇，切切倒有一大碟子……但愿咱们白哥儿这条命别送在她手里。”这两句话刺耳难听，像剃刀片一样直刺人心，新媳妇听了“脸与胸震了一震”。七巧嫌弃媳妇笨，诸事不如意，见人就诉苦。常常当着媳妇面说极侮辱人的难听话，芝寿哭也不是，笑也不是，木着脸装没听见。七巧嗟叹：“在儿子媳妇手里吃口饭，可真不容易！动不动就给人脸子看！”

七巧嫉妒小夫妻亲热，嘲讽芝寿死缠她儿子：“白哥儿给我多烧了两口烟，害得我们少奶奶一宿没睡觉，半夜三更等着他回来——少不了他嘛！”“白哥儿一晚上没回房去睡，少奶奶就把眼睛哭得桃儿似的！”这哪是婆婆该说的话，但七巧不假思索顺嘴就说出来了。芝寿觉得“这是个疯狂的世界，丈夫不像个丈夫，婆婆也不像个婆婆。不是他们疯了，就是她疯了”。“她想死，她想死”，她想用一条汗巾子吊死算了。

芝寿不幸染上肺痨，七巧便嫌弃她吃这个吃那个比寻常似乎多享了一些福，结果自己一赌气便也病了。她这样阴毒地对待芝寿,长白自然也不喜欢她,对她不管不问,任其自生自灭。可怜的芝寿终于被折磨至死。芝寿死后,“绢姑娘扶了正,做了芝寿的替身。扶了正不上一年就吞了生鸦片自杀了”。就这样,曹七巧以她邪恶的离谱的母性无声无息地虐杀了两个媳妇,从此“长白不敢再娶了,只在妓院里走走。长安更是早就断了结婚的念头”。

这就是曹七巧儿女们的结局,没有一个不惨的。这都是母亲曹七巧所赐。曹命运不幸,缺少爱情,这是她的终生憾事。不幸造成了心理创伤,创伤导致了心理变态。此时她想的不是自己不幸就不幸了,但不能再让儿女重蹈自己的覆辙,一定要让儿女们幸福;而是我不幸了你们谁也别想幸福。她要从儿女婚姻的不幸中获得快感,得到心理补偿。正如傅雷先生在《论张爱玲的小说》中评曹七巧时所说:“爱情在一个人身上不得满足,便需要三四个人的幸福与生命来抵偿。”“悲剧变成了丑史,血泪变成了罪状;还有什么更悲惨的?”

作品结尾,就像“卒章显志”一样,叙述人对曹七巧的一生作了总结:“三十年来她戴着黄金的枷。她用那沉重的枷角劈杀了几个人,没死的也送了半条命。她知道她儿子女儿恨毒了她,她婆家的人恨她,她娘家的人恨她。”

聪明强悍的曹七巧最终怎么落到这一步?看过作品就知道了。这就叫咎由自取,自作自受,因果报应。仰面唾天,最后掉到自己嘴里。喷出去的毒汁不但毒害了他人,最终也毒害了自己。

作者为什么创造出曹七巧这样的形象?

一个作家创造出一个经典的人物形象,原因当然是复杂的,多方面的,它源于作家全部的生活积累和生活体验。熟悉张爱玲作品并对其有深入研究的学者指出,张之所以能写出曹七巧,与她自身的切身经历和刻骨铭心的心理创伤有关。

张爱玲(1920—1995)出身名门,祖父张佩纶是清末名臣,祖母是李鸿章的长女。在这样豪门贵族家庭长大的父亲,抽大烟,狎妓,赌钱,养姨太太,是典型的纨绔子弟。母亲却是新派女性。夫妻俩争吵不断,在张爱玲很小的时候,母亲就和姑姑一起到欧洲留学去了。母亲回国后父亲恶习不改,母亲忍无可忍毅然离婚再次出国。张爱玲从小失去母亲的呵护,跟随父亲和后母生活。

后母也吸鸦片,性格乖戾,敏感的张爱玲备受压抑,饱尝痛苦。她在一系列回忆少年时代生活的文章中作过详细描述。例如,有了后母之后,她住在学校的时候居多,难得回家。有一次回家吃饭时看到父亲为一点小事就打弟弟嘴巴子。张爱玲大为震惊,心疼得眼泪直淌。后母冷漠地奚落:你哭什么?又不是说你!他没哭,你倒哭了!气得张爱玲咬牙发誓将来有一天要报仇。再如,在散文《私语》中,张爱玲记下了因为提出留学的要求遭到父亲拒绝,后母在旁添油加醋、谩骂亲生母亲的事:你母亲离了婚还要干涉你们家的事。既然放不下这里,为什么不回来?可惜迟了一步,回来只好做姨太太!淞沪抗战爆发后,张爱玲回家里住。因为离家前只告诉了父亲而没有告诉后母,后母认为她看不起她而打了张爱玲一个嘴巴。父亲知道后不但不为她撑腰反而对她拳脚交加,痛打一顿。她躺在地下,父亲还揪住她的头发一阵乱踢,她的耳朵被击打震聋了。

这些屈辱的痛苦经历在张爱玲心里留下深深的印记。创作心理学的基本常识告诉我们,作家艺术家的童年生活和情绪记忆,对一生的创作具有至关重要的作用。小时候无力反抗只能忍受,长大了有能力也有机会了,张爱玲就要把小时候"要报仇"的誓言付诸实施。于是,读者有理由猜测,张爱玲在描写曹七巧的时候,也许受着复仇情结的支配,在无情的揭露中也许在享受着复仇的快感。

张爱玲一生对《金锁记》情有独钟。1943 年岁末《金锁记》发表,作者“一夕成名”。此后她亲自将此小说译为英文,再后来又用英文创作了核心故事和人物性格与《金锁记》类似的长篇小说《怨女》,之后又将其译为中文,于 20 世纪中期在港台地区流行。一个故事翻来覆去“四度易稿”,一再“翻版”,可见它在作者心中的分量。

当然,这样说不意味着曹七巧就是张的后母。后母只是一个原型,一个触媒,而曹七巧则是作者调动生活积累和情绪体验,以此为基础展开想象,以天才的艺术才华创造出的一个有相当深度、具有符号意义的艺术典型。

曹七巧形象的价值和意义

最后从读者角度提一个问题:创造曹七巧这样的形象有什么价值和意义呢? 回答是,价值和意义是多方面的,其中最主要的是彻底颠覆了我们关于人、人性、母性的传统观念,拓展了我们对人的灵魂世界的认识。过去我们只知道人性中有恶,母性是美好的;但不知道人性中最美好的母性中也有恶,而且恶到如此程度——只有你想不到的,没有她做不到的。直让我们感叹,人啊,人性啊,母性啊,真是太深奥复杂了。正所谓,林子大了啥鸟都有,人上一百形形色色。

曹七巧的“恶”让笔者联想起两句话,一句是科学家牛顿的:“我可以计算天体运行的轨道,却无法计算人性的疯狂。”另一句是东野圭吾《白夜行》中的警句:“世界上有两样东西不可直视,一是太阳,二是人心。”

当然我们也知道,生活中像曹七巧这样恶的母亲绝对是极少数;不过,即使极少也是“有”——曹七巧就是这个“有”的符号。这个“有”加深了,或者说拓宽了我们对人性——母性的认识维度。反观生活加以验证,报刊上,包括我们身边,后母(甚至亲生母亲)残忍地虐待子女直至死亡的案例,不是经常被曝光么!过去我们总不理解,看了《金锁记》就理解了。

方鸿渐："围城"中一味消极逃避的无用人

方鸿渐是钱锺书著名小说《围城》的主人公，是作者耗时两年精心塑造的人物，是中国现代文学史上一个不可多得的艺术典型。那么他到底是一个什么样的艺术形象呢？让我们从作品名称"围城"说起。

凡是读过，哪怕即使听说过《围城》的读者，第一印象绝对是"围城"这一精彩绝伦的象征意象——英国古话说结婚仿佛金漆的鸟笼，笼子外面的鸟想住进去，笼内的鸟想飞出来；法国人说婚姻就像被围困的城堡，城外的人想冲进去，城里的人想逃出来。钱锺书对"鸟笼"尤其"围城"意象相当满意甚至是得意，所以直接取来为他唯一的长篇小说命名。

人物故事

英法两国人说的是婚姻，方鸿渐把"围城"意象的意涵泛而化之为整个人生。他的原话是：我还记得那一次褚慎明还是苏小姐讲的什么"围城"，我近来对人生万事，都有这个感想。

为什么会有这样的感想？方鸿渐对好友赵辛楣作了解释："譬如我当初很希望到三闾大学去，所以接了聘书，近来愈想愈乏味，这时候自恨没有勇气原船退回上海。我经过这一次，不知道何年何月会结婚，不过我想你真娶了苏小姐，滋味也不过尔尔。狗为着追求水里肉骨头的影子，丧失了到嘴的肉骨头！跟爱人如愿以偿结了婚，恐怕那时候肉骨头下肚，倒要对水怅惜这不可再见的影子了。”(《围城》，人民文学出版社 1980 年版，第 141—142 页，下引此书只注页码)

说这话的时候，留学归国的方鸿渐对人生的艰难已经有了初步体验。因为他学过哲学，颇有些抽象思维能力，他把他的体验一下子提升到哲学高度，对人生作了总结性的概括。他概括出的意思是，人生是荒诞的、无意义的，人所追求的所有东西都不值得，都无意义，因为所有追求到的东西都会转化为其反面。

人生是荒诞的，生活是无意义的。这一结论是方鸿渐对人生所作的具有普遍意义的哲学概括，和他求学时西方流行的存在主义哲学要旨相吻合。这可以视为他的人生观，颇有某种悲观主义意味。

人生是荒诞的，生活是无意义的，那么在这种背景下人该怎样生活？怎样应世做人？纵观全书可以看出，方鸿渐深受其人生观的影响，没有勇敢去抗争，而是采取了消极逃避、无所作为的人生态度，在复杂纷繁的人世纠纷中做了懦夫，成了朋友眼中的无用人。

方鸿渐消极逃避、无所作为的人生态度，首先表现在他与几位女性的婚恋关系上。

方鸿渐留学回国，漫长的旅途乏味无聊，他和同船的鲍小姐不期而遇。鲍小姐是生长于澳门的混血儿，心眼伶俐，明白机会要自己找，快乐要自己寻。她自恃有辛辣的魅力，自信很能引诱人，她看上了方鸿渐，对他施展攻势。“鲍小姐只轻松一句话就把方鸿渐钩住了。……从此他们俩的交情像热带植物那样飞快的生长。”方鸿渐心里虽怪鲍小姐行动不检，但仍觉得很兴奋。他理智上明白自己并不爱她，只是需要她，所以他心甘情愿接受了鲍小姐的引诱，在船上做了苟且之事。目的达到，鲍小姐突然改变态度冷落了方鸿渐，他气得心火直冒，但立马安慰自己：鲍没有心和灵魂，自己并没有吃亏，也许还占了便宜。“方鸿渐把这种巧妙的词句和精密的计算来抚慰自己，可是失望、遭欺骗的情欲、被损伤的骄傲，都不肯平伏，像不倒翁，捺下去又竖起来，反而摇摆得厉害。”（第21页）

芊祎为《钱锺书集》设计的藏书票

方、鲍的短暂艳遇暴露出方的性格弱点，做人没有信仰，没有坚强的理性意志，自己管不住自己，一味地屈从于原欲的支配，做了原欲的奴隶。而且发现被利用之后不但不自我反思，反而阿Q似的自我欺骗，自己安慰自己。这就堕入了玩世不恭的泥淖，他享受了放纵原欲的自由而放弃了主宰自我的意志自由，这是典型的庸人的心理特征。

和方鸿渐发生恋爱纠葛的第二个人是苏文纨。苏出生于官僚世家，出国留学得了博士学位，自视甚高，矜持冷傲，原本看不上方鸿渐。但自命清高的结果是曲高和寡，自我孤立，没人搭理。苏小姐意识到被冷落的危险，这才放下架子主动接触早已熟悉的方鸿渐。她想方设法向他示爱，但方并不爱她。“方鸿渐自信对她的情谊到此为止，好比两条平行的直线，无论彼此距离怎么近，拉得怎么长，终合不来成为一体。”虽然如此，方鸿渐并没有拒绝苏文纨的爱，而是欲拒还迎，寂寞时还主动去拜访她。方虽“明知也许从此多事，可是实在生活太无聊，现成的女朋友太缺乏了！好比睡不着的人，顾不得安眠药的害处，先要图眼前的舒服”。不出方之所料，他的主动拜访给了苏小姐假象，苏误以为他真的爱她，感情投入越来越深，以至于把方鸿渐逼到不得不表态的时候，方才极难为情地拒绝了她。苏的自尊心受到极大打击，极为恼怒，视方鸿渐为感情骗子，从此结下怨仇。

从方鸿渐对待苏文纨的态度，我们可以看出方性格的另一弱点，优柔寡断，拖泥带水，缺乏独立自主的人格，缺乏男子汉的决断。明知自己心肠太软，没有快刀斩乱麻的勇气，是个西洋人所谓“道义上的懦夫”，但就是唯唯诺诺克服不了。他不敢公开宣布自己的真实感情，不敢说“不”。消极逃避的结果是，一手好牌被他打得稀烂，动机也许善良但效果却很残忍，不想伤害别人却把别人严重地伤害了。

在《围城》的女性中，唐晓芙是方鸿渐唯一真心所爱的人。也许是看多了虚荣虚伪、矫揉造作、城府很深的女性，他喜欢唐晓芙的单纯、率真、聪明、热情、活泼可爱。这说明方鸿渐性格中也有与唐晓芙相同相通的一面。面对“众里寻他千百度”的梦中情人，方鸿渐对她一见钟情，很快进入日思夜想、魂牵梦萦的地步。这一切，苏小姐看在眼里，恨在心里，开始使小心计干扰他们的接触，当方鸿渐拒绝她的爱情后，她恼羞成怒，不顾一切在唐小姐面前添油加醋地攻击方鸿渐。当方再次见到唐的时候，唐把从苏小姐那里听到的一切当面披露出来，方面红耳赤，有口难辩。方明知苏文纨的揭发有真有假，有的是恶意诬陷，这时候他应该冷静下来作必要的辩解，使心上人进一步了解自己，从而维护来之不易的爱情。但他没有这么做，他的选择是自认倒霉，一走了之——他两眼是泪，像大孩子挨了打骂,咽泪入心,绝望地说:“你说得对。我是个骗子,我不敢再辩,以后决不来讨厌了。”

看到方鸿渐走了,唐小姐恨不能说:“你为什么不辩护呢?我会相信你。”她本来是故意激他,希望听到他的辩解,给他机会洗去喷在身上的污泥。但他却没有,他宁愿受辱也不自辩。他这么做,有高傲自尊的一面,但同时也再次暴露了软弱、怯懦的性格弱点:在事关终身大事、爱情幸福的关键时刻,他选择了退缩和放弃。这是他的遗憾,也是唐晓芙的遗憾。

和唐晓芙断绝关系后方鸿渐万念俱灰,恰在这时他接到了三闾大学的聘书,遂与朋友和其他几位一路辛苦去往内地。同行者中有上海小姐孙柔嘉。漫长而艰难的旅途生活,一天到晚随时的接触,孙对方产生了好感。在三闾大学,两人生活得都不愉快。首先是方鸿渐受聘教授而被降格为副教授;再就是所教非所学,工作不顺利;还有上司、同事的龌龊卑鄙的嘴脸,人与人之间无穷无尽的倾轧排挤,钩心斗角,都让方鸿渐烦恼郁闷。孙柔嘉的生活也不顺心。一片冷漠的艰难处境中,方和孙相互接触,互有好感。但方鸿渐无意追求孙柔嘉,结果在其他人的言语刺激下,头脑发热,凭意气糊里糊涂地向柔嘉求婚了。走到这一步,是方鸿渐事先没有预料到的,是共同的困境、偶然的机遇让他们走到了一起。在这一关系中,方鸿渐是被动的,缺乏自主性的。

其次,方鸿渐消极逃避、无所作为的人生态度还表现在对待事业毫无规划、盲目被动、不思进取,结果是处处失败,一事无成。

早在北平上大学期间,方鸿渐就没有理想、没有目标,不知道自己想学啥,该往哪方面发展,于是频繁地改换专业:“他是个无用之人,学不了土木工程,在大学里从社会学系转哲学系,最后转入中国文学系毕业。”到欧洲留学时,“既不钞敦煌卷子,又不访

《永乐大典》，也不找太平天国文献，更不学蒙古文、西藏文或梵文。四年中倒换了三个大学，伦敦、巴黎、柏林；随便听几门功课，兴趣颇广，心得全无，生活尤其懒散。”（第9页）

因为学无专长，方鸿渐回国后无处安身，蒙准岳父关照，在其小银行里谋个闲职养活自己。其时，热恋苏文纨十几年的赵辛楣视方为情敌，为了把方支开，利用关系让三闾大学聘方为教授。冥冥中的偶然让方鸿渐迷迷糊糊地得到从天上掉下的馅饼。

幸运的方鸿渐在三闾大学没有能持续他的幸运。由于他学无专长，所以只能在大学教他并不熟悉的边缘学科，人也被边缘化。由于没有真才实学，加上没有教学经验，学生不欢迎，校长不抬举，同行看笑话，导致他活得压抑痛苦，一肚子气无处释放。

方鸿渐的窘境，固然有同事人格猥琐，拉帮结派，钩心斗角，因而受排挤的原因，但主要的也怨他本人不争气。大学讲坛，本是严肃神圣的地方，要求教师有真才实学，有教学热情，有敬业精神。但这一切，方鸿渐都不具备，所以他不受欢迎是他自身缺陷造成的。关于这一点，方鸿渐并没有作过反思，没有从自身找原因，因而也看不到他为改变不利处境所做的任何主观上的努力。我们所看到的，是消极无奈的牢骚，是幻想升职为教授，是校长发聘书给他，他不客气地退回去。其结果是一切幻想破灭，灰溜溜地和孙柔嘉一同回了上海。

方鸿渐智商不低，本来聪明有才，如果有一个积极上进的人生态度，他可以成为一个有用之才，为社会做诸多有益之事，同时实现自我价值。但遗憾的是，他是一滩漫散在地上的水，随处乱流，没有目标，没有方向，得过且过，提不起心力，遇到困难就逃避，结果是处处碰壁，于事无补，于己无益。关于这一点，方的朋友赵辛楣对他了解最深，赵曾一针见血地评价方鸿渐：“你不讨厌，可全无用处。”

再次，方鸿渐消极无为的人生态度，还表现在人际关系出现矛盾时不是主动沟通、解释，而是退缩逃避，导致矛盾不断升级，直至不可收拾。前述和唐晓芙的决裂就是如此，当然更突出而明显地表现在和孙柔嘉的矛盾冲突上。

方鸿渐和孙柔嘉最初的婚姻生活是甜蜜的，然而不久就出现小摩擦。结婚之前，双方是同事、熟人，有一定的距离，互相对对方都看不太清楚；为了博得对方的好感，彼此都很客气和忍让。结婚之后零距离了，彼此不必要客气和礼让，自身固有的缺点、弱点也就暴露出来。于是感到失望，感到自己看错人了。这就是方鸿渐所说的：“现在想想结婚以前把恋爱看的那样郑重，真是幼稚。老实说，不管你跟谁结婚，结婚以后，你总发现你娶的不是原来的人，换了另外一个。”

婚姻生活关涉到双方家庭（家族）、亲戚，乃至于更广大的社会面。小家庭要融入大家庭，总有盘根错节的关系要处理，少不了产生无穷无尽的矛盾与纠葛。例如，方家嫌孙家陪嫁少，嫌媳妇不漂亮，不懂事，没有恪尽媳妇之道。孙家嫌方家封建、迂腐，对自己女儿太简慢。柔嘉在方家受婆婆挑剔，妯娌挤兑，鸡毛蒜皮，琐琐碎碎，极其无聊。方鸿渐在孙家的待遇也好不了多少。孙家嫌女婿懦弱无能，瞧不起他，连仆人也不尊重他。就这样，小家庭所处的环境中到处是“一地鸡毛”，让双方都觉得压抑、憋闷，感到无法忍耐，都想逃离而不得。

家庭生活需要经济基础，为了生活，他们都必须出去找工作。求职不顺利，工作不顺利，人际关系不顺利，让方鸿渐身心疲惫。加上日常生活中为小事不断的口角、怄气，两人心里都烦不胜烦。

在种种难以言状的苦恼和厌烦中，方鸿渐要离开上海到重庆找朋友帮忙就业，孙柔嘉想让他独立，不要总是依赖别人，她希望他留在上海。他们双方都还在为小家庭着想，都还有和睦相处的愿望。但是，一次充满意气的激烈冲突中，双方都动了手。柔嘉想激发丈夫独立生存的勇气，她"瞧丈夫这样退却，鄙薄的不复伤心，嘶声说：'你是个 Coward！（懦夫）Coward！ Coward！ 我再不要看见你这个 Coward！'每个字像鞭子打一下，要鞭出她丈夫的胆气来，她还嫌不够狠，顺手抓起桌子上一个象牙梳，又尽力扔他……"然而柔嘉失望了，即使她如此痛切地斥责，依然未能激发出丈夫的勇气，方鸿渐茫然不知所措，麻木地睡去："没有梦，没有感觉，人生最原始的睡，同时也是死的样品。"

事情发展到这一步，是谁也没想到的。诸多的家庭矛盾，固然有人与人之间互不理解、难以沟通的一面，但也与方鸿渐消极逃避的人生态度有关。遇到矛盾冲突，他不是积极主动去协调沟通，而是无所作为，手足无措，继续逃避，以至于让矛盾由小变大，最后成为死结。

方鸿渐消极逃避、无所作为的人生态度形成的原因是多方面的。

撮其要者，首先是家庭环境的影响。

方鸿渐生长于一个传统的封建意识浓厚的大家庭中。父亲是前清举人，在本乡小县里做大绅士，家里完整地保留了旧时代传下来的礼教秩序。在这种家庭里，家长是绝对权威，家长的话就如圣旨，小辈必须无条件服从，否则就是不孝，就是大逆不道。方鸿渐在这种家庭背景下长大，从小养成了服从、听话、驯良、懦弱的性格。例如，还在高中读书时，父母包办为他订了婚，他连未婚妻的面也没见过。到北平上大学后，第一次经历男女同学的风味，看见一对对花前月下谈情说爱，心中羡慕，于是给父亲写信表示想退婚之意。父亲回信对他一顿痛骂，吓得他立马放弃初衷，连连道歉解释。这种在父母面前唯唯诺诺的做派，甚至延续到留学归来以及结婚之后。方鸿渐对家庭的规矩虽然反感但仍然不敢反抗。这也是他和孙柔嘉矛盾的一个原因。

其次，源于悲观主义的人生观。

方鸿渐学过哲学和文学，聪明善悟，常常能从习以为常的生活现象中悟出哲学道理。这方面作品有许多描述。如，本文开头引述的关于“围城”的理解，方鸿渐就结合自己的人生经历生发出人生万事皆“围城”的普遍性命题。既然万事皆围城，顺理成章的结论当然是：人生万事都没有意义，因为所有追求都会走向反面。既然没有意义，凭什么还要追求，还要努力？

再如，方鸿渐一行历经旅途劳顿，即将到达目的地三闾大学。按常情常理方鸿渐应该高兴和激动，但他却是少有的冷静和理性——“方鸿渐在轿子里想，今天到学校了，不知是什么样子。反正自己不存奢望。适才火铺屋后那个破门倒是好象征。好像个进口，背后藏着深宫大厦，引得人进去了，原来什么没有，一无可进的进口，一无可去的去处。‘撇下一切希望罢，你们这些进来的人！’”

这又是一个对人生的整体性理解：人生是一无可进的进口，一无可去的去处，感觉里面有深宫大厦，进去一看什么也没有。这不和“围城”的意思一样吗？人生没有意义，不值得追求，因此你不要寄予希望。

关于职业的愿景，方鸿渐也不存希望。他把升迁的许愿视为挂在驴子眼睛之前、唇吻之上的胡萝卜。虽然校长已许诺他下学年升为教授，但“自从辛楣一走，鸿渐对于升级这胡萝卜，眼睛也看饱了，嘴忽然不馋了，想暑假以后另找出路”。

关于人际关系，方鸿渐也有哲思级别的认识："天生人是教他们孤独的，一个个该各归各至死不相往来。人之相聚就像一群刺猬在一起，只好保持着彼此的距离，要亲密团结，不是你刺痛我的肉，就是我擦破你的皮"。

试想，把人生看透到这一步，无论什么都没有意义，做人做事还有什么动力！还怎么热情热烈、奋发向上、积极进取、勇往直前！

再次，方鸿渐的消极逃避、不思进取、得过且过的平庸活法，细究起来其实远远不止是他个人的性格弱点，而应该视为普遍的人性弱点。

面对宏大无比的世界和无穷无尽的人际纷争，个人的力量总是渺小无助的，因而自然产生消极逃避的懦弱心理。古今中外文学作品中为什么那么多善良却怯懦的无用人、多余人，而这些人又塑造得那么好？原因无他，就因为作家内心与他们相通，甚至自己就是这样的人。还有，读者为什么那么喜欢这样的形象？也是同样的原因。换句话说，消极、懦弱、无力，是普遍的人性弱点，人人都是方鸿渐，方鸿渐就是每个人，因而人们理解他、同情他、怜悯他、喜欢他。

人生启悟

既然方鸿渐性格如此普遍，那么作家钱锺书塑造方鸿渐是为了歌颂或肯定他的消极懦弱吗？当然不是！那么钱锺书的目的是什么，或者说《围城》的意义是什么呢？

对此，有眼力的评论家作过这样的评述："钱锺书虽然同情方鸿渐对人生之虚无（无意义、无信仰）和存在之荒诞（非理性、偶然性）的体验，但在个人如何对待这种根本的虚无和荒诞的存在处境这一问题上，钱锺书和方鸿渐却分道扬镳了。通过对方鸿渐那种消极逃避、怯懦认命的人生态度的严厉批判，钱锺书在召唤一种不畏虚无的威胁而挺身反抗这虚无以肯定自我存在的勇气，在张扬一种勇敢地承担根本虚无的压力并且明知无胜利希望而仍然自决自为的人生态度。这样钱锺书就由对虚无和荒诞的揭示走向了对虚无和荒诞的反抗，这既是《围城》这部现代经典的主旨之一，也是钱锺书与西方存在主义者在思想上的契合之处。”（解志熙：《生的执著——存在主义与中国现代文学》，人民文学出版社1999年版，第130—131页）

塑造方鸿渐的形象，揭示他消极懦弱的性格，不是为了肯定和同情，而是通过揭露走向批判，走向否定。通过否定传达出的是积极进取的人生态度，是对虚无和荒诞的反抗，呼唤人们用顽强不屈的努力奋斗去创造一个欢乐充实的人生过程。正如尼采所说："每一个不曾起舞的日子，都是对生命的辜负。"这，就是人生！这就是人生的价值和意义！

华威先生：痴迷于官威而不做实事的小官僚

《华威先生》版画

华威先生是张天翼1938年发表的短篇小说《华威先生》的主人公。作品发表不久就在当时社会和文坛引起轰动性效应，“华威先生”这一人物不胫而走，立马被读者记住并活在人们的口语里。以短小篇幅创造出一个文学典型，在琳琅满目的现代文学画廊中占有一席之地，这在文学史上还是不多见的现象。

人物故事

那么华威先生是一个什么样的形象呢？综合阅读感受，大致可以说他是一个痴迷于官威而不做实事的小官僚。作品故事情节简单但人物性格内涵却很丰富。

权欲炽盛，霸权主义

这里的“霸权主义”指的不是国际政治中大国强国富国欺侮小国弱国穷国，企图夺取或霸占统治世界的权力的霸权主义；而是“望文生义”，指日常的社会生活中贪权、揽权，企图把一切权力都霸占到手的行为。华威先生就是一个典型的这样的人。

华威先生给人印象最突出的是一个字——忙。忙什么？忙开会。他马不停蹄、蜻蜓点水似的穿梭于各群众组织间，在会上千篇一律地发表两点意见：一是这个工作很重要，你们要好好干；二是特别强调一定要服从一个领导中心，你们要听话。这个领导中心是谁？毫无疑问当然是“我”——华威。你们如果要制定什么工作计划，一定要到“我”家找“我”商量——事实上是请示。如果“我”不在家，你们可以去问“我”太太，“我”太太知道“我”的意见，她会告诉你们怎么做。言外之意是，千万不要脱离“我”的掌控自作主张。

在华威的意识里，无论任何组织，都要由他来领导。妇女界有人组织了一个“战时保婴会”，没有去找他，他听说后“吃了一大惊”——怎么可以没有“我”参加，怎么可以脱离“我”的领导？简直大逆不道！于是他开始打听，调查。他设法把一个负责人找来提议要增加几个领导人——实质只为增加他一个人。看见人家在犹豫，他立马连珠炮一样质问：你们能不能真正领导这工作？能不能对“我”担保你们会内没有不良分子？能不能保证不犯错误……一连串声色俱厉的质问，等于是一阵劈头盖脸的训斥。这还不够，还抬出后台来压人（这不是“我”的意思，“我”只是一个执行者）。就这么谈判了两次，华威终于当上了战时保婴会的委员，于是在开会的时候可以名正言顺地去做五分钟的所谓指示，满足了他的权欲——领导欲。

还有一个“难民读书会”没有请华威参加，他知道后勃然大怒，上纲上线地污蔑人家是“秘密行动”。看到人家不服，竟然粗鄙地骂脏话。

战时保婴会，难民读书会，来自底层，居于民间，都是自发的群众组织，远离政治中心的边缘组织。但是，即使这样的组织华威也要插上一足，也要“领导”，也要掌控，可见其权欲炽盛到何等程度！

华威的霸权主义行为让人联想到元代严忠济的一句名言:宁可少活十年,休得一日无权。这话赤裸裸地袒露出嗜权如命的贪婪。权力是这类人的命根子,没权等于要了他们的命。鲁迅先生曾说过,人与人之间的悲欢是不相通的。不是这类人就无法体会到这类人对权力竟痴迷贪婪到如此程度。

自我中心,唯我独尊

华威一旦坐上某个领导位置,就自视甚高,自我感觉特好。于是目空一切,唯我独尊。他认为所有人都应该听命于他,都应该围着他转,捧着他,哄着他,唯他马首是瞻,否则就残酷斗争,无情打击。

战时保婴会没有请他当领导,这严重伤害了他的自尊心。于是他"把下巴挂下来"不依不饶地逼人家:"你们的委员会是不是能够真正领导这工作?"言外之意是,没有"我"你们就无法领导这工作。"你能不能够对我担保——"这里说的不是组织,不是上级,而是对"我"担保。言外之意,"我"就是组织,组织就是"我",老子天下第一。"你能不能担保——你们以后工作不至于错误,不至于怠工?"言外之意是,没有"我"领导你们就会犯错误,就会怠工。"你能担保的话,那我要请你写个书面的东西给我。以后万一——如果你们的工作出了毛病,那你就要负责。"这里特意强调的还是"我",言外之意是,你们不请"我"当领导,出了问题,"我"无法罩着你们,你们吃不了兜着走。

听听,这里句句突出的都是"我",疾言厉色质问的言外之意都充满了威胁,体现着居高临下的优越感。

虚荣浅薄,矫揉造作

阅读《华威先生》,感觉就像观赏一出喜剧小品,华威的表演意识很强,一言一行、一举一动都很夸张,喜剧(讽刺)效果强烈。

先看他的"行头"：

他永远挟着他的公文皮包。并且永远带着他那根老粗老粗的黑油油的手杖。左手无名指上戴着他的结婚戒指。拿着雪茄的时候就叫这根无名指微微地弯着，而小指翘得高高的构成一朵兰花的图样。

请看，这里的"道具"哪一样不是为了表演?！永远挟着的公文皮包；拿着雪茄、戴结婚戒指、微微弯着的无名指；翘成兰花图样的小指；哪一样不是戏剧表演程式的模仿?！如果不是有意识地模仿，那么就是潜意识里在模仿。做戏，表演，已经深入华威的骨髓——一出门就装，而且装得好像自己没有装，装得好像自己不会装，以至于忘了自己是在装。

次看他的"行动"：

包车踏铃不断地响着。钢丝在闪着亮。还来不及看清楚——它就跑得老远老远的了。像闪电一样地快。

而——据这里有几位救亡工作者的上层分子的统计，跑得顶快的是那位华威先生的包车。

跑那么快干吗？先声夺人，吸人眼球——"我"是与众不同、威风八面的特殊人物！

再看他在大庭广众下的正式表演。每参加一个会议，总要故意迟到，为的是享受众目睽睽之下被人翘首以待的荣耀。为使这一感觉充足饱满，淋漓尽致，到会场门口下车时特意拉响一下完全没必要再响的车铃，在门口稍微停顿一下亮相，好让大家把他看个清楚，之后神情庄严步态从容地进场。主席讲话时他打火抽烟看钟表，显得急不可耐。随意打断主席话头，夺取随时讲话权。讲话内容千篇一律，永远不变的两点意见。讲完不等会议结束提前退场，声言自己很忙，急着参加下一场会议。众人目送之下匆匆离场。

这一切都让人感到华威关心的不是工作，而是如何通过表演显示自己的威仪、威风、威严，用眼下的话说刷存在感。这些表演，他自己津津有味，陶醉于其中得意扬扬。而在他人看来，这一切十足表现了他的虚荣浅薄、矫揉造作，既可笑又可怜——小丑一枚。

表面文雅，本性粗野

表面上，华威待人接物谦逊客气文雅得很。“我”尊敬地称他“华威先生”，他觉得这种称呼不大好，“谦逊”地拒绝，建议“我”叫他“威弟”或“阿威”。进会场后，“华威先生很客气地坐到一个冷角落里，离主席位子顶远的一角。他不大肯当主席。”五点三刻他马不停蹄地赶到工人救亡协会指导部的会议室，“这回他脸上堆上了笑容，并且对一个人点头”，嘴里说着“对不住得很，对不住得很：迟到了三刻钟”。

谦逊文雅的外表下，掩盖的却是粗野蛮横的本性。他固然表态不肯当主席，但事实上是他不愿承担当主席的具体责任，而只愿意凌驾于主席之上指挥他驾驭他。在“难民救济会”，主席正在讲话，他不愿意听，当众大声要求主席两分钟讲完，完全不顾及起码的礼仪，不尊重主席的尊严和情感。在“通俗文艺研究会”的会场，别人正在发表意见，他坐了下来，点着了雪茄，不高兴地拍了三下手板，然后粗暴地向主席提出要求：“我因为今天另外还有一个集会，我不能等到终席。我现在有一点意见，想要先提出来。”接着是录音机回放一样的老调重弹。

华威的威风无论什么地方什么时候都必须得到绝对维护，稍有触犯，就会遭到他激烈反弹。“战时保婴会”没请他当领导，他气急败坏、声色俱厉地质问人家，直逼得让他当了委员才算罢休。“难民读书会”的人对他的污蔑（“你们秘密行动”）不客气地予以辩驳，气得他把雪茄一摔，狠命在桌子上捶了一拳，破口大骂：

> “混蛋！”他咬着牙，嘴唇在颤抖着：“你们小心！你们！哼，你们！你们！——”他倒在了沙发上，嘴巴痛苦地抽得歪着。“妈的！这个这个——你们青年！……”

人一急，“妈的”“混蛋”冲口而出，一下子暴露出华威蛮横粗野的本性，暴露出自我中心不容批评的狭隘心胸，暴露出专制独裁唯我独尊的官场作风，暴露出平时的文雅都是在“装”。沉迷吃喝，不干正事。读完全篇，除了看到华威走马灯一样川流不息地忙着在各种会议上发表两点空洞的意见之外，读者看不到华威到底做了哪些实质性的有价值的工作；看到的是他沉迷宴会，吃吃喝喝。

在气氛隆重的会场，华威忙里偷闲不忘问酒肉朋友：

“昨晚你喝醉了没有？”

“还好，不过头有点子晕。你呢？”

“我啊——我不该喝了那三杯猛酒，”他严肃地说，“尤其是汾酒，我不能猛喝。刘主任硬要我干掉——嗨，一回家就睡倒了。密司黄说要跟刘主任去算账呢：要质问他为什么要把我灌醉。”

这是华威生活的一个片段，一个剪影。作品对华威生活内容全面而概括的叙述是：

他反复地说明了领导中心作用的重要，这就戴起帽子去赴一个宴会。他每天都这样忙着。要到刘主任那里去办事。要到各团体去开会。而且每天——不是有别人请他吃饭，就是他请人吃饭。

这是什么时候？抗日救亡、物资紧缺、国难当头。可是华威们在干些啥？白天浮光掠影演戏一样地开会、发言、做空洞无物的指示，晚上昏天黑地地吃喝玩乐，醉生梦死。啥抗日？啥救亡？哄老百姓去吧！

人生启悟

读罢《华威先生》，一个只知拼命争夺领导权、只会无休止地开会、表演、吃喝而从不做任何实事的小官僚形象，雕塑一般耸立。这种人什么都不做——不愿做也不会做，只知和只愿做官，为的是尽情享受官位、官威的实惠和虚荣。华威形象，表面看是特定时代社会生活的产物，而骨子里流淌着的是几千年来官本位文化的血脉。

华威先生已经死了，但华威先生的影子和魂灵还在中华大地上游荡。所以，从制度、文化、社会心理多角度清除华威魂灵的余毒，还是一个较长时间的历史任务。

二诸葛:新旧时代转型期落后农民的剪影

二诸葛是赵树理小说名作《小二黑结婚》中的人物,小二黑的父亲。

小说讲述了抗战时期解放区刘家峧青年队长小二黑和本村女青年于小芹为追求婚姻自由,在新政权的帮助下,冲破农村黑恶势力以及守旧家长的阻挠,最终结为夫妻的故事。

故事中小二黑、小芹是作者塑造的年轻一代进步的农民形象;与之相对的是小二黑的父亲二诸葛和小芹的母亲三仙姑,因为他们阻挠儿女婚姻,所以他们是落后的农民形象。通过思想观念截然相反的两代农民的对照,揭示了当时农村中封建残余势力及旧的习俗对人们思想行为的束缚,以及新旧社会转型期新老两代人的意识冲突与变迁,说明实行民主改革、移风易俗的重要性;同时歌颂了民主政权的力量,反映了解放区的重大变化。

从作品主题及人物关系看,小二黑和小芹是主要人物,主角;二诸葛和三仙姑是次要人物,是配角。但因为两个配角形象生动,性格鲜明,真实可信,就形象塑造和艺术魅力角度看,他们喧宾夺主,反倒成为读者喜闻乐见的艺术形象。

人物性格

本文着重讨论二诸葛的形象。由于作品是短篇小说,而且故事头绪较多,作者对一个次要人物不可能给予详尽描写,给予他的只是一个漫画式的剪影。但即使只是一个“剪影”，其鲜明的性格特征，也给读者留下了深刻印象。

愚昧迷信

二诸葛者，诸葛亮第二之谓也。人们之所以这样称呼他，就因为他凡事喜欢像诸葛亮那样掐算一番：“刘家峧有两个神仙，邻近各村无人不晓：一个是前庄上的二诸葛，一个是后庄上的三仙姑。二诸葛原来叫刘修德，当年做过生意，抬脚动手都要论一论阴阳八卦，看一看黄道黑道。”（赵树理：《三里湾小二黑结婚李有才板话》，人民文学出版社 2019 年版，第 191 页）

二诸葛这一套因为没有科学根据，属于封建迷信，所以常常算错，徒为乡人增添笑料。如，有一年春天大旱，直到阴历五月初三才下了四指雨。初四那天大家都抢着种地，二诸葛看了看历书，又掐指算了一下说：“今日不宜栽种。”初五是端午，他历来都不在这天做什么，又不曾种；初六倒是个黄道吉日，可惜地干了，虽然勉强把四亩谷子种上了，却没有出够一半。后来直到十五才又下雨，别人家都在地里锄苗，二诸葛却领着两个孩子在地里补空子。

由于这番丢人现眼的荒唐表现，从此落下“不宜栽种”的别号在乡人中流传，人们在嘻嘻哈哈中含着轻蔑的嘲笑。

常言道，吃一堑长一智，意为从某一种失败或挫折中汲取教训，引以为戒。但二诸葛不是如此。任凭乡人嘲笑，他自岿然不动。二诸葛依然故我，遇事还是走不出封建迷信那一套。他不但自己坚持，而且还把它传授给小儿子——他教二黑识字的课本用的就是阴阳五行、六十四卦、麻衣神相这一套。

村里恶霸金旺弟兄对小二黑和小芹的恋爱羡慕嫉妒恨，找机会把正常约会的小二黑和小芹捆绑起来，声言要送到区里按军法处置。这分明是恶人的阴谋陷害，但二诸葛却不这么看。他对这件事的解释是——“我知道这几天要出事啦:前天早上我上地去,才上到岭上,碰上个骑驴的媳妇,穿了一身孝,我就知道坏了。我今年是罗睺星照运,要谨防戴孝的冲了运气,因此哪里也不敢去,谁知躲也躲不过。昨天晚上二黑他娘梦见庙里唱戏。今天早上一个老鸦落在东房上叫了十几声……唉!反正是时运,躲也躲不过。”

二诸葛这些话,不要说现代人,就连当时听他絮絮叨叨啰唆的人也不信——“邻居们听了有些厌烦,又给他说了一会宽心话,就都散了。”

为什么邻居们不信?因为二诸葛的话违背最基本的生活常识。为什么二诸葛深信不疑?因为他迷信——因迷而信。他被几千年流传的封建迷信这一套迷魂药麻醉了,洗脑了。比起只信常识的大众来,自恃聪明的二诸葛反而显得愚昧。

奴性迂腐

二诸葛不但被子虚乌有的神界权威控制了(迷信),而且也被现实的世俗权威控制了。对一切世俗权力,不管性质如何(以他的能力分不清权力的性质),一律崇拜,一概顺从,毫不怀疑,在权力面前表现出十足的奴性。

村里的流氓无赖恶霸金旺兴旺两兄弟毫无道理地把小二黑和小芹捆绑了,连前庄上的人看了心里“就都知道了八九分”,明白两个恶霸在公报私仇,欺压良善;但二诸葛见儿子被人家捆起来,不问青红皂白,“就跪在兴旺面前哀求道:‘兴旺!咱两家没有什么仇!看在我老汉面上,请你们诸位高高手……’”这一跪,就跪出了他骨子里的奴性。面对邪恶,他没想过分辩,更没想过抗争,只知道一味地逆来顺受,一味地低头、忍耐、屈膝投降。

儿子被送到区里,二诸葛一夜没睡,第二天天不亮就往区上走。半路上碰见大儿子大黑，大黑告诉他二黑没事，一到区里就放开了。还顺便告诉他，区里正要传他去问话。到了区公所，区长告诉他解放区主张婚姻自主，劝他把给二黑订的童养媳退掉，让他和自由恋爱的对象小芹结婚。二诸葛不同意，他的理由是乡间风俗订童养媳的多着哩，请求区长"恩典恩典"就过去了。至于为什么不同意二黑和小芹结婚，理由是二人的命相不对，他口口声声恳请区长"恩典恩典"别让二人结婚。

这一番表现，充分说明了二诸葛的迂腐。在他心里，完全没有新思想新观念的地位。他的身子进了解放区，但脑子还活在迂腐落后的观念里。

家庭专制

二诸葛虽然在恶势力面前表现得唯唯诺诺，甚至一副奴才相，但在自己家里却是强硬的主子。他倚仗家长的权力，独断专行地主宰着家庭的一切事务，包括儿子的婚姻大事。

小二黑和小芹两个年轻人，你情我愿，谈上了恋爱——当时人叫相好。小芹长得好看，人又稳重，是十里八乡年轻人爱慕追求的对象，而且小芹村里有人愿意出面为他们二人做媒。这对二诸葛家来说简直是天赐良缘，求之不得的好事，但偏偏二诸葛坚持不同意。其理由是二黑和小芹的命相不合，小芹娘名声不好。

怎么办？恰在此时有个八九岁的小姑娘因为没有吃的，其父母愿意送给人家做童养媳。二诸葛问了生辰八字与二黑相合，就自作主张替二黑收作童养媳。

虽然二诸葛说是千合适万合适，小二黑却不认账。父子俩吵了几天，二诸葛坚决不妥协，坚持非把小姑娘留下不可。他这样做有他的底气，因为他是一家之长，他认为自己有这样的权力。历来人们都是这么做的，历来如此，能错么！

反对儿子自由恋爱,强行为儿子收童养媳,这事被基层政权区里知道了。区长找二诸葛谈话,给他讲婚姻自主、养童养媳不合法的道理,劝他收回成命。二诸葛辩解说养童养媳是两家情愿,小二黑当面揭穿他的谎言,说自己不愿意。这时候,“二诸葛的脾气又上来了,瞪了小二黑一眼道:‘由你啦?’”他严肃地警告儿子:“二黑!你不要糊涂了!这是你一辈子的事!”

二诸葛在区长面前本来是谦恭卑怯,低声下气的,但说到儿子的婚姻大事,他竟敢当着区长的面训斥儿子,坚持他的主张。原因无他,他在家里专制成习惯了,在家里他一向是绝对的君主,对所有事,包括儿子的婚姻大事都有着绝对的权力。

人生启悟

在作者笔下,二诸葛的形象虽然略带夸张的喜剧色彩,但总体看是忠于生活、真实可信的。二诸葛性格中的愚昧、迷信、迂腐、奴性,以及家庭专制,既具有他个人的独特性,同时也具有当时社会的普遍性。他性格中的每一种元素,无不是几千年封建文化传统浸染和熏陶的结果。透过二诸葛的形象,读者看到了无处不在、无孔不入的封建文化对中国底层社会的影响是多么根深蒂固(对上层的影响固不待言),看到了这些腐朽的东西和新政权、新思想、新观念是如何格格不入,看到了新旧社会交替时期思想观念转型的艰难。

这正证明了马克思主义关于经济基础与上层建筑关系的经典论断:经济基础决定上层建筑的变革,但上层建筑各个组成部分变化的过程不尽相同。直接反映经济基础要求的政治上层建筑的变革一般较快,而观念上层建筑的变革则一般较慢。

后 记

我国现代文学名家名作，过去大多也读过，也都有印象，但是如果深究一步，你到底知道多少，理解多少，从中受到哪些教益，却说不上来。正所谓“你不问我还清楚，你一问我反倒糊涂”“熟知非真知”。说到底就是走马观花，不求甚解。

过去忙于本职工作，无暇深入再读。退休后有时间了，想补上这一课，重新再细细读一遍，再深入想一想。读读想想，还真的读出来过去所遗漏的许多宝贵东西。这样一来，过去模糊的现在清晰了，浅尝辄止的现在深入了，享受审美愉悦的同时，获得了许多人生启发。“情动于中而形于言”，于是有了这本小书。

写作时我为自己定下基本原则：忠于原著，忠于感悟。原著读一遍感受不深，那就反复读，读时、读后盯着自己的内心反复琢磨，把感受深的、自己悟出的心得记下来，归纳整理形成文字。

阅读写作让我再次认识到，对于优秀作品，粗枝大叶地浏览是不够的，必须心入作品，设身处地体会人物处境、人物心理，体会作家文心，才能把握作品意蕴。歌德说过，优秀作品是无论如何探测也探测不到底的。这句话应该是他的悟道之言。

阅读写作还让我发现，优秀作品是永远不过时的。因为它们触到了生活的深层，勘察到人性人心的奥秘，而这些差不多可以说是永恒的。人同此心，心同此理，不断变迁的是世情，而人性人心却是相通的。正如大海，表层波涛汹涌随风而逝，而底层却是稳定少动的。由于文学名著有这种特质，所以常读常新，永远给人以启发与教益。

这里记下的是笔者的一孔之见，难免肤浅、偏狭或误读，诚望读者诸君多多批评指教。

感谢我曾供职几十年的河南大学文学院！感谢听过我的课的历届同学们！感谢关心、鼓励我的所有人！感谢读者朋友们！